李洱
中短篇
精选

饶舌的哑巴

李洱 ○ 著

人民文学出版社

图书在版编目(CIP)数据

饶舌的哑巴/李洱著.—北京:人民文学出版社,2022
(李洱中短篇精选)
ISBN 978-7-02-015332-9

Ⅰ.①饶… Ⅱ.①李… Ⅲ.①中篇小说—小说集—中国—当代②短篇小说—小说集—中国—当代 Ⅳ.①I247.7

中国版本图书馆 CIP 数据核字(2022)第 035324 号

责任编辑	刘 稚　向心愿
装帧设计	刘 远
责任校对	罗翠华
责任印制	王重艺

出版发行	人民文学出版社
社　　址	北京市朝内大街 166 号
邮政编码	100705
印　　刷	三河市鑫金马印装有限公司
经　　销	全国新华书店等
字　　数	204 千字
开　　本	850 毫米×1168 毫米　1/32
印　　张	11.125　插页 3
印　　数	1—5000
版　　次	2022 年 6 月北京第 1 版
印　　次	2022 年 6 月第 1 次印刷
书　　号	978-7-02-015332-9
定　　价	62.00 元

如有印装质量问题,请与本社图书销售中心调换。电话:010-65233595

目 录

饶舌的哑巴　1

喑哑的声音　19

午后的诗学　42

黝亮　115

国道　130

二马路上的天使　190

朋友之妻　245

抒情时代　282

饶舌的哑巴

其实在那件事发生之前，我就见过他了，只是当时我还不知道他名叫费定。现在回想起来，我第一次注意到他，是在夏初的一个令人昏昏欲睡的午后。当时，我正在邮局的后院里分信，他推门进来了。他的突然出现，使我顿感紧张。一段时间以来，他经常在邮局的门口转悠，嘴里总是念念有词，仿佛在盘算着什么事，或者在等待着什么事发生。他已经引起了邮局的保安人员的疑虑。在那之前，我们这个邮局曾遭到了一名暴徒的袭击，那个暴徒用一把手枪干掉了我们的一个姑娘和一个正在这里实习的男生。这种事似乎每天都要在各地闹出几起，使你不能不留神。那天，他从侧门进来之后，就迅速地关上门，在门边徘徊了一会儿，然后朝我走了过来。他大约三十五岁，目光显得焦虑不安。那天，我把一大堆信件塞进帆布邮包，推着邮车走出院子时，他也跟着出来了，并且突然问我："你就是邮递员小李吧？"

我点点头，赶紧骑车跑了。

从邮电学校毕业之后，我一直跑同一条邮线。这条邮线上的许多单位的收发员跟我都认识，我也认识那些单独的邮户，不过，私下里我们从不来往。记忆之中，我似乎没有和那个人打过交道，但他怎么知道我是小李呢？我感到纳闷。可是，自从听到他的声音，我对他就没有恐惧情绪了。说来奇怪，我想不起来他的声音有什么特色，但是我知道他不像一个会伤害人的家伙。

一个星期二的下午，我到这条邮线的最远处关虎屯送信。关虎屯一带原来都是农田，村民们在那里盖起了一幢幢小楼，租出去赚取租金。在那里租房的人可以大致分为两类：一类是生意人，另一类是年轻的知识分子。这两类人的信件都比较多，我每天都得去一趟。由于那里没有设立收发室，所以，我得挨家挨户送信，每次去，都要在那里耽误一段时间。

那天下午，我在关虎屯又耽误了许久。天快黑的时候，信还没有送完。在一条窄窄的巷道里，我突然遇见了他。当时，他骑车刚从外边回来，浑身都是汗，气喘吁吁地在我面前下了车。"我到邮局去了。"他说，"咱俩走了对岔路。"

他伸出手，笑着对我说："有我的信吗？我叫费定。"

"费定？好像有信。"我说。

他用指关节敲着自己的嘴唇说："太好了，我终于等到了回信。"

我在邮包里给他找信,他说:"到我那里歇一会儿吧,小李子,我就住在前面那幢小楼的二层。"他往右前方指了一下。我推着车往前走了十几米,走到了那幢小楼的庭院外面。接着,我继续找信。我把信递给了他,他当即就把信封撕开了。这时,一件事发生了:一只剃须刀片从信封里掉了出来,在柏油路上弹跳了几下,才安静下来。在那短短的时间内,我看见他的脸变得毫无血色。出于一种难以理喻的动机,他不等我走开就念起了那封信:"如果你再给我写信,有人就要用这张刀片割破你的血管。"

他把刀片从路面上捡起来,捧在手心,皱着眉头凝视着它。我瞥见那张刀片上还粘着几根胡须。

"这是用来刮胡子的,"他说,"有香烟吗?"

我们各点上一支烟。我想我该走了,就说了声再见。

"感谢你给我送来了一封信。"他说。他的目光还落在刀片上。

"再见,费定。"我说。

他寄出一封信被退了回来,信封上贴着一张条子,上面标着"查无此人"和"地址不详"。我把那封信转给他时,他正站在门前吃粽子。那时,端午节刚过去,街上还有许多卖粽子的摊位。他接过那封信,瞧了一眼,就塞进了裤兜。我正要走开的时候,他抓住了我的车把,说:"上去吃个粽子吧,昨天是我的生日,我买了几十个粽子,不吃掉就要变馊了。"这么说来,他的生日就在端午节的第二天。

我跟着他走进了那个庭院。庭院里堆放着房东废弃的农具。费定住在二楼最西头的一个单间里,房间里热得像个蒸笼。挨着东墙的床上,堆满了凌乱的书籍,它几乎占去了床的一半。

他又当着我的面把信拆开了,看了一会儿,把信夹进了桌上的一本厚书里。那本厚书名叫《汉语辞格大辞典》。他说他每天都修订、补充这本《辞典》,寻找新的辞格。

"你是个大学教授?"我问道。

"讲师。眼下,我还是个讲师,在大学里讲授《现代汉语》。我喜欢教书,喜欢站在讲台上和学生们交流经验,平时,只要见到鞋刷,我就要想到黑板擦。系里曾想把我调到资料室,但被我婉言谢绝了。我对系里的头头们说,我不愿意脱离讲台。"他打着纷乱的手势,说了一通。如果我不阻止他,他还会喋喋不休地说下去。所以,我打断他的话题,说:

"我该走了,祝你生日愉快。"

"你还记得那张剃须刀片吗?"他说。

"记得。不过,它跟我有什么关系呢?"

"那封信是你送过来的,我想托你把我的回信捎到邮局发出去。这两天,我的身体有点不舒服。显然是粽子在我的胃里捣鬼。那把刀片其实是伪劣产品,你知道我是怎么发现的吗?犀牛牌刀片的'犀'字写错了,写成了木樨的

'樨',那是桂花的意思。我的回信已经写了两天了,请你帮我发出去。本来我不打算回信了,但我有话要说,还是写了吧,于是,我就写了。"他说。

"好吧,我替你寄出去。"我说。

"这封信,你也可以看看,近来我的脑子有点不太好使,经常闹出一些语病来,你可以帮我检查一遍。"

我记得信是这样写的:

范梨花:

眼下,桂花盛开。桂花的颜色、形状都与梨花相似。桂花也叫木樨。有一道菜肴就叫木樨肉,即把鸡蛋炒得星星点点的,放到熟木耳和金针花之上。这种菜肴和木樨关系不大,倒是和北京旧时的太监有点关系。木樨可以写成木犀,但是犀牛不能写樨牛。伪劣产品真多啊。应该保持警觉。

费定

看完这封信,我顿感莫名其妙。"范梨花是谁?"我忍不住问道。

"我爱人,"他说,"以前,她也讲《现代汉语》,所以,给她写信得字斟句酌。"

我没有发现信中的语病,倒是发现了别的错误:眼下,桂花并没有盛开,因为时令不符,它要到秋天才开花,有一部电视剧,名字就叫《八月桂花香》。再说,我也不相信那张刀片是范梨花的。让范梨花知道那张刀片是伪劣产品又有何用呢?

"吃粽子,吃粽子。"他突然想到了粽子。门边的塑料盆里泡着一堆粽子。

"每年这个时节,一看到别人也在吃粽子,我就会产生一种奇怪的感觉:人们都是在端午节出生的,都是我的同胞。"他一边剥着粽叶,一边谈自己的感受。

粽子已经馊掉了,我强忍着馊味吃了一只。他送我下楼的时候,对我说:"咱们一见如故,是好朋友。"

对我来说,每个星期六都让人难受,只有和星期天比较起来,才不算是最难受的。我这个人不善言谈,更不善于交往,没有亲近的朋友。把我当成朋友的人,一定是找不到别的朋友,才把我算成朋友的。费定大概就是这样的人。和我住在同一个寝室的小伙子跑的是另外一条邮线,我称他为室友。那段时间,他刚谈上女朋友,那个女孩名叫李薇,是大学一年级学生。室友在我和他的床之间拉了一条布帘,他们在那边非常活跃,有时候他们在床上动作过猛,就能把我吵醒。有一次,我半开玩笑地对李薇说:"请给我介绍一个女朋友,好吗?你们总不能把我一个人丢下。我也很想乱来一下。"

"你想找个原始股?"李薇问我。

"不，我对搞股票的女孩没有兴趣。"我说。

她一听就笑了起来，"你真是个笨蛋，"她说，"原始股就是处女。"

"那就找个原始股吧。"我说。

"我们寝室还剩下最后一个原始股，如果你有兴趣的话，我可以把她领来。"

听她这么一说，我就知道那个"原始股"肯定奇丑无比。我说我对丑女孩没有兴趣，她说："如果有人对丑女孩有兴趣，那她早就不是处女了。"

我换了个话题，问她是否认识费定。她说："我知道他，这学期他正给我们上课呢，不过，我不喜欢他，当然，上了将近一年大学了，我还没有喜欢上什么事呢。"

"你肯定喜欢谈情说爱。"我看了一下室友，对李薇说。室友趴在床上似睡非睡，听了我的话，他咕哝了一句："李薇，咱们这像爱情吗？"

"身处其间，我们本人是无法知道的。"李薇指着我说："应该问他。"

"像吗？哥儿们。"室友又吐了一句。

"弄点东西嚼嚼呗，"李薇说，"我饿了。"

"抽屉里有鱼片，嚼去吧。"室友说。

"我看，有点像。"我说。他们似乎都没有听见我的话，一个埋头睡着了，另一个盯着鱼片，查看生产日期。

那个星期六晚上，她们学校有通宵舞会。她吃完鱼片，从钱夹里掏出一张舞票,推醒男友。"我懒得动弹。"他咕哝道。

"你去不去?"她问我。

"我也懒得动弹。"我说。

"那你们可就吃亏了,"她说,"我们学校刚装修一个舞厅,可以和街上的卡拉OK舞厅媲美,但是票价只有街上的一半。跳一场,等于赚了一场。"她做了一个跳舞动作,在原地转了两圈,说道。

星期一的早晨,我醒来的时候,室外正大雨滂沱。我听了一会儿雨声,就又迷迷糊糊地睡着了。后来,我听见有人敲门。我以为是李薇又来了,所以我躺着不动,装作仍在酣睡。那敲门声越来越响,我渐渐听见那个人在门外喊我的名字。

"喊你呢。"室友说。原来他也睡醒了。

我打开门,看见一个湿淋淋的人站在门口。他是费定。

"是你?我还以为是个女的。"我说着,又回到床上躺下了。

"我得赶到学校上课,没料到遇上了大雨。你能把我送到学校去吗?这四节课对我对学生都很重要。公交车实在挤不上去,出租车又没法开。街上积水太深了。我的车技又很糟糕……"他站在我的床边,着急地说道。

我听了,半天没有吭声。

"明天,我请你到酒吧玩一次。"情急之中,他冒了这么一句。

每天上午,我都没事可干。把他送到学校也算是干了一件正事。我骑车带着他,去了趟学校。他请我在校门口的小摊前喝了碗豆浆,吃了两根油条。"既然来了,就听听我的课吧,它或许对你有益处。"他说。我觉得他有点得寸进尺,同时,我也生了一阵疑虑:他或许就是让我来听他讲课的,原先那些话不过是些借口。事已至此,那就不妨听几节吧。

我对那四节课印象极深。预备铃声响过之后,学生们断断续续进来了。我看见李薇背着一只精致的小包也来了。许多女生都携带着这种小包。那天,李薇穿着一双鲜艳的红色雨靴,脸上闪烁着难以捉摸的微笑,她走路的姿态有点像走在天桥上的时装模特,只是身材短小了一些。她摇摇摆摆地走到了过道的尽头,才站在后墙根,四处张望着寻找座位。这时,她看见了我。她在离我几步远的一张课桌边坐下来,朝我摆摆手,就开始趴在桌上睡觉。

看得出来,那几堂课的内容是他精心准备过的。那天,他讲的是句子结构分析。我对这方面的知识略有所知,在邮电学校上学的时候,我们用的课本上也有这方面的内容。费定讲起课来并不轻松,他要讲的内容很多,除了讲教材上已经有的知识,还要讲讲自己的研究成果。这两者又经常互相抵触。我渐渐听出了一点门道,他在"主、谓、宾、定、状、补"之外又加上了两个句子成分,叫"述语"和"中心词"。有时,他用同一个句子为例来讲述两种互相矛盾的观点,每当这个时候,有些学生就发出嘘声。

上到第四节课的时候,学生们已经懒得嘘叫了,偶尔能听见一阵鼾声。费定还在讲台上引经据典地讲着,他的讲述已经进入了中西文化比较的范畴,他说"主、谓、宾、定、状、补"这些概念都来自英语,所以无法穷尽复杂的汉语的现象。"讲台上站着费定"这句话就无法用主、谓、宾来分析,"因为我不是宾语,我怎么会是宾语呢?我显然是主语,但我又不像是主语,我是个中心词……"他的话题绕来绕去,到最后,他连他是谁都不知道了。他问下面的学生:"我是什么?"

"你是人。"有个学生冷不防地冒了一句。

"应该说我是中心词。"费定说,"我是这个句子的中心。"

他的嗓门提得很高,但是并不影响同学们睡觉。当他费劲地分析完"讲台上站着费定"这个句子时,教室外面的走廊上突然响起了一片喧哗声。有人敲碗,有人唱着流行歌曲。显然是别的班级提前下课了。这个教室里的学生听到外面的声音,传染了似的,也开始敲碗,敲碗声把那些正在睡觉的人都吵醒了。这时,我看见费定又把黑板擦净了,我以为他要宣布下课,没料到他在黑板上出了三个句子,在每个句子后面注明了出处,仿佛要以此显示句子的威严和力量。

其中的两个句子我在中学学过,所以至今还记得:

告诉他们,别再把狗放到街上来了。(契诃夫)

宣统三年九月十四日——即阿Q将褡裢卖给赵白眼的这天——三更四点,有一只大乌篷船到了赵府上的河埠头。(鲁迅)

他开始点名让学生分析句子成分。一个男生站起来揉了揉眼睛,说:"期末考试题是由你来出吗?"那个男生又咕哝了几句,就坐下了。他连续点了几名同学,他们都不愿回答。后来,他拿着花名册点到了李薇。李薇睡醒之后,显得很有精神,她响亮地回答说:

"李薇有病,没来上课。"

她这么一说,教室里就爆发出一阵大笑,连我也跟着笑了起来。费定显然知道李薇在说谎,他可能认识她,因为,我听见他说:"你能证明你不是李薇吗?"

"如果你能证明你是费老师,我就能证明我不是李薇。"李薇落落大方地把他顶了回去。

下课铃声及时地响了起来,同学们精神焕发地走出了教室。讲台上只剩下了费定和例题。接着,我看见他拿起粉笔开始分析句子成分,他连画了几道,又把它们一一擦掉。这时,我已怀疑他的脑子大概出了问题了,因为他画出的线条凌乱不堪而又软弱无力，谁也不可能看懂。

几天之后，我又见到了李薇。我问她提起课堂上发生的事时，她说："当时我够机智的吧？"

从她那里，我得知费定已经被调到系资料室工作了。他在那里负责装订过期的旧杂志，每天用锥子在杂志上钻孔，穿线。据李薇说，他早就被学生告到教务处了，学生们要求换掉他。起初，学生们还能忍受他在课堂上啰嗦，后来，大家发现只有他在坚持着上够四节课，而且还喜欢提问学生，这就让人难以忍受了，只好将之轰下讲台。

不过，这个被学生们遗弃的人倒非常守信用。一天，我在关虎屯遇见他，他忙不迭声地向我道歉，使我感到莫名其妙。他说他刚换了个工作，这个工作他又不太熟悉，锥子有些不听使唤……所以他把请我吃饭的事给耽搁了。他说他已经预定好了饭店，让我在第二天晚上等他，然后一起去吃饭。经他这么一说，我才想起他的诺言。

第二天晚上，他来找我的时候，我发现他特意修饰了一下，穿着洗烫过的长袖衫，打着灰色的领带，头发刚吹过风，显得年轻了许多。

他说，他和一个朋友在淮海路上开了个餐馆，名叫怡香园，菜价很公道。现在，他就是要领我到那里去。我们骑着车并排走在街道上，路上行人很多，交通毫无秩序，路边的广告牌下边，乘凉的人们不时发出各种尖叫。在文化路和交通路的路口，人群和车辆互相堵塞，使我们难以通过。我们费了很大工夫才从人群里挤出来。俩人站在路边"昂立"药品的广告牌下喘气的时候，他突然对我说，他不想去怡香园了，他说那里的菜价虽然公道，但是环境很差，经常有些人在那里酗酒闹事。"门外不远处有个垃圾场，你在馆子里就可以闻见垃圾的气味。"他说。

借着广告牌上的灯光，我看见他的脸色有些不同往常，嘴唇不由自主地抖动着，他又做出了习惯性动作——用食指的指关节敲着自己的下巴，同时发出一阵阵混浊的呼吸声。他站在那里心神不定地东张西望着，后来，他的目光落在远处的一家酒店的招牌上面。那个酒店的名字叫"撒哈拉"，我似乎在哪里见到过这个名字，但我一时又想不起来。

"不管去哪都行，"我说，"只要能让我吃饱。"

"你不想到怡香园去？"他问道。

"费定，你别忘了，当初是你提出要带我去怡香园的。"

"那你想去哪里？"他又问道。

"那就去撒哈拉吧。"我有点不耐烦了。

"既然你提出来了，那就去吧。本来我是不想去的，"他又开始饶舌了，"是你提出要去的，可不是我主动带你去的，当然，钱还是由我来付。"

他似乎非常看重是谁先提出来的。我对他的心理难以把握，只是觉得他仿佛在逃避某种责任。其实，事情朝这个路子发展，还不是由你一手策划的？

他领着我在二楼的一个小房间里坐下。我们进来的时候，侍者正在收拾客人留下的残羹冷炙。见人进来，侍者脸上就露出了职业性的微笑，同时把菜单丢到我们面前，她出去时，顺便把门带上了。这似乎也是酒店里的规矩。

但是，费定要打破这个规矩。出于难以理喻的动机，他又把门打开了。一位路过的侍者又顺手把门关上了，并且提醒我们说，如果我们的门开着的话，穿堂风会把别的小房间的门吹开的，那样一来，别的客人会有意见。侍者说这话时，脸上闪现着诡秘的神情。"只有这个房间里是一对男的。"费定非常懂行地说了一句。但他随即打了个冷战，仿佛被自己的话吓了一跳。接着，他又把门打开了。

过了一会儿，一个三十岁左右的女人从门口走过，朝我们这个小房间看了一眼。她穿着一身黑色的旗袍，这使得她和一般的侍者区别开了。但她并没有和我们这一对客人打招呼，也没有来关门。几分钟之后，她又折回来，经过了这个门口。这一次，她没有往这里看。我听见她的脚步声渐渐走远了。这时，一位侍者走进来，记下了我要的酒和菜，就出去了。出乎我的意料，菜上得非常快，酒瓶盖子还没有拧开，汤就端上来了。

"他们想让我们快点滚蛋。"费定说。

"你说什么？"我问道。我不相信自己的耳朵。

"他们无非是想让我们快点滚蛋。"他又重复了一遍，还没等我作出反应，他就说："你觉得那个穿旗袍的女人怎么样？"

"如果她再年轻几岁的话，我就愿意在她身上下点工夫。她长得不错，身材也很诱人。"我敷衍道。

"你是说她的脸蛋长得不坏，对吧？她以前肯定比现在还要漂亮，在这方面，我或许比你有经验。"费定说。

我注意到他的手又颤抖起来了。他那张脸变得红彤彤的。当他端起酒杯时，酒从杯口洒了出来。

"你对她很有兴趣吧？"我问他。

他灌下一杯白酒，说："兴趣？什么兴趣？这个词用得不够妥当，应该说'好感'。'兴趣'这个词让人觉得肉麻。'好感'却给人带来欢乐。"

"你对她有好感吧？"我套用他的概念，逗着他。

他盯着我看了一会儿，没有吭声。这时，穿堂风吹开了对面的那扇门。我看见那个女的正好在那个房间，现在，她已换上一袭黄裙。她弯下腰，抚摸着一位女顾客带来的小狗。当她弯下腰时，那裙子就慢慢爬上了大腿。就在这时候，一个男人走了进去。那个身材滚粗的男人在她的大腿上拍了一下。这个动作使得那间房子里的一对男女客人

15

发出一阵会意的笑声。我的视线也被那里吸引住了,没有看到费定是怎样把酒瓶打翻的。酒从桌沿滴到我的脚上时,我听见了费定喘息的声音。我看了一眼费定,发现他正盯着那个打翻的酒瓶,轻微地摇晃着头。我以为他喝醉了,就说:"这样更好,咱们都可以不再喝了,免得胃疼。"他用牙齿咬着舌尖,嘴里发出一种奇怪的气声。这样持续了一会儿,他突然说道:"现在的趋势就是这样,女人和狗睡,男人只好和还没有喜欢上狗的女人睡。你说,你说那个女人是和狗睡呢,还是跟男人睡?"

"和狗睡。"我脱口说道。

"和狗睡?"他追问道,"你是说她和狗睡在一起?往深处想一下,你就会发现这是一句粗话。你把某个男人称为狗了。换句话说,你使用的是一个暗喻,准确地说,你使用的是借代。"他这样说着,目光就变得虚妄起来。

"她喜欢男人,不喜欢狗,"我说,"这一下你满意了吧。"

"我们应该保持必要的同情心。"他沉默了一会儿,认真地说道。

我不想再解释什么了。一桌菜几乎没有动过,看得出来,他对菜也没有胃口,对面的那个房间已经空无一人,但我仍然要不自觉地往那里看。过了一会儿,那个女人又陪着几位顾客从门口经过,我听见了他们的谈笑声。

"一杯红葡萄酒。"我听见费定轻呼了一声。他的舌尖在杯口上舔来舔去的。我瞥见他的舌尖已被牙齿咬出血了。

我们下楼的时候，我看到那个女人站在前厅的吧台边和一位大腹便便的男人在低声交谈着。她的黄裙子又换成了黑色的超短裙。费定绕开了吧台，从桌缝中穿过，朝门口走去。我正要喊住他，让他到吧台前结账，他突然把食指竖在唇前，示意我不要开口。他站在门边，把钱交给了一位侍者，然后走了出去。那位侍者来吧台交钱时，穿黄裙子的女人若无其事地笑了一声。

我没有理由再在那里待下去了。我也走出了"撒哈拉"酒店，来到停放自行车的广告牌下面。费定正艰难地开着车锁，他一边转动着钥匙，一边嘀咕个不停。由于没有吃饱喝足，我有些不想搭理他。"事情糟透了。"他说。他举着半截车钥匙让我看，原来他把钥匙拧到锁眼里了。

我无法帮他把锁撬开，街上也找不到修车铺，他只好扛着车和我一起走。在昏暗的夜色里，我看不清他的脸。后来，他问我第二天是否还要去关虎屯送信，他说他想请我再吃一顿饭。我突然想起了第一次给他送信的情景。那件事我一想起来就觉得有点不可思议，于是，我顺便问道："费定，剃须刀事件后来有什么着落吗？范梨花给你回信了吗？"

"剃须刀？你想它会有什么结果呢？如果她写信来的话，肯定得经过你转。"他模棱两可地说，"我不知道这是怎么一回事，或许知道一点，但我无话可说。"

我们谈话的时候，我突然若有所悟，猜测酒店里的那个女人可能就是范梨花。本来我不想再说什么了，但我还是忍不住地问了一句："费定，你最近见过范梨花吗？"

我这么一问，他立即愣住了。过了片刻，他终于语无伦次地说了起来："你说的是今天还是昨天？昨天我可没有见到她。你是瞎猜的吧？如果她是范梨花，我就不能到那里喝酒了吗？你没有吃好，真让我难受。下次我一定带你去怡香园。这是什么路啊？我们已经走到哪了？"

喑哑的声音

每个星期六,孙良都要到朋友费边家里去玩。费边家的客厅很大,就像一个公共场所,朋友们常在那里聚会。他们在那里闲聊、争吵或者玩牌,有时候,这三者同时进行。赌资不大,打麻将的话,庄家自摸,顶多能赢个五六十块钱。朋友们都是脑力劳动者,赢钱不是他们的目的。费边的邻居小刘,在公安上做事,他也常来费边家串门,而且每回都能赢。孙良他们一开始对小刘存有戒心,后来看到他也是个有趣的人,并且能带来许多有趣的话题,就把他也当成了朋友。他们说话的时候,小刘很少插话,他不关心那些知识界的事,可小刘一说话,他们就不吭声了。小刘是刑侦队的副队长,他讲的许多事,只有低级小说里才有。这帮朋友不屑于看低级小说,可他们愿意听小刘讲那种故事。

这个冬天的星期六,下午五点多钟,孙良穿上大衣,围上他那条鼠灰色的围巾,就出门了。在家属院的门口,他看见几个妇女围着一个卖芹菜的老人在说着什么。他往跟前凑了凑,想看看她们究竟在搞什么。他的妻子也在那里,她手里已经有了一把芹菜,但她似乎还没有回家的打算。这是他的第二任妻子,她刚从澳大利亚回来,好像无法适应这里的气候,所以她穿得比那些女人都要厚一些。她把芹菜递给孙良,孙良接过芹菜,又上了楼,把它送回了家,然后他就从家属院的后门走掉了。他手里有后门的钥匙,这是个小秘密,连看门的师傅都不知道。

　　他赶到费边家的时候,已经将近七点钟了。主要是在街上吃烩面耽误了一些时间。还好,这一天,别的朋友来得比较晚,他没有耽误谈话,也没有误掉牌局。费边刚吃过饭,正钻在书房里,在电脑上打着一首诗。费边告诉孙良那不是他自己写的,而是一个叫曼德尔斯塔姆的俄国诗人写的。费边有这个习惯,他喜欢把他读到的好诗打到电脑上,然后整理成册。他对孙良说,他现在并没有荒废诗艺,还在抽空写诗。"你看这诗有多好,好像是我自己写的一样。"费边说着,就朗诵了起来:

　　　　真的能颂扬一位死去的女人?
　　　　她已疏远,已被束缚,
　　　　异样的力量强暴地将她掳走,
　　　　带向一座滚烫的坟墓。

"好诗,"孙良说,"给我打印一份出来,我回家再慢慢欣赏。"

费边正在打印的时候,又有一个朋友进来了,费边就又打了一份。他们一人拿着一份诗稿,坐在桌前,等着凑够四个人。费边说他之所以觉得这首诗好,是因为他以前也真心地爱过一个女人,可她后来死去了。孙良和另外那个朋友就默不作声了,以示哀悼。其实孙良知道费边所爱的那个女人并没有死去。费边一直爱着他的前妻,而他的前妻却嫁给了别人,他现在其实是在咒她。

等了很久,还是没有别人来。那个朋友就走了。他刚走,小刘就来了,但还是凑不够一桌。小刘看见桌上扔着一份诗稿,就拿了起来。他看了两行,就把它扔到了桌上。他说,他其实可以把儿子叫过来顶替一阵,他的上小学的儿子打麻将是一个天才。他说,这就跟学棋一样,学得越早,打得越好。费边忙说算了,不能让孩子学坏了。就在这个时候,费边的同事来串门了,他说他不会打牌,小刘说,只要坐下来,没有学不会的。后来,他们才知道此人是个高手,漫不经心地就把他们赢了。

真是一物降一物,小刘这次怎么打都打不顺手。只要他坐庄,那个人肯定自摸。小刘平时赢惯了,没见过这种阵势。他不停地讲着他知道的那些低级故事,想以此转移那个人的注意力。费边的那个同事,大概也猜出了小刘的心思，就不愿再赢了。小刘以为是自己的讲述奏效了，就一个接一个地讲下去。后来，他就提到了最近发生的一个案子：郑州的一个小伙子打电话给济州交通电台情爱热线的主持人，说自己遇到了一个好女孩，他已经让女孩怀孕了，可他突然发现女孩又爱上了别人，他问主持人，下一步该怎么办。主持人说，你先要搞清楚，对方是不是真的变心了，在搞清楚之前，不要随便瞎猜疑。主持人还说，你一定要相信对方，去和对方心平气和地交谈一次，再打电话过来，共同商量个办法。小刘说，那个小伙子去和姑娘谈了，姑娘说她确实爱上了别人，小伙子就给主持人打了一个电话，可是电话一直占线，小伙子一急，就把那个姑娘杀了。杀了之后，他把责任推到了那个主持人身上。说到这里，小刘又和了一把。

孙良是济州人，对和老家有关的事，他有着一种天然的兴趣。小刘说他也喜欢听那个主持人的节目，说着，他就把费边的收音机打开了。调试了一会儿，接着他们就都听到她的声音。她的声音有点疲惫，好像还有点伤感。这时候，小刘又和了，他随手关掉了收音机。他的妻子给他打了传呼，让他回去，再干扰他们已经没有必要了。事情似乎就这样过去了。这一天，孙良没输也没赢。

这一年的十一月底，孙良应邀到济州讲学。他的一个大学同学刚当上济州师院的教务主任，想在校长面前显示一下自己的能力，托孙良在郑州联系几个名人到那里讲讲课。已经有两个人去讲过了，他们回来说，济州发展得很快，都快超过郑州了。还说，那里的师生虽然笨点，但求知欲很强，很崇拜有真才实学的人，让人很感动。"你的老家还是很有希望的。"那两个人对他说。现在轮到孙良自己去了，他想借此机会亲身感受一下故乡的变化，同时也看望一下自己的伯父。他在上海上大学的时候，伯父到杭州出差，曾专门拐到上海看过他，还给他留下五十块钱。当时那五十块钱可不是个小数目，够他花上两个月的。

坐着老同学派来的林肯牌轿车，走高速公路，用不了两个小时就可以到达济州。进入济州境内，他的眼睛就望着窗外，看公路边的那些麦苗、沟渠和麦地里的农人。农人们在清除地里的杂草，当他们伸起腰来的时候，几只乌鸦就飞了起来。看到这种情景，孙良有点激动。他想下车到麦地里走一走，和他们说几句话，听听乌鸦翅膀扇动的声音。可一想到麦地里的那些湿泥会把他的皮鞋和白色的袜子搞脏，他就放弃了这个打算。再说了，高速公路上也不准随便停车啊，他想。

他在济州讲了两天课。既然师生们喜欢听那些热门话题，他就向他们介绍了已接近尾声的人文精神大讨论。他讲的时候很动感情，讲完之后，有许多学生围上来要求签名，购买他带来的自己的论文集。为了减轻学生们的经济负担，他按半价卖给了他们。不过，他给老同学的那一百本，可是按原价给的,因为那是给学校图书馆的。他问这一百本要不要签名,老同学说你省点力气吧,前面那两个人我也没让签。孙良说不签也好,我的手都签酸了。

讲完课的当天晚上,他的老同学来到他下榻的济州宾馆的324房间,说院长明天请他吃饭,并交代他见到院长该说些什么。"我们的高院长其实是个政客,现在还兼着副市长,此人喜欢附庸风雅。"孙良说,你放心好了,我不会给你丢脸的,我知道怎么对付这种鸟人。

房间里剩下他一个人的时候,他把下午卖书的钱整理了一下。漂亮,一共有一千五百多块钱的收入呢。他将"请高院长斧正"几个字反复练了几遍,然后把它们写到了书的扉页上。忙完这个,他就到楼下的小院子里散步。这里处于闹市区,周围的嘈杂更衬托出了这里的幽静。据说中央的领导人每次来济州视察,也都是住在这里。那些低矮的仿古建筑,在清冷的月光下,确有某种迷人之处。它们仿佛和历史沟通了起来,并和现实保持着距离。他看到这里的一些女服务员也很漂亮,她们说的不是济州话,而是标准的普通话。他倒很想听听济州话从那些漂亮姑娘口中说出来,是什么样子。有一句话说得好,乡音就是回忆的力量。

一个女服务员也在外面散步,她耳边举着一个小收音机。她走过他身边的时候,孙良闻到她身上有一种泡泡糖似的香味,他还听到了一种比较耳熟的声音。服务员听得很入迷，没有注意到孙良跟在她的身后。后来，她在一株悬铃木旁边停了下来，抱着那个小收音机，小声地哭了起来。

回到房间，孙良一直想着他在悬铃木树下看到的那一幕。他基本上看清了那个女孩的脸，看不清也不要紧，在一群女孩当中，他保证能把她挑出来，因为哭过的女孩子，眼睛会像小兔子那样发红。他相信自己能够把她带到房间里来，抚慰一番她那伤感的心灵。是啊，来济州仅仅是讲讲课，确实有点太单调了。

在对付女人方面，孙良虽然说不上是个高手，但也屡有斩获。孙良知道自己的性格中有某种轻松的东西，很讨女人喜欢。过了三十五岁之后，他感到自己的外貌、气质发生了一些变化，那种轻松的东西依然存在，但又加入了一些新的内容——主要是沉稳，以及沉稳中蕴藏的某种难以捉摸的因素。沉稳有沉稳的优势，能给女人一种可依赖感；难以捉摸也有它的好处，它能增加诱惑力。他确实有过不少艳遇，对这一点，孙良不像一般的人那样抵赖。他乐意把其中的一些故事说给朋友们听。他很会剪裁，故事中比较困难的那一部分，在讲述的时候，他都顺便略去了。他不愿给生活抹黑，不愿让大家对生活失去信心。他想，作为一个理想主义者，起码应该让朋友们感到生活是简单而有趣的。

他又走出了房间，这一次他没有到院子里去，他只是挨着楼梯找那个听收音机的女孩。他尽量做出一副悠闲的样子，在楼梯上走上走下。他手指间夹着一支烟，可他并不点着，因为楼道里铺着地毯。后来，他看到二楼的服务台有一个小收音机在独自响着。他在那里默默站了一会儿，顺便用放在服务台上的一个剪指甲刀，修剪了一下指甲。再后来，他就把那个小收音机带回了房间。当然，在带走之前，他在那里留下了一张条子。上面写着：我想听听新闻，把收音机带到了324房间。他本来还想说明自己是高副市长的客人，但一想到那样做有点庸俗，就免掉了。

当女服务员来到他的房间的时候，他已经给电台的那个女主持人打通了电话。他捂住话筒，很有礼貌地问服务员，这个收音机能不能借给他用两天。说着，他掏出一张印有领袖头像的钞票放到了一边的茶几上。他不想让那个女孩子有被污辱的感觉，所以他又捂住话筒说："钱先拿去吧，我明天会给你作出解释的。"接着，他就听到自己对着话筒又说了起来。那是一种深思熟虑的即兴表达，当然其中要有一些必不可少的间歇。在这陌生的故乡，星光在窗外闪烁。他斜躺在床上，边听边讲。他慢慢讲得流利了起来，他感到自己的声音从容而优雅，寂寞而自由。

后来，当他放下话筒的时候，他借助停留在耳边的声音，在脑子里描绘着那个女人的形象。他想起不久前在费边家里的那场牌局，想起小刘的讲述。他现在似乎有点明白了，讲课是次要的，是这个女人在晦暝之中促成了他的故乡之行。

"这大概是一次轻松而迷人的猎艳。"他想。他又觉得那个女人真的是有点不幸,他都有点可怜她了。这么想着,他取出几粒速效利眠宁,用温开水灌了下去。他拉开窗帘,凝望了一会儿星空,呼吸了几口新鲜空气。接着,他就感到睡意如期而至了。

第二天一大早,他就到了济水公园,在一个儿童滑梯前的长椅上坐了下来。他刚好把椅背上用油漆喷成的卡通画挡住了。他随手翻阅着别人留在长椅上的过期的电影时报。在等待中,他将报缝也看了一下,那上面有医药广告,还有电影预告。预告的日期表明,电影还没有在济州上映。他不时抬头看一下门口。很少有人进来,偶尔进来一个,也是上了年纪的人。那些像我这样的闲人大概都还没有睡醒呢,他想。他看着脚下干枯草皮上的白霜,看久了,他的眼睛就有点发虚,有那么一会儿,他竟然将地上的一个纸团当成了一只鸟。

那个女人迟到了二十三分钟。一看到她走进那个门,他就知道那就是她。他站了起来,向她摇了摇手中的那份报纸,但他并没有上前迎接她,只是在她走近的时候,他才往前走了两步。

公园里的人渐渐多了起来,那些越老活得越认真的人,扯起电线,拧开录音机,练起了气功。他们只好另找个地方。他们过了一座小桥,绕过了一座假山,终于又找到了一张长椅。在他们走向那张长椅的时候,孙良对昨天晚上说过的话已经作了必要的补充。他说,他是应高市长的邀请来济州讲学的,今天上午还得去应付高市长的饭局,所以他只好这么早就请她来。"我在郑州就听说了那件不幸的事,当时我就想,我要找个机会来济州一趟,见见你。这种话是无法在热线电话里讲的,只好说,我有要事和你商量。我为我假称是你的朋友而向你道歉。"

他这么说话的时候,那个女人一直不吭声。女人不时抬手捂一下自己的圆顶软帽。河边确实有风,那风凉飕飕的。孙良乘机将衣领竖了起来。

他继续说:"当然,我本人也不时遇到一些麻烦,很想找你谈一谈。是些什么麻烦,一时又说不清楚。我还想告诉你,所有这些都无法促使我直接去拨打那个热线电话。我或许应该非常坦率地对你说一件事。你想听听吗?"

她第一次开口了,说:"反正我已经来了,你就尽管说好了。"这么说着,她第一次露出了笑容。

"昨天晚上,我在济州宾馆看到一个服务员,她一边听你的声音,一边流泪,后来,她却破涕为笑了。我是个人文知识分子,关心的是人的心智的发展和人的情感世界。哦,你的帽子被风吹歪了。我关心的问题可以说与你相近。你得告诉我,你究竟是用什么魔力,使一个人顿悟的?"

一辆临时改装成小垃圾车的剪草车从他们身边驶过,扬起了一阵尘土。一个卖芝麻糖的小贩走到了他们的身边,很响地敲了一下招徕顾客的小铜锣。就是这一声锣响,使她又笑了起来。她说:"我小时候,听见这锣响,就忍不住要舔嘴唇,现在这毛病好像还没有改掉。"

他反对她吃那种东西,说那不干净,对她美丽的牙齿也没有好处,但他还是给她买了两串。在她的要求下,他也吃了一点。看着对方用舌尖舔着嘴唇上粘的芝麻,两个人都乐了。然后,他们又默默地吃着那东西,都吃得很慢。后来,他们就像熟人那样并肩而行了。他们边走边谈,显得很轻松。吃完那两串芝麻糖,女人从小皮包里取出了饭店用的那种湿巾,递给他擦手。接着,他就又看到那个小包在她好看的身段上飘来荡去了。孙良将湿巾扔进垃圾罐的时候,向着河面做出了一个凌空欲飞的姿势。她也做了这样一个动作。河水有点发污,河面上有许多塑料袋,被水泡黑的树枝,有一截伸出了水面,上面落着一只鸟。孙良现在觉得这一切都很美丽,很神秘。看得出来,她似乎也有这种感觉。

这个公园离济州宾馆不远。他们几乎是不由自主地朝那个方向走去了。进到那个幽静的院子,她说她来过这个地方。她第一次提起了她的丈夫,说她的丈夫经常在这里开会,有时一开就是半个月。"不过,我只来过两次。第二次,是要对丈夫说,他那瘫痪的父亲又不幸得了脑血栓。"

上到二楼的时候,孙良看到了那个服务员。不过他没有跟她打招呼。他们径直来到了房间里。孙良把窗帘拉开了一半,让阳光照进来。他给她削了一个苹果。她咬了一口,有点顽皮地说,她更想吃只广柑。他就给她切了一只柑子。他自己也切了一只。有那么一个瞬间,吃广柑的两个人都没说话。他扔给了她一本书,说那是自己几年前写的。她想把它装进那个小包,但小包盛不下。他跑到服务台要了个小塑料袋。

这时候,电话响了。是孙良的那个老同学打来的。孙良说他不想去赴高市长的饭局了。"和当官的在一起吃饭,每次都得喝酒,你大概还不知道,我已经戒酒了。"

女人说自己该走了。她说她的真名叫邓林。"这个名字起得好。"孙良说,"夸父追日,弃其杖,化为邓林。你是神话中的植物呢。"他没有挽留她,但他替她开门的时候,他又穿上了外套。他提醒她应该将上衣的扣子全都系好。"外面的风好像大了一点。"他说。

他是怎么离开饭店的,他已经想不起来了。夜里九点多钟,他被电话吵醒了。是他的那个老同学打来的。老同学对他说:"孙良,我们的院长今天非常高兴。他也喝醉了,可他一醒过来,就提起了你,说你很够意思。他现在信了,我的朋友都很够意思。"孙良想开口说点什么,但他的胃突然翻腾了一下,有一些东西很快就跑到了他的嗓子眼。他只好把电话放到一边,到卫生间吐上一阵。当他用手纸擦着那根散发着酸臭味的食指回到电话旁边的时候,他的同学还在电话里讲着呢。

这一天的后半夜,他又吐了一次。吐过之后,他就再也睡不着了。他想,他吃的那些利眠宁大概也被吐了出来。他想起他的妻子在出国之前,每次见他喝醉,总是默默地在他身边坐下,看着他吐出来的那堆秽物发呆。他数了一下,妻子这次回来以后,他只喝醉过三次,加上这一次,一共才四次。

需要往胃里填点东西了,因为他听到了肚子的叫声。他用小刀将一个柑子切成了几瓣,悄悄地吃着,同时注意着胃的反应。他听到了自己的嘴巴发出的吸溜汁液的声音,偶尔也能听到胃里发出一种类似于气泡破裂的声音。每当这个时候,他就半张着嘴巴,悉心地捕捉那种气泡的声音,想着那里还会有什么动静。那只柑子吃完之后,他用邓林留下的湿巾擦了擦嘴巴。

他想,要不要再跟邓林联系一下呢?如果就此拉倒的话,他很快就会把这个女人忘掉,甚至会想不起来他曾和她有过一次美妙的散步。一个人没有记忆,就像一个人没有影子。但又怎么联系呢?她晚上才上班,而打那个热线电话,就会占用别人打电话的时间。他又想起了小刘讲过的那个杀人的事件。那真是个不幸的事件,愿那个女人安息,愿那个小伙子的灵魂早日得救。

天亮的时候,他想再到济水公园走一走。可他刚走出幽静的院子,就遇上了邓林。邓林对他说,昨天她回去的时候,把他的那本书和她的那个小包丢在出租车上了。她请他原谅。

"你知道,济州堵车很厉害的。我急着赶回去,就提前下了车。我没走多远,车流就疏通了。可我发现包没有了。我的脑子一定出了点问题,这段时间我一直有点丢东落西的。"

她一口气说了那么多。他吸着烟,微笑地听她讲着。这个在电台的播音室里口齿伶俐的女人,现在是多么笨拙啊。可他喜欢她的这种笨拙。这么想着,他自己的嘴巴也突然变笨了。他对她说:"我其实比你还笨,昨天,我本来应该送你回去的。"这一句话,他是磕磕巴巴讲完的。他也照样喜欢自己此时的磕磕巴巴。他再次觉得这一切都是多么新鲜迷人啊。

房间已经被服务员整理过了。一些新鲜的水果又放到盘子里,服务员好像料到他会很快回来似的,把广柑给他切成了几瓣。可他对她们这一项周到的服务并不高兴。他自己动手给她又切了一个。她就让他那样递着,却不去接。过了片刻,她说:"你看我的手有多脏。"她摊开她的手让他看。那手一点都不脏。她又让他看她的手背。他看见她的指甲是透明的,上面并没有像一般女孩子那样上蔻丹一类的东西。这好像就是他们抱到一起之前的全部细节。

当他们重新坐起来的时候,她很快就跑进卫生间去了。他听见了一阵水声。她重新出来以后,却不看他,而是盯着窗户看着。"刚才你关窗户了吗?"她有点胆怯但又很着急地问他。

"这太不应该了,"她又说,泪珠在她的眼圈里打转,"你现在一定会觉得我是一个不好的女人,一定是这样的。我没说错吧?你说,我说错了吗?"孙良不知道该怎样安慰她。他只能走到她的身边,把手搭在她的肩上,他的手还顺着她的胳膊往下移了一点。刚才,他看见那里有一个种牛痘留下的小疤。"幸亏我还没有孩子,"她说,"否则我真不知道怎样去看孩子的眼睛。"有那么一段时间,他短暂地离开了她,为的是把窗帘拉开,让微弱的阳光照进来。窗外有一株悬铃木,那些荔枝似的果穗悬挂在那里,把阳光搞得非常零碎。"幸好你马上就要走了。"她说。说这话的时候,她仰起脸看了他一下。她的眼里已经没有了泪水。她把她的头抵在他的胸部下面,而且抵得更紧了。她的几根头发好像和他的扣子缠到了一起,他小心地把扣子解开了,以免她突然站起来时,把发丝拉断。

他在济州待了三天。第三天,他本来想去城外看望一下伯父的,可他到车站的时候,却上了开往郑州的汽车。车在济州市兜了一个圈子,使他有机会看了一下济州的变化,但那些变化并没有在他的心底留下什么痕迹。他只是想,车怎么还没有开出去啊。

回到郑州,孙良就又回到了他原来的状态。他的妻子没过多久就又去了澳大利亚。送妻子走的那一天,他有一种永别的感觉。想到上次也是这样，这种感觉就淡了许多。但从机场回来，他还是给妻子写了一封信。信中的话也是他多次说过的。他讲他之所以不愿和她一起走，是因为他是一个靠文字生活的人，他无法想象离开了母语，会是什么样子。当天晚上，他打完牌回到家里，又接着把那封信写完了。但写的时候，他的感觉有了一点变化。他想，他或许真的应该离开这个鬼地方，离开那些朋友，到那个四周都是海蓝色的国度去。"那些辽阔的牧场啊。"他这样感慨了一声，随手把这句话写了进去。他看了看，觉得它放在那里有点别扭，就把这一页揉到了纸篓里。

两个星期之后，他就把邓林给忘了。只是看到墙角堆放的那些变少的论文集，他才会想起他的济州之行。他模模糊糊地想起了他去济州的路上看到的那些麦田和麦田上的乌鸦。在记忆中，那些情景都很有诗意。他给晚报写了一篇文章，谈到正是那些鸟引起了他对日益消失的田园的怀念。写这篇文章的时候，他又有点激动，字迹难免有点潦草，定稿时有些字连他自己都认不出来了。因为写这篇文章，他的一些记忆被激活了。在那些惊飞而起的鸟的背后，邓林出现了。他随之想起了许多细节，包括邓林胳膊上的那个牛痘疤。

这一天，他去参加一个座谈会。会上会下，他发现自己总是不由自主地要把他看到的每一个女人拿来和邓林比一下。他想起了邓林在做爱之后的那种羞怯的表情和她的忏悔。当时，他觉得那种忏悔有点好笑，现在他却不这样看了。他想，如果你觉得可笑，那你就是在嘲笑真正的生活，嘲笑人的尊严。我当时笑她了吗？吃饭的时候，他坐在一个角落里，一边对付一块牛排，一边问自己。他想自己其实并没有笑她，在她说话的时候，他正盯着悬铃木那灰白的枝条和暗红色的果球发愣呢。

费边这天也在。当费边跑到孙良的这张桌子旁边，说他怎样吃不惯牛排的时候，孙良说："你吃过悬铃木的果球吗？"话一出口，他就感到自己的话有点莫名其妙。费边说他没有吃过，也不打算吃，据他所知，那东西没有什么用处。孙良很想跟费边谈他在济州遇到的邓林，可费边离开了。下午接着开会的时候，他和费边坐到了一排，他正要开口，突然觉得不知道该从何讲起。这件事隐藏在他的胸口，似乎很重，他感到自己有点承受不住了。他到楼梯口站了一会儿，又觉得有点轻飘飘的，就像微醉之后的眩晕。

当天下午，他没有等到吃那顿晚餐就走了。他坐的是一辆破旧的长途客车。在高速公路上，车坏了一次，好久没有修好。他对售票员说，他不要求退票，但请她帮他再拦一辆车。他的说法遭到了别的旅客的反对，他们说，要是修不好，票都得退掉，不能因为一个人坏掉了规矩。他只好在那里等下去。天已经黑了，他接过一个旅客的手电筒，帮修车的司机照着。他还往天空照了照，灯柱一直延伸得很远。人们都等得很着急，为了让人们不生气，他还用手电照了照自己的脸。这是他小时候常玩的把戏,手电从下巴往上照,那张脸就显得非常好玩。"真他妈滑稽啊。"果然有人这么说。他想起有一次,几个朋友在一起为南方的一本杂志搞人文精神对话,晚上喝酒的时候,一个人喝醉了。有人在饭店门口用手电照了照星空,那个喝醉的人立即要顺着那个光柱往上爬。拿手电的人把灯光一灭,那个人就像从树上掉下来了似的,一头栽到了地上。他想,等我见到了邓林,我要把这个笑话给她讲一讲。

一直到九点多钟,他才到达济州。他来到了济州宾馆,可门卫不让他进去,说这里正在开会,不接纳别的客人。他看了看他住过的那间房,那里并没有亮灯,有许多房间都没有亮灯。他想大概是他的衣服太脏了,门卫把他看成了胡闹的民工。他后悔自己当初不该往车下面钻。我怎么那么傻啊,售票员都懒得钻,我干吗要进去呢?

他在济水公园斜对面的一个小旅店里住了下来。房间里没有电话,他也不想给她打电话,他想给她一个惊喜。但认真地洗漱完了之后,他还是到门口的一个小卖部里去了一下,那里有一个公用电话。可他怎么也打不进去。小卖部的那个人把电话拿了起来,交给了别人。人的心灵是多么粗糙啊,孙良想。他站在小卖部外面,生了一会儿气,又向另一个小卖部走去。他刚刷过牙,本来不想抽烟的,可他一进去,就买了一包烟,并对卖烟的人说,先不要急着找钱。后来,他发现自己来到了交通电台的门口。有一个女人从里面走了出来，戴着他熟悉的那种圆顶帽子。从身高上看，她显然不是邓林，可他还是差点喊出"邓林"两个字。他理过发了，那件她熟悉的外套也留在了旅馆里，他担心她出来的时候，一下子认不出他来，所以他尽量往有灯光的地方站。

第二天下午，他终于和她取得了联系。她告诉他现在没法出来。"要过元旦了，我们正在准备一台节目，很忙。"她在电话里对他说。他没吭声。过了一会儿，她又改口了，说，要见也只能见一面。她以为他又住到了济州宾馆，说，她派人将一张票送到济州宾馆的门卫那里，他可以拿着票进来。"如果别人问起来，你就说，你是司机，送人来审查节目的。"他还听见她抽空和别人开玩笑："都是你把我害的，谁叫你让我主持这玩意呢，不管是什么人都向我要票。"那个男人说了点什么，引得她笑了起来。孙良想，那是个什么鸟男人呢？他立即难受了起来，对她甚至有点憎恨。

他去了，从打印出来的节目单上看出来，这是一场和部分听众联欢的节目的预演，邓林是主持人之一。到场的人并不多，可是有第三个人在场，孙良都会觉得人有点太多了。邓林穿着白纱裙，他周围的人都说，那身打扮不错。可孙良觉得一点都不好。他不想看到她这种公众形象。到场的那些人基本上都是电台的职工和家属。他是从身边人的谈话中听出来的。"正式演出的时候，也不能让那些傻帽听众来得太多，否则的话，很可能会闹出点什么乱子来的。"

37

他听见一个人说。现在我就想闹出点乱子,孙良想。

孙良出去了,在演播厅外面吸着烟。吸了两支烟之后,邓林也出来了。她并不叫他,直朝楼道走去。他连忙跟了过去。她果然在三楼的楼梯上等着他。那里有两个工人在扯着电线。邓林和他们打了个招呼。她平时大概从来没有搭理过他们,所以他们一下子有点反应不过来。她又和他打了个招呼,说:"你也是出来取东西的吗?"他感到这实在是好笑,但他还是说,是的,我要取一份贵重东西。

"你怎么能把它称作东西?"她突然说,同时还在往上走着。

他没有答话。他的脑子还来不及产生另外的念头,只有刚才那个念头在他的脑子里嗡嗡响着——我想闹出点乱子来。

这个楼只有五层,否则,他们可能会一直这样走下去。走到头的时候,她说:"你现在就走,一分钟也不要耽搁。"她吻了他。因为彼此的慌乱,有一次,她竟然吻到了他的耳朵上,在那里留下月牙似的一圈口红。"他也坐在下面。"她说。他知道她说的是她丈夫。她拒绝他吻她,因为她脸上的浓妆,一吻就是个牛痘似的疤痕。他是多么想吻一下那个牛痘疤啊,那是让他悸动的私人生活,可它现在却牢牢地隐藏在给众人看的白纱裙下面。她用手擦了擦他的耳朵,让他从另一个楼梯口绕下去。

一个抱着手风琴的男人走在他的前面,边走边拉着。

孙良跟着他走到一楼演播厅的门口。那扇门把手风琴的声音挡住了，但他还是听到了一些声音。先是邓林那标准的主持人的声音，然后是一阵打击乐。他在门外站了一会儿，但他没能从那喧嚣的鼓点中听出来什么节奏。

以后每隔两三个星期，他们就会见一次面。如果是她来郑州，她就会在这里住一个晚上（也只能住一个晚上，因为她的节目一星期要播三次）。她不住他家，她每次都先在附近的一个旅馆里安顿好，再打电话让他去。只有一次是个例外，那是在临近春节的时候，那个小旅馆里住满了人，她只好在他这里住了下来。可那天，他们几乎没有怎么睡，他们先在街上漫无目的地走了很久，然后回到他家里，默默地吃着从街上带回来的快餐。孙良吃得很认真，把菜叶上凝结的浮油抖掉之后，再填到肚子里。她说她正在减肥，不能多吃，但她喜欢看着他吃。她问他最近写了什么文章，她想带回去看看。他说好长时间没写了，不是没东西可写，而是觉得自己写下的每一句话，别人都写过了。说这话的时候，他抬头看了看那顶到天花板的书架。"如果你想看什么书，你就从上面拿好了。"她的手在膝盖上拍了两下，坐在那里没动。她好像被地板上的什么东西吸引住了，那是一封信，是他写给妻子的信。他对她说，那信虽然很短，但抄它还是费了一些时间，因为他想把它写得尽量工整一些，漂亮一些。他说，他的妻子也喜欢看他的字，那是她和祖国唯一的联系。

有一年冬天，一个星期六的午后，他正在午睡，突然被她的电话吵醒了。她说她现在就在郑州，让他到奥斯卡饭店附近的那个公园里去见她。他在新买的市区交通图上查了一阵，才搞清楚那个奥斯卡饭店就是以前的中原酒家。那里距他的住处并不远，他还有时间把脸、头发收拾一下。刮胡子的时候，他一不小心把耳垂刮了一下。他小心地在那里涂着药水，突然发现有几根白发支棱在鬓角。

她已经在公园里面等着他了。正对着门口，是一个用冬青树修剪成熊猫形状的盆景，远看上去，就像一幅卡通画。她就站在那里，一些暗红色的落叶在她身边拂动着。他们边走边聊，后来不知道怎么就聊到了她的丈夫。她说，这次她是和丈夫一起来的，她的丈夫正在宾馆里开会。"他常来这里开会，接见别人，或受别人接见。"她谈到自己并不厌恶丈夫，尽管他从未让她感到幸福，但也从来没有给她带来过什么痛苦。

他们继续走着。她谈到她的那些听众非常可爱，也非常可怜，因为他们从来听不到她真正的声音。"只有你是个例外。"她说。他纠正她说，不是可怜，而是可爱。他们这时候真的看到了许多可爱的人。那是些孩子，他们在一个滑梯上爬上爬下。像往常一样，在散漫的交谈中，有什么最紧要的话题好像随时要跳到他们之间。他们踩着悬铃木暗红色的果球，绕过了一个小树林，在金水河边坐了下来。

她把脸埋到双膝之间，小声地哭了起来，那声音跟她平时说话的声音一样喑哑。他想象着能用什么办法来安慰她。他对她说，他真是在爱她，但这似乎并不顶用。是的，如果她现在明白无误地对我说，她也深爱着我，那又顶什么用呢？如果现在是我哭了起来，她又会怎样安慰我呢？于是，他又想象着自己哭起来，会是什么样子。好在天黑之前，还有一段时间可以让他想象，所以他并没有感到事情过于棘手。周围的灯光慢慢亮了，在他们面前，是金水河黝亮而细碎的波纹。

午后的诗学

　　事隔多年，有一天，我和费边谈起我们初次见面的情景时，我们的回忆竟然大相径庭。我记得第一次见到他，是在八十年代末，地点是济水河边的小广场。那天的中午，我正和一个刚认识不久的女人在街上走着，突然听到广场那边传来一阵有节奏的喊叫声。她拉了我一下，说："闲着也是闲着，咱们去那边听听诗朗诵吧。"那天参加朗诵的人很多，每个朗诵者都得到了足够的掌声和鲜花。费边那天朗诵的是马拉美的《焦虑》，一首描述罪愆、灵魂的风暴和人性的高贵的诗篇。那大概是那天朗诵的唯一的一首真正的诗篇。费边从那个临时搭成的台子上下来，经过我们身边的时候，有几个大学生拦住了他。"我们最喜欢你念的最后几句，够劲、解气。"他们重复了他们认为"够劲""解气"的那几句，意在表达他们是他的忠实听众。有趣的是，他们记错了，他们七嘴八舌重复的"诗句"，要么是费边前面的那个人喊的口号，要么是等不及费边下来就跳到台子上去的那个末流诗人吐出来的打油诗。费边听他们讲完，脸上浮出了笑意，随即甩出一个警句："诗性的迷失就是人性的迷失。"在这之前，我已经听说费边是这座城市杰出的诗人，现在看来，果然名不虚传。和我站在一起的女人，在那个年代大概也是一个诗歌爱好者。她将一瓶酸奶递给费边，说："我也喜欢马拉美，不过我喜欢的是他的另一首诗，《纯洁，生动》。"费边咬着吸管的嘴巴松开了。他看着她，一边和她握手，一边说："你说得真好。爱诗的女人本身就是一首纯洁生动的诗。"这时候，掌声和喊叫声又响了起来，将他的声音淹没了，我只能看见他的嘴在动，却听不清他又有哪些高论。

这一天，我们三个人在河边的悬铃木树荫下聊了十分钟左右。我记得他很匆忙，说他还有些事情需要处理一下，得先走一步。临走，他给我抄下了他的电话号码和住址。"有空儿，请过来说说话。"他说。如果我没有记错的话，他当时还对我身边的那个女人说了这么一段话："我喜欢和一流的女人讨论问题，读二流的诗思考问题，写三流的诗表达问题。"他的口才真好啊。说这话的时候，他用食指推了推眼镜。那是一副茶色玻璃眼镜（这副眼镜我后来没有再见过）。他的鼻梁有点高，镜架搭上去，就像骑士双腿岔开坐在马背上一样。镜框的两边向下垂了一点，使它有点像栖息在树上的鸟那下垂的双翼。

费边的说法与此大不相同。他坚持认为我们是在九十年代认识的,见面的地点是某个朋友家的客厅。他说:"如果我们在街头见过,并且像你说的那样还聊了那么长时间,那我肯定会记住你,"他还顺便开了一个玩笑,"你又不是不知道,过目不忘是我的强项。"他说,在朋友家的客厅里,他确实朗诵了一首诗,但朗诵的不是马拉美的作品,而是但丁的《神曲》。他说,他的朗诵没有获得掌声,因为他朗诵完之后,大家都陷入了沉思。

我们都说服不了对方。算下来的,这样的争执大概发生过七八次。这当然没什么意思,因此,我们后来也就不再提起此事了。不过,在另一个问题上,我们之间不存在异议,这就是,我们都认为我们是在一次打猎活动中,成为真正的朋友的。在一九九一年的夏初,费边邀请几个朋友到郊外打猎散心,到出发的时候,那几个人说有事不能去了,结果只剩下了我和费边。那一天,我们漫山遍野地跑,跑得脚底起泡,也没能见到猎物。天快黑的时候,我们正准备回城,突然看到了一个东西。因为距离远,我们分辨不清它究竟是狼还是狗,我先用微冲打了一阵,接着,费边也手忙脚乱地开始射击。就在这个时候,他手中的打兔枪的枪膛炸开了。幸亏那天我们都装模作样地穿了防弹背心(和微冲一起借来的),幸亏费边没有把脸贴着枪托去瞄准,否则,我们(尤其是费边)非被打坏不可。过了很久,我们才缓过神来。我们互相检查了一下,发现都是只伤了点皮肉,这才把心放宽。"我们和死神亲吻了一下。"费边说。与他这句话同时诞生的,还有我和费边的生死与共的感觉,虽然其中不乏夸张的成分。我们搂到了一起。费边说:"挺有意思,猎物没有打着,自己却差点报销。"我说,这确实有意思,很像小说里的情节,说不定哪一天我就把它写下来了。费边用脚试探着那杆炸了膛的兔枪,说:"要是写到它,你最好让玩枪的人当场做鬼,起码得让他瞎一只眼。"接下来,他又顺便谈到了写作问题。他的话说得精彩,应该记下来:写作就是拿自己开刀,杀死自己,让别人来守灵。蜂一张嘴吐出来的就是蜜,我的朋友费边随口溜出来的一句话,就是诗学。他的这种出口成章的本领,我后来多有领教。他并不耍贫嘴。从他嘴里蹦出来的话,往往是对自己日常生活的精妙分析,有时候,还包含着最高类型的真理。这使我想起他曾向我讲述过的一本书中的一个有趣的故事:二战时,盟军轰炸柏林的火箭落点,与一名士兵从事性行为的地点,总是发生奇妙的吻合,在性行为和 V-2 火箭之间,仿佛存在着神秘的感应。当然,差别还是有的。对我的朋友费边来说,他既是 V-2 火箭,同时又是那位不断受到惊扰的士兵。

.

认真回想起来,费边对我们初次见面的时间、地点的说法,也不是完全站不住脚。他确实是在一个朋友家的客厅里,知道我的名字的,直到这个时候,他才知道我是个写小说的。他大概认为，这次才算是真正的见面。

在九十年代的第一个年头，朋友们经常聚会，参加聚会的都是满腹经纶的知识分子。这帮人拥到谁家，谁家的抽油烟机、排风扇就得忙上一整天。如果打开窗户，让阳光照进来，你就可以发现，烟雾在机器的抽动下，在人们的头顶上漂浮得很快，有如风起云涌。当然抽走和排掉的，还远不止这些，至少还有那个年代特有的颂祷、幻灭、悲愤和恶作剧般的反讽。

这些知识界的朋友，每个都有一套俏皮而又中肯的格言，大多数人，连自己的墓志铭都构思好了。我记得有一天从北京来了一位谈锋甚健的诗人。他是费边的朋友，他在谈到海德格尔的"向死而生"的时候，突然朗诵起了自己的墓志铭，并提醒大家也要具备这种"墓志铭意识"。"用不着提醒，这玩意大家都有。"有人立即不甘示弱地站了起来。这个人怕远来的客人不信，就建议大家都把墓志铭写下来，互相传看一下。他的建议荒唐而有趣，大部分人都抵着膝盖写了，并交到了他的手里。我现在所能记住的，只是我和费边的。之所以能记住费边的，是因为我后来又听他说过几次。那其实是但丁《神曲》里的两句诗：时间就在这只器皿里有它的根，而在其余的器皿里有它的枝叶。这一天，在随后的发言中，费边对《天堂篇》中的这两句诗还作了一番解释。就我所知，他后来将这则墓志铭藏到了书架上的一只彩陶里，那是它的一个好去处，因为在费边看来，出土的彩陶就是在时间中扎根的器皿。在一首诗中，费边写道：

> 空洞的彩陶是满的，
> 它装满了时间，
> 土黄色的纹饰是绿的，
> 时间是它的枝叶。

什么都谈，什么都可以拿到这样的聚会上研讨一番。有一段时间，一些搞经济和神学研究的人也加入了这种不定期的聚会。人多了，一般的客厅也就盛不下了，于是大家就移师室外。西郊的一个废弃的兵工厂，成了大家聚集的场所。移步换形，走出封闭的房间来到四周都是原野的大院子里，一些新的话题也就进入了交谈。关于农事，关于亚细亚生产方式，关于田园和城市的二元对立，人们都谈得唾液乱飞。但待在郊外，终归不是长久之计，因为遇到刮风下雨，事先定好的日期就得变动；一些老弱病残者，骑车跑那么远，每次都累得半死。好在这个时候，一些凑热闹的人已经很少来了，剩下的人，较大的客厅已经装得下了。费边的朋友和同事，一个名叫韩明的人，提出聚会可以放到费边的客厅里搞。他的提议正中费边的下怀，费边早就想为朋友们多出点力了。费边对大家说，他是个单身汉，母亲住在姐姐家里，自己的住房很宽敞，他完全有能力干好后勤工作。他还表示,他要马上找民工,把客厅和卧室之间的墙打掉,让客厅更敞亮一些。事情就这样定了下来。最后的那几次聚会确实是在费边的客厅里搞的,费边的后勤工作也干得非常出色。费边后来对我说:"你看,我摇身一变,就成了边缘的中心,算下来,那可要算是我的黄金时代啊。"

费边的房子位于这座城市的黄金地段,濒临济水河。虽然济水河是一条鱼虾早已死绝的臭河,但它毕竟是自然的象征。黝亮的河水流动时,形成的小小波浪,和碧海中的波浪仍然具有同一性。就像上海的情侣们喜欢挤到臭烘烘的外滩约会一样,这座城市里的人也常到这里转悠,把这里当成了一个风景胜地。作为这里的长期住户,费边谈起济水河的时候,常常没有多少好话。我们刚移师到费边那里的时候,济水河边正是一幅锣鼓喧天、旗帜招展的景象。被组织起来的人们,正在那里疏浚河道,用水泥和石板铺设河床。他们伐掉高大的悬铃木,扩展广场,修建舞榭亭台。这些东西都成了费边的话柄:这是世纪末最杰出的行为艺术:死马当做活马医,臭椿当做香椿吃。广场是权力的象征,众多的小广场是大广场无数的繁殖。而那些舞榭亭台,只不过是在提醒我们,一定要乖乖地逃避真实的命运。费边对朋友们说,看啊,这里就是一个观景台,在我这里可以看到现代生活中最荒诞的戏剧。费边的朋友韩明说,自己以前就常来这里看戏,有时看得津津有味,恨不得在这里住下不走。

我们在那里谈亚里士多德,谈米沃什,谈布罗茨基,谈学生们送给阿多诺教授的两样礼品:粪便和玫瑰。布罗茨基的那两句话(我是二流时代的二流诗人,二流时代的叛臣逆子)我就是在那里听到的。费边有一次提到了罗马的罗慕洛斯大帝的逸事,引起了人们浓厚的兴趣。这位有趣的皇帝,在代表着新文明的外敌入侵的时候,不事抵抗,只在那里逗弄小鸡。"他是一个对罪恶心中有数并能作出艰难选择的人,"费边说,"在缴械的时候,他盯着那些刚爬出蛋壳的小鸡,心中充满喜悦、寂寞和自由。"费边总能找到这种逸出历史编年史的"本质性"事件,使大家在严肃的讨论中,放松一下神经。有一次,韩明和一个写《论语新注》的人吵了起来。那个人事先强烈要求将自己的新注带来,供大家讨论,可临到出门的时候,却要求派车去接他。韩明是聚会召集人之一,他只好坐出租车去把他接了过来。韩明发现他并不像他所说的那样"烧得厉害,头昏脑涨",在讨论中就专和他抬杠。如果不是因为有"君子动口不动手"的古训,这两个胖子就要像相扑选手那样扭到一起了。费边并不上去拉架,他有办法制止他们。他向别的人提起了一个梦,世上最有名的脱星麦当娜做的一个春梦。在梦中,麦当娜和罗慕洛斯大帝的现代传人戈尔巴乔夫做爱,在高潮上下不来。"赖莎在旁边吗?"有人问。费边说:"你们可以去问韩明,他知道得比我清楚。"韩明说,他是从录像带上看的。他说,他没有注意到这个细节,下次再看的时候,一定会格外留意。韩明顾不上和那个人吵了,他现在忙着给朋友们解释他看到的精彩镜头,并提议大家来讨论讨论那个有趣的梦。话题至此转换了。"世俗欲望""大众传媒"与"集体迷幻""性的深层本质",这些词语立即从舌面上跳了出来,蹦上了桌面。就像一群猫见到了被夹住的一只老鼠,每个人的声音,都那么有力、那么欢快。刚才的不快,也就烟消云散了。

最后那两次聚会,这些精英们讨论的是怎样将思想转化为行动。他们决定先办一份杂志。既然已经到了秋天,到了收获的季节,那就有必要把每个人的思想都收割一下,存到谷仓(杂志)里面。这个时候,有一个叫"操作"的词,像瘟疫一样在社会上流行开了,大家都说,这事要好好操作一下,首先得起一个能叫得响的刊名,然后制订一个有弹性的编辑方针。为了更好更快地把杂志搞出来,有人建议可以请一些有实际操作经验的编辑来一起讨论。这个请人的任务就落到了交际多、门路广的韩明头上。"你可别又领来一堆女人,"一个研究西马的人对韩明说,"这是正事,不能瞎闹。"

好像专门要和那人抬杠似的,韩明那天领来的又是个女人。韩明显然料到别人会偷偷质问他。因此,他的屁股还没有坐稳,就先把那个女人的情况介绍了一番。他说,她曾是一个校园歌手,因为男朋友死了,就主动退学了。

所有与死亡有关的爱情故事，在九十年代，都带有神话的气息，让人忍不住肃然起敬。不信，你看每个人的眼神都很肃穆，包括那个反神话论者。这是费边后来向我转述的他当时的分析和观察。韩明那套话还真是管用，大家都饶了他。那个女孩在韩明说话的时候，静静地站在那里。她穿着一套印有许多暗红色方格的裙子，像三四十年代的大学生留着齐耳的短发。和韩明的解释相配套，她也显得很悲戚，脸色有如晨霜。如果不是事先规定好了议题，我想，那次聚会的主题就变成爱情和死亡了。

开始给梦想中的杂志起名字了。每个人的肚子里都装有许多好名字、怪名字。起名字是有学问者的强项，可以充分显示大家的视阈、才学是怎样地广漠和不同凡响，大家的脑子转得有多快。每个人露了一手，有人建议叫"远东评论"，有人建议叫"日常生活"。反对这两种命名的人，说刊物不妨就叫做"反对"或"命名"。"反对"也遭到了反对，提出反对的是一个小说家，他建议用与刊物毫不相干的事物来给刊物命名，比如可以命名为"企鹅"。有人提出可以叫"蛋黄"，有人顺着"蛋黄"的思路往下走，说可以叫"变蛋"……提出来的名字，足足记满了64开本那么大的一张稿纸。作记录的是费边，他用的不是钢笔，而是新买的圆珠笔，以免抒写工具发生缺水一类的故障。在记录的时候，费边的脑子也没有闲着。他在分析、联想、臧否、推敲。"既然可以有各种命名，那就说明它其实无法命名，干脆就叫'无法命名'得了。"他插了一句。在所有的名字当中，我就觉得"蛋黄"比较有意思。蛋黄可以孕育新的生命。由蛋黄可以想到鸡蛋。任何事物都可以比作一只椭圆形的鸡蛋，它有两个确定不移的焦点。这是个致命的隐喻：一个焦点可以看成是我们占有的事实本身，另一个可以看成是我们对占有的事实的批判。这两个焦点隐藏在脆弱的蛋壳之内，悄悄发力，使你难以把它握碎。每一种命名都被由才学和视野编织的筛子过了一遍。到后来，筛子上一个名字也没有留下。龟兔赛跑的现代版本是这样的：乌龟跑出去之后，兔子们说，别急，哥儿们，咱们先在一起分析一下哪个跑道比较合适，速度怎样分配，哪个老兄带头冲刺。最要紧的是，哥儿们得先给跑步的姿势起个像样而且中肯的名字，使它有名有实。费边的分析和联想被人打断了，大家需要他这个东家也说上几句。因为他正在那里分析，所以他就脱口而出："既然大家都在分析，那就叫'分析'算了。"这么说的时候，他的脑子已经活跃起来了，语言和思维同步，他对随口说出的"分析"这个名字作了一番分析。"这是一个分析的时代，"他说，"所有人都在分析，什么都得分析。教师在分析学生，学生在分析校长；病人在分析医生，医生在分析医院；丈夫在分析妻子，妻子在分析情夫；人在分析枪，枪在分析人；人对灵魂作出分析，灵魂对人作出分析；天堂在分析地狱，地狱在分析天堂……"他口若悬河地说了一通，"分析"这个词就像串糖葫芦的竹签，把许多毫不相干的事物都串到了一起，然后成群结队地从他的喉咙跑了出来。他说："学生们在五月风暴中送给阿多诺教授的那两样东西也值得分析。粪便在分析玫瑰，玫瑰在分析粪便。"

"哦，粪便和玫瑰。"费边把这两个词又重复了一遍，既像是在重复诗中的一对孪生意象，又像是在强调他突然想起来的某对诗学概念。他一边说着，一边做着往下砍的手势。那手势并不生硬，带有抑扬顿挫的意味。说完这番话，他刚好走到韩明带来的那个女孩子跟前。那个女孩子现在正盘腿坐在地板上，仰着脸看他。她的脸上已经没有了悲戚，有的是崇敬和迷惘，有如午后的向日葵。他的脑子现在正灵着呢，仿佛受一种惯性驱使，他又顺便对她的迷惘作了一番分析：她迷惘是因为她在听我讲话的时候，与她的不幸疏离了。迷惘是记忆和遗忘的交错地带，是忠诚和背叛杂交的花朵。这一番话他并没有当场说出来，他想，他应该另外找个机会，和她好好聊聊她的迷惘。他这会儿只是弯下腰，向她表示了一下他对她的迷惘的关切。当然，他没有指出她的迷惘，他用的词是"不适应"："你是不是有点不适应？来多了，也就习惯了。"女孩没说话。她看了看韩明，又看了看费边，然后浅浅一笑，算是对他的关切的回报。

费边这套精彩的发言其实等于什么都没说，因为他的意见并没有被采纳。当然，所有人的话都等于白说了。为了不耽误议程，大家先把命名的事悬置了起来，开始讨论编辑方针和编委会的设置。方针也不是几句话就能说清楚的，那就先讨论编委问题吧。有人说，这事也没有必要啰嗦，轮流坐庄就行了，要不就抓阄。这不是一个人的意思，好几个人都这么说。说这话时，人们口气轻松，表情俏皮。后来我才意识到，在这个时候，有许多人其实已对这份杂志不抱什么希望了。它还没有开花，就已经要凋谢了，果实只在人们的梦中漫游。有一个翻译家，刚才钻在厕所里，没有听清人们的议论，他出来之后，提议大家为刊物集资，并率先捐出了几张大团结（钞票）。别的人也只好去掏口袋。这样一来，一些钢镚就在地上滚来滚去，互相撞击，发出了清脆的声音。

费边跑进书房拿出了一只彩陶，将钢镚收到了一起。他对朋友们说："我可以拿出一笔钱，先把第一期印出来。"说这话的费边，颇有点舍我其谁的味道。人们都愣了，愣了一会儿，才像鸭子那样齐刷刷地扭过头，去看拎着彩陶站在客厅一角的费边。就在人们这样看他的时候，那个由韩明引来的女人，走到了他的身边，将蹲在地上捡起来的一把硬币，丢进了彩陶壶。

几年之后，当一切都已分崩离析不可收拾，当各种戏剧性情景成为日常生活的写真集的时候，有一天，在朋友的婚宴上，我看着费边，又想起了杜莉往他的彩陶壶里丢钢镚的事儿。费边那天喝得不多，他一直在讲话。刚和新婚夫妇开过玩笑的费边，现在又给同桌的一对恋人讲起了柏拉图的"爱情说"。"柏拉图？不就是那个提倡意淫似的精神恋爱的人吗？"那个男的一边剥虾仁一边说。费边摇摇头，说："朋友，你是只知其一，不知其二啊。柏拉图'爱情说'的核心恰恰是和受伤的肉体有关的。"他这么一说，我就知道他下面要说什么了。果然，他又讲到了蚯蚓、人和上帝。他说："柏拉图有一个著名的假说：最早的人就像蚯蚓，是雌雄同体的，后来，上帝从上到下把它劈成两半。人有多高，那伤口就有多长。人必须到处跑，寻找正在别处漫游的另一半，使那伤口愈合。来啊，让我为你们成功的漫游干杯。"那一对恋人爽快地把杯中的酒干掉了，而费边却滴酒未进。柏拉图的那个"爱情说"，原来是被他拿来劝酒的。

费边对往彩陶壶里丢钢镚的杜莉也说过这样一番话。当然不是在她第一次来的时候说的。虽然她第一次就瞄上了费边，但她并没有很快再来。她再次来到费边家的时候，朋友们的聚会已经风流云散。她这次是和另外三个人一起来的：一对美国夫妇，一个女翻译。她先在楼下给他打了一个电话，让他猜她是谁。他平时最烦这种游戏，在他看来，这种对孩子游戏的滑稽模仿一点都不好玩。他刚刚起好一个题目，叫"午后的诗学"，正准备坐下来写一组诗，这个电话把他的心绪全给搅乱了。如果对方不是个女的，他就把电话放下了。对女人总该礼貌一些，再说了，在午后慵懒的时刻，听听一个女人的声音，也是可以提神的嘛。有那么一瞬间，他倒是想起来她可能是杜莉，但她突然又说，她是和两个美国朋友一起来的，这一来，他就猜不出来她究竟是哪路神仙了。他说："你究竟是谁啊，你知道我很笨的。"她用对老朋友说话的口气，说："你真的是笨，算了，不让你猜了，我们现在就上去。"

"其实，我已经猜到是你。"开门一看她是杜莉，他就这样对她说。那个翻译把他的话翻译了一下，那两个老外笑了起来，也说了两句，意思是"你们果然是好朋友"，然后，他们乐呵呵地把手伸给了费边。

四个人盘腿坐在地毯上说了一会儿，费边才明白他们怎么会摸到他这里来。原来是美国人通过一个朋友认识了杜莉，又听杜莉介绍他的情况，对他有了兴趣，跑来了解他们的学术沙龙的。美国人提到的那个朋友，费边也认识，那个人以前到这里来过，现在出国当访问学者了。

起初，他们谈得还比较融洽。费边还没有掌握绕圈子的技巧，得知了对方的来意，他就开门见山地说，他们的学术沙龙已经散掉了。他引用哈韦尔先生的话说，它之所以会散掉，是因为某种东西一开始就已经瓦解，并消耗自身。奇怪的是，美国人对此似乎并不太感兴趣，他们感兴趣的似乎是地毯上的图案。那个美国人把他的话记下来之后，就把话题绕到了地毯上面，说，他们家床边的小地毯上也有这样的图案。费边说，花卉的图案肯定是世界性的，因为玫瑰和狗尾巴花哪里都一样。说过这话，考虑到美国人有边饮酒边聊天的习惯，他就起身给他们倒酒。那个美国女人说，她正在做"简·方达健美操"，只能喝"不带糖分的白色葡萄酒"（直译如此）。费边还没有听说过这种酒，只好打电话给楼下的一家酒店。酒店里的人说，他们刚听说有这种酒，但还没有进过。朋友自远方来，得想办法让人家乐乎乐乎。站在电话旁边，他想，钟子玉家里肯定有这种酒，要不要往他家里打个电话？每走一步都必须找到一个理由，他再次想起了"有朋自远方来"的那句老话，这应该能成为理由。那里果然有。没过多久，钟家的小保姆就把酒送过来了。这时候，费边才知道那酒叫"干白"。

喝着来之不易的干白，他们继续聊天。美国女人还是有点闷闷不乐。到中国来的美国男人，一个比一个快乐，陪丈夫来中国的美国女人，一个比一个不快乐。第三世界对第一世界的威胁就体现在这里：让他们的日常生活不得安宁。她快乐不快乐，我可解决不了，费边想。他现在要做的是，一方面欣赏女人的不快乐，一方面怎样尽可能得体地回答男人提出的问题。当那个美国男人问他怎样看待海明威喜欢待在古巴、博尔赫斯向往东方生活的时候，费边说，那不是由于遗忘，即便是，那遗忘也并不是记忆的对立面，而是记忆的另一种称谓，对他们而言，那是一种返祖记忆在作祟。

哦，记忆，那个美国人好像知道他要这么讲似的，随即把话题扯到了记忆上面。他现在提到的是另一种记忆。"费边先生，你对你的父亲有着怎样的记忆，这种记忆又在多大程度上影响了你的生活？"好像担心译员无法准确地翻译出自己的话，美国人这时候突然说起了汉语，而且说得还他妈的很地道，至少和来内地卖羊肉串的新疆人不相上下。费边后来对我说，他当时一下子就陷入了沉默。他说，有多少种说话的方式，就有多少种沉默的方式。他引用福柯的话对我说，有些沉默带有强烈的敌意，有些沉默却意味着深切的友谊、崇敬，甚至爱情。他还说，有些沉默是反抗，有些沉默是臣服。"我的沉默算是哪一种呢？我的脑子一下子被吸尘器吸空了。"他说这就是他当时的感受。不过，请别替费边担心，他是难不倒的，我的朋友费边总是能找到化解问题的方式的。他从沉默中迷过来，用说笑的口气把美国人踢过来的皮球又踢了出去。

"没有什么记忆，"他说，"我对父亲的记忆只是一顶帽子。"

美国人是不可能知道帽子在中国特殊语境中的含义的。许多词语，如帽子、破鞋、老九……一旦进入中文，对老外们来说，它们就成了迷宫中的拦路虎。费边现在打的就是这副牌。那个老美果然被他搞糊涂了，迷惑地看着他，把肩膀耸来耸去的。"就是头上戴的帽子？"老美问。"难道帽子还能戴到脚上？"费边说。说过这话，他就不肯再多说一句了，打过一枪，就该换个地方了。"咱们还是谈点别的吧，比如印第安人的头饰，林肯总统的泼妇，美俄宇航员在太空的联欢。"美国人执意要和他讨论意识形态问题，费边说，"咱们还是谈宇航员吧。谈到宇航员，我这里有两个现成的笑话。一则是，贵国的一艘太空船进入倒计时发射的时候，宇航员突然想大便，他请求把这泡屎拉到生他养他的地球上，没有得到恩准，他只好穿着臭烘烘的裤子进入太空，他的美好的太空旅行就被这泡屎给搅坏了；另一则你可能更感兴趣，因为这跟你想说的意识形态问题有关。说的是苏联的宇航员返回地球的时候，无法降落，因为他的祖国解体了，他不知道该在哪里降落，地面指挥中心也无法告诉他，所以他只好继续在太空漫游，靠数星星打发日子。"他这样一边讲着，一边想，我讲这些有什么意思呢？想揭示人类存在的普遍困境吗？想用无聊的笑话来填补我们之间的缝隙吗？可不谈这个还能谈什么呢？路德说了，整个世界就像一个醉汉，你从这边把他扶上马鞍，它就会从那边栽下来。和美国人在一起谈意识形态，就是醉汉在搀扶醉汉。

双方都意识到话不投机，就只好喝酒。第一瓶酒喝完之后，费边去书房取酒（刚才那个小保姆直接把酒送进了他的书房）。杜莉跟着走了进来。她说："我有点晕了。"她拍拍脑门，说自己有点腾云驾雾的感觉，甚至都没听清他们都谈了些什么。"你要不要先去躺一会儿？"费边说。"不，晕着挺舒服的,我迷恋这种晕,"杜莉的嘴很甜,她说,"我还想继续听你说话呢,你比老外还厉害,听你说话长见识的。"

那两个美国人看到他不愿和他们多啰嗦,就提出告辞了。杜莉和他们一起下了楼,并把他们送上了出租车。我的朋友费边就站在窗口,掀开窗帘的一角,看着在路边徘徊的杜莉。接着他又来到了阳台上,站在这凸现于房间之外的地方,他感到他看得更清楚了。就在这个时候,回首张望的杜莉看见了他。杜莉朝他摆了摆手,既像是告别,又像是招引。

对他和杜莉初次做爱的情景的描述,有两种不同的版本问世,而且它们的版权都属于费边。第一个版本里说,他就是在这一天的午后和杜莉上床的。第二个版本里说,事情是在两天之后才办妥的。当费边想举例说明自己办事喜欢速战速决的时候,他就用第一个版本。当他想说明自己办事喜欢按部就班,悠着点来的时候,他就抬出第二个版本。我本人喜欢速战速决,所以我没给商量,就决定用他的第一个版本来叙述故事。为了说得清楚一点,在讲的时候,我可能还得稍加一点自己的想象,把他的版本适当扩充一下。

杜莉向他招手之后,大约只过了几分钟,等在门后的费边就听到了敲门声。可以想象,这个时候的费边已经通过门上镶嵌的"猫眼",看见了上楼上得有点气喘的杜莉。

接下来要发生什么事，费边当然是清楚的。不但清楚，他还要预先作点分析。在任何时代，性和真理都像麻花一样扭在一起。性的游戏就是真理的游戏，真理的游戏也就是性的游戏。他的分析没能更好地深入下去，因为，他的手等不及了，把门突然打开了。没有必要的过渡，他们就像费边刚才想过的那种麻花那样，很快扭到了一起。双方的动作都很娴熟，娴熟得就像拿着自己的钥匙去开锁一样。你一定觉得他们有点太急了，还缺了点什么。这一点费边也想到了，因此在开锁的时候，费边做了一点必要的补充，把"我爱你"三个字说了出来。这三个字组成的是一个最简单的主、谓、宾齐全的句式，多说儿遍也耽误不了多少时间，杜莉大概也懂得这个道理，就陪着费边把它说上了好几遍。在重复这句话的时候，杜莉插进来了一句："费先生，我上来也只是想陪你再喝几杯。"

他们已经松弛下来了。一松劲，就有机会寻找借口了，费边想，找借口还不容易，我可以随口就来。他说："你说得对，我在阳台上转悠的时候，心里也在想，怎么能让你上来再喝杯酒呢。正这样想着，你就来了。"他说这番话的时候，"借口"这个词像一个磁性的亮点似的，在他的脑子里飞快地移动了起来。如果找不到借口，她说不定就不上来了。谈情说爱需要借口，开枪需要借口，干什么都离不开借口。借口往往被当成历史必然性上空飘的花絮，可是，如果这样的花絮飘满整个天空，遮天蔽日，挡住了所有的光亮,你还有什么理由否认历史和人本身就是一种借口。费边起身去给杜莉拿酒的时候,脑子仍在快速地转动着。他想到了诗学问题。"借口",这个词放到诗歌里面,你甚至很难找到另外的词和它押韵。它是一个异物。它只能靠自我重复,来凑成拙劣的韵律。它被诗学排除在外,可它却构成了历史诗学。许多天之后,在一张酒桌上,当费边提到他对"借口"这个词的分析的时候,朋友们都拍案叫绝。朋友们当然不可能想到,他那灵感的火花最初是这样闪耀出来的。

这一次,他没跟杜莉谈柏拉图的"爱情说"。他得留一手,他要在合适的时候,像盖章那样,把这句话盖到她的脑子里。以前,人们是先结婚后恋爱,时代不同了,现在是先做爱再恋爱,做得多了,也就像是恋爱了。有一天,吃着她烧的对虾,费边感到自己确实有点爱上她了,就把柏拉图搬了出来。他讲得是那么形象、逼真,好像真的有两个半边人在天空漫游。他从杜莉的眼睛中看到她听得很入迷。他对她说:"现在好了,我们已经缝合到了一起,成了一个完整的人。"

杜莉的眼睛仍然睁得很大,仿佛还被那虚无缥缈的情景吸引着。费边被她的神态逗乐了。他摇摇她,似乎是要把她从梦幻中摇醒。

她提了一个问题:"我们的孩子,孩子的孩子,生下来的时候,也是小小的半边人吗?"

这个问题是那么简单，费边用筷子在桌上划拉了两下，就把问题给她解决了："没错，亲爱的。在他们还不能叫做人的时候，就已经是一半一半的了。一半叫做精子，一半叫做卵子。这个时候，他们漫游的区域比较小，只是在精囊和卵巢里兜弯子。当然，在另一个意义上说，区域也不能算小。因为我们这些人到处漫游的时候，都把他们随身带着。"

许多年来，费边一直在大学里教书。他喜欢待在这种地方。他认为，对中国知识分子来说，只有待在这里，才能感到角色和人不分离，就像演员和角色的不分离一样。这话是不是有点玄乎？它是费边说的，玄乎不玄乎与我无关。如果你觉得听不太明白，你就把这话放到一边算了，不要去深究。

照我的理解，他之所以要待在这种地方，是因为他可以在此获得舌头的快乐。他在这里讲述、分析作家的作品，无论讲得是好还是孬，都有法定的听众（学生们如果旷课，就别想领到象征着知识分子身份的毕业证）。当然费边的课讲得还是不错的，可以毫不夸张地说，他是同系的老师当中讲得最好的老师。他肚子里装了那么多的知识，他随口吐出一点，就够那些莘莘学子琢磨终生了。学生们对他已经不是一般的尊敬，而是崇拜了。一次，一个学生在课堂上对他说："费先生，当老师就要当你这样的老师。你就像一个国王。"费边连忙谦虚地摆摆手："可不能这样说，我做得还很不够。卢梭有一句话，我不妨在此提一下：在盲人的国度里，独眼龙就是国王。"

这里，我冒着以小人之心度君子之腹的危险，透露个秘密：费边乐意待在校园里，还有一个重要原因——他迷恋校园里的女孩子。据说现在的女大学生只有一半是处女，究竟是不是这样，我没有统计过，不敢多嘴。我倒是就此事问过费边，费边说他也咬不准。费边说，她们纯洁也好，放荡也罢，先不去管它，有一点是可以肯定的，她们都很有味道，可以给人无尽的遐思。费边说，她们都受到了较好的文化熏陶，起码能读懂印在明信片、贺卡上的诗句，不像社会上的那些生瓜野枣，让人看着就头疼。他还说，等你看够了这一茬，不用你操心，国家就替你把事情办好了——让她们毕业了，夏天和金秋嬗变的时候，嗷嗷待哺的一批就又来了：

她们就像顺水漂流的花朵，

无需抚摸

食指就充满了芬芳。

可以说，在和韩明闹僵之前，费边每次走进校园，心中都是充满喜悦的。结婚之后，他从某个漂亮的女大学生身边走过，闻到她们身上的那种少女的香气的时候，他虽然也会感慨生活不够完美，但这并不影响他那有理性的快乐。他懂得这样一个道理：蛋糕上的糖霜虽然少了一点，可它终归是一只有糖的蛋糕。

杜莉生完孩子刚出院，有一天，费边正在家里观察孩子吃奶，电话响了。他没有马上去接，他觉得没什么比看孩子吃奶更有意思。别的不说，杜莉那刚从孩子嘴里拔出来的乳头就很有意思，它像桑葚一样饱满而且发紫。以前它们一直在游戏，是无用之用，现在开始工作了，呈现出有美之美。电话还在响着，杜莉催他去接，他只好丢下乳房，朝电话走过去。是韩明打来的。韩明说："哥儿们，你是不是也在坐月子？"费边说："和坐月子差不多，我正在突击学习怎样做父亲。莎士比亚的《威尼斯商人》里说，了解自己孩子的父亲才是聪明的父亲。我正学着做一个聪明的父亲。"韩明说："男人的那玩意只要没什么大问题，都能做父亲。"他承认韩明说得没错，可他现在正在兴头上，不愿听这种话。他对韩明说："话可不能这么讲，男人要想当父亲，必须借助神力。"他还想继续和韩明讨论做父亲的问题，可韩明打断了他。韩明说："闲话少说吧，我打电话是通知你来开会的。我或许应该提醒你一下，你已经有三个星期没有露面了。"费边这才突然想起，韩明可能是以系主任兼系党总支副书记的身份和他说话的。在杜莉入院前几天，韩明曾对他说过，任命书已经签过了，只待宣布了。那一天，韩明还说，上任之后，他要烧三把火。第一把火是整顿纪律，每星期二下午的政治学习，实行打卡制度，谁的卡片没有翻过来，就扣谁的奖金，这叫精神和物质挂钩，不管好不好，先挂一段时间再说。第二把火是举办系列学术讲座，搞讲座就是吹小号，小号滴溜溜一吹，系里的学术气氛就会严肃而活泼。韩明说，他首先要请的就是那个和他抬过杠的写《论语新注》的家伙，那家伙不是很能吹吗，那就让他来吹两次。韩明说，他要烧的第三把火是在系里设立一项"学术基金"，谁在国家级刊物上发表了论文，就另付给谁一笔稿酬，别人眼红也没用，有本事你自己也找门路托关系发表去嘛，又没人拉你的后腿。费边记得，韩明最后还很得意地说了这么一句："操他娘，老子这三把火一烧，你看能把系里烧成什么样子。"费边当时不知道该对韩明说些什么，当韩明征求他的看法时，他说，哈姆雷特有一句话很有意思："'这是一个颠倒混乱的时代，唉，倒霉的我却要负起重整乾坤的责任。'看来，你要当哈姆雷特了。"这会儿，费边想，看来韩主任真的是走马上任了。

第二天就是星期二。在系主任办公室，费边找到了韩明。他从中袋里掏出一把大白兔奶糖，撒到韩明的办公桌上，说："吃，吃啊，为我女儿祝福一下。"

韩明捏起一颗糖，起身上了厕所。在厕所门口，韩明把脑袋探出来，示意费边过去一趟。费边不知道韩明的葫芦里卖的是什么药，就迷迷糊糊地走了过去。站在小便池前，韩明说："哥儿们，这糖我是要吃的，"说着，他剥开糖纸，将大白兔塞到了嘴里,"这糖我吃了,可奖金还是要扣的,扣你这个月的五十元奖金。"费边说:"扣就扣了,我没意见。我愿意当一只鸡。"

"不是鸡。我这是杀猴给鸡看。"韩明说,"这样吧,这个月的奖金我替你出,算是我送给侄女的一份小礼物。喂,孩子的名字起好了没有?"

费边说:"你这么一说,我就想到孩子该叫什么了。这是孩子收到的第一份礼,那叫她费礼算了。"

"费礼?"

"对,就叫费礼。'礼'字和杜莉的'莉'字谐音,挺好的。要紧的是,它可以纪念我们之间的友谊。"

这个时候,这两个人之间的关系还是说得过去的。用费边的话来说,就是"我们虽然不像过去那么热乎,但在别人眼里,我们还像狗皮袜子那样,没有反正之分。"他们闹僵是在这一年的六月中旬,在歌咏比赛的彩排现场。每年的这个时候,学校都要筹备歌咏比赛,先是各系组织排练,然后比赛,获得前几名的系,再联合组队,拉到社会上和别的单位比赛。以前,系里总是出钱雇用省、市歌舞团的演员来担任领唱和伴舞,再叫上一些闲着没事、喜欢扎堆的教师,拼凑起一支杂牌军,去和别的系较量。可这次不同了,新官上任的韩明首先向学校提出,各系都不能使用雇用军,凭真本事进行一次公正的比赛。他的建议被学校采纳了,并以红头文件的形式发到了各个系里。其实,韩明的过度认真还是可以理解的,这是他上任以来遇到的第一个大型活动,他当然想把它搞好,给自己的从政生涯来个开门红。

最后一次彩排的时候,精益求精的韩明突然发现有几个教师是在那里滥竽充数,因为他们的口型缺少必要的变化。费边做得更绝,别人张嘴的时候,他的嘴闭着,别人闭嘴的时候,他的嘴却张着。韩明恼坏了。他让这几个人出列,把他们叫到舞台的一侧,问他们是否存心要给中文系脸上抹黑。教现代文学的那个老师说,他想唱,可就是记不住歌词。韩明眉毛一挑,说:"别逗了,你能整段整段背诵《野草》,却记不住这几句歌词?"就在这个时候,被晾在一边思过的费边忍不住了,他感到自己得说上几句了。他给那个教师递了一根烟,说:"这一点都不能怪你,要怪只能怪这些文理不通的歌词。"他的话让那个挨训的教师也听迷糊了。费边说:"这种文过饰非的歌词,虚张声势、咋咋呼呼的曲调,和真实相违背,先天就具有被人遗忘的性质。"他又问韩明,"你说是不是这个理儿?"费边后来告诉我,他的话打动了韩明,因为韩明本能地呈现出了恍然大悟的表情。他说,按照他当时的理解,韩明之所以没有接他的话茬,是因为聪明的韩明知道有些真理是无需讨论的。韩明把他拨拉到一边,对那个著有《建安风骨论》的副教授说:"你呢,你也是记不住歌词?"副教授说:"歌词我倒是记住了,曲也听熟了,问题是,往人堆里一站,听大家像打狼似的那么一吼，我的舌头就不听使唤了，舌头就跟过敏了似的。"在副教授嬉皮笑脸说话的时候，我的朋友费边在他身边转来转去的。这时候的费边，就像一条经过特殊训练的警犬，听到一点声音，闻到一点气息，就会条件反射地作出分析和判断。他说得对。这些词曲一旦和个体经验相脱离，就成了虚妄之物。记不住它，是因为它遭到了人的记忆的排斥。蒙田说过，记忆奉献在我们面前的，不是我们所选择的东西，而是它所喜欢的东西。能记住了，可转眼就忘了，那是因为它即便借强势力量侵入了记忆，它也无法在时间中扎根。记住了没忘，那也白搭，因为你发出的是别人的声音，它取消了个人存在的真实性。刚才这位老师用到了一个词——"过敏"，这个词用得好啊。过敏性反应的常见症状是休克、荨麻疹、皮炎，发不出声音，可以看成是"舌头的休克"。费边觉得自己的这套分析很有点味道，他不是一个自私的人，不想一个人独吞，就把它贡献了出来。他这种说话风格，韩明又不是没有领教过，韩明以前对此总是赞赏有加。可这一次，费边刚说完，韩明就对身边的人说：

"大家看啊，我们的费先生是不是吃错了什么药。"

没等别人作出反应，韩明就对费边说：

"我还没有问你，你怎么就像娘儿们一样啰嗦开了？"

即便是傻瓜，也能听出韩明话里的敌意，何况费边并不是一个傻瓜。看在多年朋友的分儿上，费边没有立即让韩明难堪,他只是说:"我来之前,确实吃了点药。我吃的是健忘药。我把这些陈词滥调全忘光了。"

别以为费边能轻易把韩明的嘴巴堵住。韩明也不是吃素的。当初能混进那个学术沙龙的人,都是有几把刷子的。现在,博学的韩明对费边的回击,同样是引经据典的。韩明说:"健忘药可是个好东西。让我们感谢健忘的人,因为他们也忘却了自己的愚蠢。"他刚说完,费边就知道他引用的是尼采的话。他对韩明说:"尼采要是知道你在这种场合引用他的话,在天之灵一定会感到不安的。"

费边想起了《李尔王》里的一段台词,只是他记不起来那是哪个角色的台词了:

> 这年头傻瓜供过于求,
> 因为聪明人也要装作糊涂,
> 顶着个没有思想的脑壳,
> 跟着人画瓢照着葫芦。

学人过招,一招一式都很有讲究。他们就像两个提线木偶,在后面提线头的,都是他们景仰的大师。他们就那样闹着,好像都对此上了瘾。闹了一会儿,韩明说:"大人不计小人过,我不跟你闹了。费边,你要是不想唱,现在就可以走。"费边不走,他说他想听韩主任唱:"你先唱唱,让大家听听嘛。"他知道韩明肯定也没有记住歌词,因此他鼓动人们欢迎韩明来个男声独唱。韩明慢悠悠地说："我是公鸭嗓子，唱不好的。你们要是真想听歌，那就到费边家去听。你们大概还不知道，费边的夫人杜莉女士，在被学校开除之前，曾是一个人见人爱的校园歌手。"

费边可没有料到韩明会来这一手。他正要质问韩明是什么意思，韩明又对他说："你要是允许大家去，我现在就出去叫车，车钱由我来付，让大家领略一下杜莉的风采。"

费边出手了。他朝韩明捅了一拳。

有那么一段时间，我每次见到费边，聊着聊着，他就提起他的出拳。"那一拳要是打着他的话，非把他的鼻子打歪不可。"他虽然没有打着韩明（韩明当时机警地闪了过去，费边打空了，还差点摔倒在地），可他知道两个人的关系就这样玩完了。他想韩明肯定会寻机报复他。"他不会放过我的，一个槽里拴不住两条叫驴，你看好了，这小子肯定会在我背后捅刀子的。"怎么个捅法呢？他排列了一下，觉得不外乎这么几种：在学生中活动，收集他平时在课堂上讲过的一些不够慎重的言辞，将它们整理成册，交给有关领导，将他赶下讲台；在职称问题上给他穿小鞋；在朋友当中造他的谣，说他出于嫉妒，拆老朋友的台……

"母鸡不撒尿，各有各的道。真的闹到这一步，我也不是手端豆腐的，我也能想办法逼他就范，"他说，"我上头有人。"我注意到，这个时候的费边经常引用中国的民谚和典籍，诸如"先下手为强""老虎屁股摸不得""死猪不怕开水烫""曲则全,枉则正,洼则盈,弊则新""人不犯我,我不犯人"……它们言近而旨远,形象而生动,都是中国人智慧的结晶。这些本土的民谚、典籍和西方哲人的格言、警句,经过了费边的高压锅,就成了色香味齐全的什锦菜肴。那实在是丰富的精神食粮啊。

但是,有一天,费边兴致勃勃地谈论了一通他准备对付韩明的计划之后,他突然也对自己所有使用的杀手锏作了一通分析。他说,这其实是典型的窝里斗,是吃饱撑的。他说,据说人类一思索,上帝就发笑,其实轮不到上帝发笑,人类自己就忍俊不禁了。那一天,他还给我谈到了铁血将军巴顿的故事。巴顿在二战时率领"巴顿军团"驰骋沙场,是二元对立时代的英雄,他是一个被战争异化的人,和平就是他的地狱。说完这话,他就陷入了长久的沉默。我想,辞职的念头,他大概就是那个时候产生的。当天晚上,我回到家,接到了杜莉打来的电话。她问我和费边都谈了些什么(她这样追问,使我感到很不舒服)。她说,费边好像犯病了。我紧张了起来,问是什么病。她说,费边正在草拟辞职报告。她怀疑他是发高烧,烧糊涂了,就把体温计塞到了他的嘴巴里。杜莉说,他的体温现在是37℃,只比正常体温高出一点,还不至于把人烧得神志不清,她不能不怀疑费边的脑子是否受到了什么刺激。我说那怎么可能呢,他或许是在和你开玩笑。我这么一说,她的嗓门就抬了起来,把我吓了一跳。她说:"别装蒜了,去把费礼的屁股擦了。"我赶紧把电话放下了。

是不是由于杜莉的反对,他才打消辞职念头的,我不知道,反正他并没有真的辞职。在第二年的秋天,他的对头韩明被撤职之后,他的同事们都在背后议论,说费边有可能升上去,顶替韩明坐上系里的第一把交椅。这种议论是那样盛行,连我这个局外人都有点信以为真了。我以为费边之所以一直没有向我透露,是因为他想在最后给我一个惊喜。这么说吧,我当时已经打起了小九九,等费边一握住权力,我就让他帮忙把我弄到他的学校,当一个驻校作家。可最后,费边让我们这些人都失望了。

事后,我曾向费边谈起过我当时听到的一些说法和我自己的打算。费边说:"并不是没人要我干,上头确实有人找我谈过话,可我不想干,我想当一个自由知识分子。"他告诉我,找他谈话的就是主管文教的钟副市长。他说,钟市长曾问他是不是想换个地方再当官,他说不是。他对钟市长说,他也不想换地方,因为一换,外面所传的韩明是他搞下去的说法,不是真的也变成真的了。费边说,杜莉倒是想让他捞个一官半职,可他没有搭理她那么多。

我现在突然发觉,我其实无法描述杜莉这个人,甚至连她的面貌我都无法准确把握住。就像变动不羁的现代生活不可能在记忆中沉淀为某种形式,让人很难把握一样,杜莉相貌的多次变更,使我在试图描绘她的时候,显得无从下手。自从我见到杜莉以来,她的相貌就缺乏稳定性,而且越到后来变化越快。现代各种化妆术、美容手术,在每一个爱俏的女人脸上找到了用武之地。它们不仅能够改变女人皮肤的颜色、松紧度,而且能使女人脸上的骨头、重要器官甚至种族特征,在午后短暂的时间内,发生变化。

在费边看来,有一个若有若无的杠杆在引导女人的脸蛋,使那些脸蛋越来越标准。男人无法通过视觉来判断对方是谁了,只好依靠嗅觉,通过闻体味来判断和自己同床共枕的女人究竟是谁。可嗅觉也会失灵,因为一滴香水就能改变一个女人的体味,甚至能把一个人身上的狐臭味给盖掉。看来只好依靠听觉了。费边说,通过听觉是不是就一定能分辨出对方是谁,他是不敢把手指头伸到磨眼里打赌的,因为人的嗓子同样会变。由于各种发声方法的引进,一个女歌手在行家的调教下,几天之内,就会变调。费边说,算来算去,似乎只剩下一项判断依据,那就是习惯,但这也并不是非常可靠。马克·吐温说,习惯就是习惯,虽然任何人都不能把它扔出窗外,但是可以将它慢慢地轰下楼。费边的这段精彩的论述,显然来自他对杜莉的观察和思考。有一次,我和费边在谈起这方面的话题时,费边突然对女人的这种变化作了一点勉强的肯定。他神情诡秘地说:"也不能说一点好处都没有,和这种变来变去的女人做爱,你时常会感到你是在和大众通奸。一般的通奸只能让人感到惊喜,这个呢,还能让你有一种很磅礴的感受。"

一九九三年的春天，我在济水河边的小广场再次遇到杜莉的时候，我一下子就想到了费边的精妙论述。当时，我真的差点没把她认出来。她的鼻梁垫高了，新割了双眼皮，下巴似乎也动过——她原来的下巴比较短，现在变得比以前尖了。或许是由于化妆的缘故，她的嘴巴也变得比以前更大了，如果你认为青蛙的嘴巴是美的，那你就得承认杜莉的嘴巴也是美的。她连名字都改了。在演出的节目单上，她的名字叫卡拉。对一个想在江湖上混出点名堂出来的女歌手来说，这个名字确实非常 OK，因为它能让人过目不忘。我猜对了，这个名字果然是费边给起的。

我是应费边之约，来这里欣赏杜莉的演出的。这是我第一次在公众场合听杜莉演唱。坦率地说，她唱得并不好（至少在我看来），她的嗓音有点沙哑、疲倦，唱起来也毫无激情，和我想象中的杜莉有着云泥之别。这一天，她按要求唱了一首老歌——《北京的金山上》。唱完之后，她来到我和费边跟前，征求我们的看法。她征求意见时的神态娇羞可爱，同时又显得很郑重其事，让人马虎不得。我说唱得好啊，有点老歌新唱的味道，真是有意思啊。我正担心会不会惹杜莉不高兴呢，费边接口说，这就对了，要的就是这种效果。

"你说的是真的吗？"杜莉问我。

我说是真的，照这条路走下去，或许能唱出一点名堂的。千万别怪我言不由衷，我说的这些话都是费边事先交代过的。当然，费边不交代我，我也不可能实话实说，对朋友的老婆，客气一点总是没错的。我刚讲完，费边就说："这是根据她的嗓音条件，做出的一个基本定位。这样搞没错，在美学上，这就叫做以丑来表现美，可以传递出一些复杂的感情，它还有点像叙事学上讲的复调。"说到这里，费边突然像拍蚊子那样，在自己的脑门上猛拍了一下，然后又像弹奏乐器似的，几根手指在脑门上弹来弹去，他的眼睛一下子显得很亮，说："我知道怎么对付那个老家伙了。"

"哪个老家伙啊？"杜莉笑着问他。

"陈维驰啊。"费边说。

杜莉对他那样大惊小怪很不以为然。她说，你找他干什么，钟叔叔不是已经给他打过招呼了吗？费边说："让我怎么说你好呢，说你头发长见识短吧，你又不高兴。不找他行吗？我可不能让你给他留下走后门的印象，我要亲自去说服他，免费给他上一课，让他知道选你参赛、获奖，是公正的选择。"

陈维驰是本市的音协主席，是即将举行的大型声乐比赛的评委主任。此人在法国、奥地利、上海、延安、北京都生活过，是音乐界有名的作曲家和声乐理论家。杜莉一直想让费边带她去拜访一下他。有一次，费边正在我那里聊天，杜莉把电话打过来了，催他去找陈维驰。他说，他已经给钟叔叔讲过了，由姓钟的去打招呼。放下电话，费边就对我说，托尔斯泰那句话说得真是地道啊，女人是男人身上世俗的肌体。他告诉我,他实在不愿搭理陈维驰。他说:"陈在任何时代都是弄潮儿,从不犯错误。爱默生说,从来不犯错误的人,一定是谬误的化身。这种人是不能打交道的。"其实,就我所知,他不愿见陈维驰,主要是因为陈维驰还是个巧舌如簧的理论家,既能把一根稻草说成金条,也能把一根金条说成稻草。如果你没有足够的思想准备,你就别想说服他,见他还不如不见,因为那只能把事情搞得更糟。

为了让自己的老婆高兴,许多天来,他一直在寻找和陈维驰谈话的角度。在他看来,角度的问题是个非常重要的问题,找角度具有非同寻常的意义,它类似于点穴。干什么事都需要找角度,写诗、打井、在公共汽车上放屁、分析课文、甚至做爱,都需要角度。做爱的时候,如果你不能合理地安排体位和角度,不但自己痛快不起来,还会惹对方不高兴。谈话也是这样,特别是和陈维驰这样永远吃香的家伙谈话,如果你事先选不好角度,对方可能会像轰苍蝇那样,把你轰出门外,或者干脆用蝇拍把你给拍死。

他是第二天去找的陈维驰。在路上,他一直在想陈维驰首先会问哪些问题,他该如何应答,然后在应答中穿插进自己的问题,进而把他摆平。他想:"我或许应该先说我喜欢他的作品。可是,如果他问我喜欢他的哪些作品,我就傻眼了,因为我只记得他的一首歌,准确地说,只记得由他谱曲的一首歌中的一句歌词。"那是什么歌词啊,"官逼民富咦呀嘿,民呀不能呀不富"。他想,这个老陈可真他妈的是个大滑头啊,轻而易举地就把一句成语化成一贴皮炎平软膏。这是一个春天的早上,从黄河故道吹来的风沙,弥漫在城市的大街小巷。被水淘洗得干干净净的沙粒,一进入城市就变成了脏兮兮的尘土,它们像桃毛一样,使人皮肤发痒。费边乘坐的面的在尘土飞扬的道路上奔波。要在平时,他或许会对那些尘土作出精彩的分析,但眼下,他顾不上这个了,他得抓紧时间分析陈维驰的心理。陈维驰是一只狐狸,和狐狸打交道可不是闹着玩的,一定要谨慎。阿奎那在《神学大全》中说,谨慎是所有德行的原则。费边想,他不能提那首歌,八面玲珑的陈维驰或许会认为他是在拐弯抹角地骂他。怎么办呢,总不能一上来就直奔主题吧?还是需要先说一些陈词滥调的。他一时有点慌神了,因为他不知道该说哪些陈词滥调。离陈维驰家不远了,他得赶快把这个问题解决掉,于是,他让司机把车开到路边。司机以为他要下车了,就把发票撕了下来。他只好对司机说他还没有到站,他只是想让车停下来,使他可以安静地思考一个问题。司机迷惑地看了他一会儿,问他需要思考多长时间。他说,这可说不定。司机显得很不耐烦,说:"不说那么多了,你交钱走人吧。我还得到丈母娘家接人呢,去晚了,那老东西饶不了我的。"

见司机说得那么可怜,他就把他放走了。现在,费边站在路边,抓紧时间想着问题。有那么一段时间,他的注意力集中在"陈词滥调"这个词本身。他想起很久以前，他曾在朋友的聚会上，引用过一段哈韦尔先生的话，来说明自己的观点。那段话他现在一时想不起来了，能想起来的只是其中的一句：陈词滥调是这个世界的中心原则。哈韦尔恶作剧般的反讽使他这个引述者，在当时感到无比畅快（仅仅是引述本身就已经让他畅快了）。然而现在，当他又想起这句话的时候，他却怎么也畅快不起来。他站在路边的窨井盖上，在飞扬的尘土和杂乱的人群中，脑子里乱成了一团麻。

费边多虑了，当他真的赶到陈维驰家的时候，事情远不像他事先想的那么复杂。他和陈维驰很快就聊开了，聊的并不是陈维驰的作品，而是巴赫的《马太受难曲》和陈维驰计划中的婚礼。之所以聊这个《马太受难曲》，是因为他走进陈维驰的工作间的时候，那庄严的旋律就在他耳边回响。陈维驰的小情人把费边领进去之后，就退了出去。费边和陈维驰以前曾在各种会议上见过面，所以陈维驰上去就把他给认出来了。陈维驰开口就问他："费边，这支曲子你是不是也常听？"费边说，他知道巴赫，但听得很少。

"起码得听听这一首，此曲只应天上有啊。"

陈维驰说着，就把音量调小，给他补了一课。陈维驰说，说起来这首曲子也是应命之作，因为它是献给王后的，应命之作能写得如此漂亮，确实可以给我们很多启发。陈维驰说,这支曲子在一八四三年首演的时候,大厅里鸦雀无声,人们仿佛在教堂里倾听福音,参加礼拜仪式。陈维驰召小情人给费边倒上菊花茶,并让费边发表一下自己的看法。费边说:"陈先生说得对,巴赫就是巴赫,就像上帝就是上帝。"

"和这些大师一比,我们的作品就像是济水河上漂浮的垃圾,惭愧啊惭愧。"陈维驰说,"我想好了,这次结婚,我一定要选用这首曲子来代替《婚礼进行曲》。"一谈到婚姻,陈维驰的那个小情人就进来了(刚才她在外面一定竖着耳朵听着呢)。陈维驰说他初步定在"七一"结婚,按照他的设想,他想到教堂里举行婚礼,可这是在中国,他不得不考虑到国情和自己的身份,所以他现在感到很为难,只好在平时把这支曲子多放几遍,聊以弥补缺憾。陈维驰的那个小情人插嘴了,说:"当然得考虑周全,要是在教堂里搞,钟副市长可能就无法来了。"她又对费边说,"大诗人,你要是能把钟市长拽到教堂里,我们就在那里搞,然后到教堂门口的那个海鲜城撮(吃)一顿。"

"陈先生,你家里有没有电脑?"费边突然来了一句。他的发问显得没头没脑的,把陈维驰和他的情人都问傻了。

费边说:"你们可以先在电脑 Internet 互联网上举行个教堂婚礼,然后在'七一'再举行一次,这样就两全其美了。"见他们还在那里发愣,费边的话匣子就打开了。他说现在最时髦的婚礼就是在 Internet 互联网上进行的,新郎、新娘、神父和亲朋好友，从各个地方进入虚拟的网上教堂，完成网上联姻，让你不费吹灰之力，就可以过一把教堂婚礼的瘾。

在这里，我得顺便说一下，费边对此其实也是一知半解，因为这个信息是我提供给他的，他甚至都不知道那是日本富士通电脑公司搞的玩意儿。可费边现在把那对傻帽都唬住了。费边还说，如果他们感兴趣，他可以帮老夫少妻进入那个神奇的互联网。

太好了，不用说什么陈词滥调，不需要有什么心理负担，只是谈谈电脑，就和陈维驰沟通了。我想这时候费边心里一定非常得意。他现在觉得应该趁热打铁，把杜莉的问题解决一下，然后就拍屁股走人。他对陈维驰说："陈先生，见你一次很不容易，我想趁这个机会向你请教一些学术问题。"陈维驰没吭声，但他的脸上浮现出了笑意，那笑意告诉费边，他愿意随时解答他的难题。费边说这些问题是他听了杜莉的歌唱之后才想到的，不知道对不对，愿聆听先生的教诲。费边的这套话很妙，应该记下来。亚里士多德首次提出艺术可化自然丑为艺术美，认为给人痛感的事物，如果能在艺术中得到忠实的描绘，就会给人以快感。莱辛认为艺术家可以把丑作为一种组成因素，自然中的丑往往更能表现性格。丑并不是假和恶，陈先生，我觉得这些大师们的说法都非常有道理。实际情况大概也正是这样，丑一旦进入审美领域，就具有了积极的审美价值了。而杜莉，就是那个准备参赛的卡拉，她的歌声，似乎正系于这些背景性命题。陈先生,我也不知道我这样想有没有一点道理。因他这么讲的时候,他突然觉得杜莉和这些问题似乎还不能完全挂上边,有点驴唇不对马嘴的味道,但既然讲了,就不要耽搁了,干脆一口气讲完算了。这样讲完之后,他期待着陈维驰作出反应。过了一会儿,陈维驰终于开口了。陈维驰说:"我完全同意你的看法,不过,我们就不要再在亚里士多德们的身上浪费时间了。费边,你说奇怪不奇怪,昨天,有一个歌星缠了我半天,她对亚里士多德是哪个时代的人都不知道,竟然也向我谈起了亚里士多德,亚里士多德好像与麦当娜、卡拉斯一起,成了她们的偶像。费边,咱们还是来关心关心钟市长的身体吧。"

费边的脑子转得很快,他意识到陈维驰是想搞清楚他和钟市长的关系到底怎么样。这个问题难不倒他,他觉得自己照样有把握唬住陈维驰,只是他一时不知道该从何谈起,因为关于钟某人的现状,他知道得并不比别人多。钟患的是前列腺炎,走路时习惯叉开腿,给人的感觉,好像他的大腿根夹着一个火球。这谁都知道,因为他每次在电视上出现的时候,都是这么个模样。别人即便不知道他患的是前列腺炎,也能猜出毛病就出在那个部位。费边这么想的时候,他发现自己已经推开椅子站了起来。现在他知道自己要干什么了——他要把钟市长的走姿学给陈维驰看看。

他郑重其事地在陈维驰的木质地板上走了一圈,边走边说:"没办法,他只能这样走,因为他的那个地方怕磨。"他讲的本来是众所周知的事实,可经他这么一学,就带有某种私人性了,仿佛只有他知道得最清楚。陈维驰和他的小情人都被他的滑稽模仿逗乐了,连费边本人也忍不住哈哈大笑起来。一种狂欢的气氛,就在翻来覆去播放的《马太受难曲》中,达到了高潮。

费边大概觉得还有点不过瘾,还应该再"透露"一点什么,再逗逗眼前的两个活宝。于是,他又顺口胡诌了一通:"只有回到家里,他才可以少受一点苦。是这样的,他一进门,就把屁股放到了轮椅上,由小保姆推来推去的。他在家里很少走路,只有上厕所的时候,他才会走几步,因为小保姆无法陪他撒尿。"

陈维驰的那两只多次指挥过乐队的手,现在夹在双膝之间,快速地搓来搓去。他笑得太凶了,费边甚至有点担心他笑死过去。

这一年的六月底,杜莉如愿参加了那个全市声乐比赛,她演唱的是陈维驰的新作——《第一个节日》。这一天,费边很早就赶来了。他坐在下面,拿着节目单,着急地等待着卡拉女士的出场。因为参赛歌手有很多,所以他等着等着,就觉得不应该这样白等,应该思考点什么问题,否则时间浪费太可惜了。《第一个节日》这个歌名引起了他的兴趣,他对"节日"这个词作了一番长驱直入的思考。他后来的那篇很精彩的短文——《我们每天都在过节》，就是在这个圆形剧场构思出来的。费边发现，我们几乎把所有的日子都命名为一个节日，除了清明节需要放一些低沉的哀乐之外，其余的日子，都在召唤着人们打开嗓门，引吭高歌。他还发现，其实，几乎每一个节日的背后都隐藏着死亡，只有众多的牺牲和重大的死亡事件，才能使某一天成为让后人欢庆的节日，最后，他拐弯抹角地推导出这样一个结论：我们这样热衷于过节，目的是为了我们个人的生命在节日的庆典中，变得像桃皮上的绒毛一样微不足道。

这一天他正在那里长驱直入地思考问题的时候，一个留着漂亮的络腮胡子、穿着黑色圆领短袖衫的男子，来到了他的身边。这位男子自称姓李，叫李辉。他手中捧着一束花。他说，他刚才在门口看见了他，就跟着进来了。自称李辉的人，说自己既是费边诗歌的热心读者，同时又是卡拉的歌迷。"我以前听你朗诵过诗歌，从那时起，我就是你的崇拜者了，爱屋及乌，后来，听说卡拉是你的妻子，我就喜欢听她的歌声了。"这个看上去比他小不了几岁的年轻人，不像是个盲目的追星族。费边就把腿从座位的扶手上取下来，把身体放正，打量起这个人。年轻人显然担心费边不相信他，就当场低声吟诵了费边的一首短诗：

神啊
有人通过祈祷走近你，

有人通过犯罪跑近你，
而我，通过语言的枝条，
编织你的荆冠。

　　费边没有理由不激动。在这世俗的剧场里，被冷落的诗歌之鸟，突然栖落在他的肩头，他当然要激动。最近一年，他虽然很少写诗，可在内心，他仍像古埃及人对待木乃伊那样，精心守护着自己的诗神。舞台下面的光线有点暗，再加上那人的胡子太多，他一时无法看清对方的脸，这更加深了那梦幻般的气氛。这就给费边留下了这样一种印象：这个年轻人仿佛是在他的梦中出现的。他想跟他说上几句，但年轻人很快就告辞了，并说以后会登门拜访的。费边搞不清他从哪里来，要到哪里去，又不便多留他，一时就有点迷惘。他想站起来送送人家，可他刚站起来，就被对方按进了座位。

　　这一天，杜莉得的是二等奖。这实际上是本次声乐比赛的最高奖，因为一等奖是个空缺。在事后散发的宣传材料中，评委们说，之所以让一等奖空缺，是想让歌手们知道艺无止境。陈维驰的说法更妙，他说这是要把一等奖看成是对未来的召唤。晚上，费边夫妇请评委们喝完庆功酒，载誉回家的时候，费边正想用做爱的方式向杜莉表示祝贺，杜莉突然说，她现在不想上床，想一个人到河边走走。"你是不是想单独体验一下什么叫高处不胜寒？"费边对她说。

她笑了，说自己今天发挥得并不理想，有几句歌词甚至唱颠倒了。"我怎么没听出来？"费边说。他本来想安慰她的，没料到杜莉一下子发火了。"你知道什么呀？"杜莉说。

杜莉很晚才回来。她回来的时候，费边正在书房里翻找自己的诗稿，他想重温一下自己的那首旧作，看看自己在那句"编织你的荆冠"后面还写了些什么。今天如果不是那年轻人念了那么一遍，他就想不起来自己还写过如此精彩的诗句了。杜莉靠着书房的门站了很久，看他在那里挨个拆着牛皮纸信封。她站得有点不耐烦了，就走到他身边，把他手中的信封夺掉，然后拉着他的手，将他牵到了阳台上。

这天深夜在阳台上发生的一幕，日后必定让费边反复回忆。杜莉往阳台上走的时候，衣服已经一件件掉了下来。费边不知道杜莉的兴致怎么说来就来，可除了仓促应战，他似乎没有别的选择。好在阳台已被铝合金封死，好在玻璃外面是无边的夜色和婆娑的树影，否则，他们在吱吱嘎嘎的藤椅上的交媾就会影响别人视听。费边怀疑杜莉是不是又怀孕了，因为她在怀费礼的时候，性欲就旺盛得有点出奇。我妻子怀孕的时候，费边曾和我开过玩笑，问我是否能顶得住。他对我说，对于别的雌性动物来说，怀孕意味着发情期暂告一个段落，而人却相反，孕妇往往更来劲，就像两端都燃着了的蜡烛。他说，国外的一些专门提供孕妇的妓院，生意之所以非常好，就是由于这个原因。那天他在藤椅上，一边忍受着杜莉的反复吐纳，一边就在思考这些问题。后来，费边陪着杜莉叫唤了起来。费边的叫声类似于猪叫，鼻音很重，嗓子眼里好像还堵着痰块。杜莉的叫声更绝，像是在唱某段咏叹调似的，只是其中夹杂着一些打嗝似的声音。

　　他们忙完之后，又在阳台上坐了很长时间。不消说，费边这时又想起了几年前在阳台上发生的那一幕。当时他站在阳台上，看着杜莉送那两个老外上了出租车之后，在那里徘徊，后来她回来了，两个人像麻花那样扭到了一起，很可能她当天就怀上了费礼。费边现在问杜莉："你是不是又怀孕了？"杜莉的说法是模棱两可的，她说可能是也可能不是。杜莉还灵机一动对自己刚才的疯狂作了一番解释，说："怀上就得打掉，一打掉，你就好多天无法做爱，这就算是提前给你的补偿吧。"费边听她这么一说，脑子就转开了。他认为这是女人最笨拙的自我辩解，有点女性意识的人，总是以为男人把女人看成了性工具，照她们这么说，男人实际上就成了忙着挣工分的劳力。他正这么想着的时候，听见杜莉说，她想到北京去寻求新的发展。她说，她已拿到陈维驰先生的一封推荐信，陈先生把她推荐给了中国声乐界的新权威之一靳以年先生。她告诉费边，靳以年从前曾是陈先生的学生，连陈先生都认为姓靳的是青出于蓝而胜于蓝。

　　费边装作没听说过靳以年的名字，他也明白杜莉知道他是在装傻，因为，他们在前一段时间还谈起过这个人。

回到床上，费边突然想到自己还有个女儿呢。他对她说："你走了，费礼怎么办呢，总不能一直把她放在我妈那里吧？再说，你又舍不得她。你是把她丢在家里，还是带走？"她说她在北京最多只待一年，很快就会回来的。为了让他放心，她说她不会在那里长待的，因为她现在信奉一句老话，叫做"宁当鸡头不当凤尾"，再说了，北京离这里并不远，她可以随时回来，他也可以随时去，他们可以经常团聚，享受小别胜新婚的乐趣。

在以后的日子里，他们又就这方面的话题讨论过多遍。费边又想到了柏拉图的那个著名的假说，他仿佛真的看到了他的另一半自我，在远方漫游。让他有点纳闷的是，他本来应该对另一半自我的远去恋恋不舍的，可他却感到，他其实巴不得她早点离去。恋恋不舍只是停留在嘴上，他在心里时常念叨的是这样一句诗：打开笼子，让鸟飞走，把自由还给鸟笼。有一次他在电话中给我说："让她走吧，女人是男人世俗的肌体，离开了她们，男人或许就可以变得纯粹一些。"他举例说，他至少可以不和陈维驰那号人打交道。我记得他还随口吟诵了莎士比亚在《亨利四世》中的名句："离开了女人，浑身都是痛快。"听他的口气，他似乎已经提前过上了那种纯粹而又痛快的生活。我正听费边在那里抒情，电话里突然响起了忙音。我估计是杜莉采购东西回来了，我想，他放下电话，就会去向杜莉陈述他的恋恋不舍之情。几天之后，我问他的时候，他说，还真让你给猜准了。他说那是他那几天的必修课。说完这话，他又给我讲了一个小故事，说的是在一个与神学有关的聚会上，丹麦哲学家克尔凯戈尔咬着明斯特主教的耳朵说了一句话，这句话把一向不苟言笑的主教大人逗得乐不可支：

谎言是一门科学，
真理是一个悖论。

我没有主教大人聪明，所以，过了好一会儿，才像被人胳肢了一下似的，笑出声来。

就我所知，杜莉在短短的一年里，起码回来过三次。第一次，是在这一年的九月底，她和靳先生一起回来参加陈维驰的婚礼。这个婚礼拖了很久，现在，那个女孩子的肚子已经鼓了起来，实在没法再拖了。婚礼定在国庆节那天举行。因此，杜莉是在节日的前一天晚上回到家中的。一进门，她就说，她刚才往家里打电话，怎么也打不进来，"你是不是在和哪个女妖精调情啊？"费边没工夫和她啰唆，提溜着她，就把她扔到了床上，三下五除二就把她剥了个精光。关于他的这种表现，他自己是这么解释的：遇事都得多长个心眼，我这种急猴似的模样，多半是做出来的——它是最好的辩护词，我要不守身如玉，怎么能憋成这个样子？

忙了一通之后，他才慢条斯理地对电话的占线作出解释。他想杜莉不会相信他的解释，但经验告诉他，解释还是要比不解释强。他说这些天他确实常打电话，电话都是打给朋友们，让他们去医院看韩明的。他告诉她，韩明被抹掉了职务，这本来没什么大不了的，韩明却整天神思恍惚，过马路的时候，被一辆出租车撞了个半死，这几天刚醒过来，现在还在医院挺着呢。费边看杜莉被他的讲述吸引住了，就想，如果韩明不那么撞一下，我还真的无法把事情解释清楚呢。他摸摸杜莉的大腿，又说："看把你吓的。不要担心，韩明能挺过来的，他顶多丢掉一条腿。"

他们约定，等陈维驰的婚礼一结束，他们就去医院看望韩明。建议是杜莉提出来的。她同时还提出了另外一个建议："费边，我长时间不在家，远水解不了近渴，你要是真是憋得慌的话，找个女人解解闷，我是不会责怪你的。"费边后来对我说，杜莉一撅屁股他就知道她要干什么，她的意思无非是，"费边，你长时间不在我身边，我要是憋不住了，找个男人解解闷，你是不应该怪我的"。所以，杜莉刚说完，就遭到了费边的拒绝。费边拍拍自己已经有点发福的肚子，说："不行，杜莉，你的话在我这里是行不通的，我是不会胡来的。你再说这话，就是侮辱我。"

第二天，他们本来要一起去参加陈维驰的婚礼的，但临上车的时候，费边变卦了。他说，他想在家里等她回来，然后一起去医院。说这话的时候，他还担心杜莉会觉得他扫她的兴，可杜莉听了这话并没什么反应，好像巴不得他不去似的。停了一会儿，杜莉说："我也不想多耽误你的时间，你就在家里写你的诗吧。"她这么一说，费边倒想去了。但话一出口，就覆水难收了，他只好目送杜莉钻进出租车，并和她挥手告别。

费边临上车的时候之所以会变卦，是因为他突然想起了杜莉在电话中讲过一件事。杜莉到北京的第三周，有一天晚上给他打电话，说，有一个人对她讲，"卡拉，我都想跟你结婚了。"杜莉说，这恐怕不行，"咱们结婚了，阿姨怎么办，小弟弟怎么办？"费边问她那个人是谁，她说，"你就不要操心了，我不是已经巧妙地把这事处理了吗？"她不说他也知道，那个人就是靳以年。他拉开车门的时候，这事在他的脑子里一闪，使他突然萌发了一个念头，写上一篇关于婚姻的文章（不是诗，而是一篇短文）。和这个念头同时产生的，是这篇文章所要引用的题记。题记倒是和诗歌有关，那是蒙田谈维吉尔的诗学论文里的一句话：美好的婚姻是由视而不见的妻子和充耳不闻的丈夫组成的。他的这篇文章是给晚报写的。他还没来得及给杜莉说，他现在在晚报的副刊上开了一个叫"日常生活的诗意"的专栏，每星期写一篇，已经写了两三篇了。他当初只是写着玩的，没想到读者的反应很强烈，许多人写信给责任编辑，说副刊的档次因为这几篇文章而提高了不少，那个责编就劝他再写。他准备再写几篇能逗读者一乐的文章，赚一点钱，就鸟枪换炮，将他对晚报的最新体验真实地写出来。他已经想好了，他要对晚报作一点批判，批判眼下的晚报是市民趣味的集散地，是人们在挖耳屎、抠脚趾、剔牙时的"伴奏曲"，是用文字制成的易拉罐，其现象学特征用四个字就可以概括——用过即扔。如果说诗写的是人与真实的关系，那么晚报上的文章写的就是人与虚假的关系。他要劝读者去读读古典的东西，比如可以去读莎士比亚和但丁，这是两尊神，前者为激情提供了广度，后者为激情提供了深度。深度也好，广度也罢，那都是以后的事，现在还是先把手头的这篇文章鼓捣出来吧。

跟往常一样，他要先简略地讲述"一个朋友的故事"，然后再进行费边式的分析。他讲的故事很简单，也没什么新意，类似的故事可以把街上的垃圾罐填满。这不要紧，有点层次的读者要看的是诗人哲学家对这种日常故事的分析。这一次，他讲的故事大致是这样的：一个朋友的妻子到上海进修，在那里和一个男的搞上了，那个男的还提出了结婚的要求。这个朋友是一位诗人，得知自己戴了绿帽子之后，还比较冷静，说服自己不要拎刀东进，只是写了一封信（用文字说话是诗人的强项），将那对鸟男女臭骂了一通。所谓"臭骂"其实也臭不到哪里去，因为他毕竟是个歌颂过玫瑰的诗人。他只是说他们侮辱了人类圣洁的爱情，难以得到饶恕（明眼的人大概已经看出了门道，这个故事其实是以他自己和杜莉为模特再加上一些臆想凑出来的)。在故事的结尾,费边写道:"这个朋友把信寄出之后,给我打了一个电话。我放下电话,就开始写这篇短文。"

费边首先肯定那个诗人朋友没有拎刀东进是对的:我们宁可选择健全心智下的悲痛,也不要选择疯狂中的高兴。接着,他写道,那个朋友提到的那对"鸟男女"侮辱了人类圣洁的爱情的说法,恐怕不能完全站住脚。"就我所知,他的妻子在上海被车撞过一次,撞得虽然不是很要紧,但毕竟受了点伤。是那个男的在医院里陪她度过了一段艰难时日。"这个情节是他临时想起来的,我想,他的灵感很可能是来自韩明事件。接下来,他觉得应该让那个批发绿帽子的家伙也受点苦,就写道:"设想一下,如果那个男同志也被撞了一下,而且差一点就被撞死了,两个人现在都待在医院里,拄着单拐互相串着门谈起了恋爱,你难道不觉得这一幕是很感人的吗?"在费边的这个故事中,那个抛售帽子的人比陈维驰小十来岁,和靳以年的年龄差不多,是个半大的老头,"在这之前,已经吃够了婚姻的苦头,但他还是想结婚"。作了这样一番虚构之后,费边写道:哎,我几乎要赞美这位半截入土的老同志了,因为对他来说,希望战胜了经验。

写到这里,他用尼采的话作了一个过渡,使文章出现了波折:

　　许多年前,一个叫尼采的哲学家,在一本叫做《超越于善恶之上》的书中说,"人们最担心的莫过于,同居生活被婚姻糟蹋掉。"这位老同志看来并不担心这个。有这样四种可能:1.如前所述,他是希望战胜了经验;2.他提出结婚,只是要以此显示自己的诚意,可以设想,他以前也常来这一手,果真如此,那就是经验排除了希望;3.他昏了头,和那个女人一起昏了头,诚如萧伯纳所说,"置身于最强烈、最疯狂,又最不可靠、最短暂的激情漩涡中的人,往往指天发誓,他们要一直处于这种冲动、反常、令人衰竭的状态中,直到死亡把他们分开";4.老家伙有一种自虐癖,他明白,只有年轻的活蹦乱跳的女人,才能够对自己无能的身体构成打击,这是一种真正的打击乐。

需要交代一下,这篇文章他后来没有寄出去,大家就不要去晚报上找了(他给晚报的是另一篇谈袋装垃圾与市民文明的文章,这似乎更说明了这篇文章的私人性质)。它的读者确实很少,我估计不会超过十个人。我并不是它的第一个读者,靳以年先生才是第一个。靳先生在这篇文章诞生的当天晚上,就有幸读到了。他在参加完陈先生的婚礼之后,和杜莉一起来到了家中。他们来的时候,费边的母亲和女儿还没有离去。见到女儿,杜莉有点迟疑,好像刚刚想起来自己还生过孩子似的。杜莉朝女儿弯下腰时,费礼一边怯生生地叫妈妈,一边往奶奶的身后躲。杜莉想抱女儿，费边没让她抱到，因为他抢先一步把女儿抱了起来。费边这时候一定想起了杜莉曾在电话中说过的那个小段子。既然杜莉向靳以年的老婆叫过阿姨，那费礼就该叫靳以年为爷爷了，"快叫爷爷，"费边指着靳以年对怀中的女儿说，"叫老爷爷。"女儿这次真争气，她没有躲闪，仰着小脸尖声地喊了一下："老爷爷——"费边的手在女儿身上使了一下劲，女儿立即心领神会地又喊了一遍："老——爷——爷——"

靳以年并没有像费边想象的那样尴尬，他还掏出钥匙圈在孩子面前摇了摇，将上面的一只象征着长寿的镀金的小乌龟送给了费礼，并说要带她去北京看天安门。孩子不关心什么天安门地安门，她关心的是巧克力豆和奶奶家里的卷毛狗，所以她毫无反应。费边也留意了一下杜莉，他发现杜莉也没有什么异常。倒是费边本人有点尴尬。他一时不知道下面的节目该如何进行了，他甚至感到自己就像一个糖尿病人，吃盐不成，不吃盐也不成。

我想象这天晚上的谈话是妙趣横生的。我为自己没能亲自到场聆听而感到遗憾。事实上，我本来是有机会去的，因为费边写完那篇文章之后，曾给我打过一个电话，问我是否愿和他们夫妇一起去医院看韩明。我当时考虑到他们是小别重逢，夹在当中有点不近人情，就把这等好事给推辞了，结果把遗憾留给了自己。

据费边说，他母亲走的时候，靳先生也说自己该走了。

他没有走成,费边在极力挽留他,想让他看看那篇文章再走。当靳先生问他最近有何大作的时候,他立即跑进书房里把那篇东西拿了出来。"这不是诗,而是一篇小品文。"费边把文章呈上去时,先谦虚了一下。姓靳的一边看一边说:"好啊,小品文现在很吃香的,至少比严肃音乐吃香。"费边没有搭他的腔,他现在得数落一下杜莉,拿她出出气。他对杜莉说:"你怎么说话不算话啊,我在家等着你去看韩明,你怎么一走就杳如黄鹤。"杜莉没有作什么解释,只是说这次无法去医院了,因为她明天就得飞往北京,参加一个重要演出的排练。这时候,孩子吵着要去睡觉。费边感到奇怪,因为孩子平时哄都哄不睡的。费边曾对我说过,孩子不睡的时候,他从不强迫她睡,因为孩子的吃、喝、拉、撒、睡,都是不会掩饰的,正如瞎眼诗人荷马所说,婴儿的内脏就是他(她)自身的法则。费边感到费礼现在因为杜莉的出现而违背了这一法则,这个责任当然应该由杜莉来负。他对杜莉说:"现在该你去给她洗澡了,该你去给她编童话故事了。"

杜莉去尽母亲责任的时候,费边对姓靳的说:"看完之后,一定多提宝贵意见。"

"已经看完了,"姓靳的说,"有些地方能给人很多启发,比如'希望战胜了经验'这一句,就很有意思。"

"谢谢,不瞒您说,写完这句话,我也很得意。靳先生,我想顺便问你一个问题。你觉得杜莉在北京能混出个名堂吗?"费边没有对姓靳的说明,他所说的名堂并不单指出名。它牵扯到了轻与重的关系,和培根的"名堂"一说近似:所谓名堂指的是让轻的东西浮起来,让重的东西沉下去。他想问姓靳的其实是这样一个问题——和别的轻的比起来,杜莉能浮过他(她)们吗?

姓靳的许久没有说话。费边看到他的像暖瓶塞那样大的喉头,在那里不停地蠕动着。这样的问题怎么就把他难住了呢?费边想,看来,他真是一个草包。他正这样想着(其中甚至包含着同情),靳以年开口了:"杜莉已经做好了第一步,就是选了最好的老师。下面就看她自己的努力了。"

费边对他的话很不满意。费边后来对我说,不满归不满,他还是可以理解靳以年的。他说,在任何时代,人类总要推举出一个伟人,如果没有伟人,那就虚构一个出来。他说,如果实在虚构不出来,那也不要紧,那就把自己当成伟人算了。姓靳的玩的就是这套把戏。费边说,算下来,大多数人都概莫能外,因为这涉及了无耻。

费边当时忍了忍没有这样讲。但他不能就此放过姓靳的,他总得讲点什么。他对姓靳的说:"你说得对。杜莉去北京之前,我就对她说,学音乐关键就在于选老师,一定要和名气最大的老师挂上钩。虽然大多数有名气的人都是草包,但这不要紧,只要你心里有数就行了。"

"你好像很懂我们这一行,"姓靳的幽默地说,"当年我就是这样对付陈维驰的。"

这家伙怎么刀枪不入啊？费边有点恼火了。照费边的说法，他后来还是逮住了一个机会，让姓靳的感到了一点不舒服。那是在谈话即将结束的时候发生的事情。靳以年说，你想好了，陈维驰安排的能不周到吗？服务员不光发茶叶、牙具，还发避孕套。就像落水者抓到了一块还没有被水浸透的海绵，费边敏锐地捕捉到了"避孕套"这个词。他对靳以年说："是真的吗？不过避孕套发给的人不同，含义也就不同。"正起身要走的靳以年听他这么一说，就又坐了下来。他显然想听听费边的高论。费边没有让他失望。费边说："那东西发给小孩子，它就是一只气球。发给年轻人，它就是一种提醒，让他们多想想我们的基本国策。发给中年人，它就是一张奖状，类似于医院开的健康证明。要是发给老年朋友，那就是一种挖苦了。"

费边告诉我，他那么一说，姓靳的就坐不住了，还没等杜莉从卧室出来，就夹着皮包下楼了。

是的，有那么一段时间，费边的枪口确实时刻瞄着远在北京的靳以年。他到处收集靳以年的资料，卖小报的地摊和校图书馆资料室，都留下了他的足迹。他把收集到的资料全都贴在一个缎面笔记本里，没过多久，那笔记本就变厚了许多。北京的诗友们得知他的需求，也都乐意帮忙，三天两头打电话给他讲靳以年的那些乱七八糟的事，如果他有兴趣的话，他已经可以写一部《靳以年传》了。有一个深夜，早期的一位朦胧诗人（现在是为流行歌曲写作的词作家）打来一个电话，告诉他靳以年生活中的一个细节，说的是靳以年热衷于和登门拜师的女歌手靠着钢琴做爱，他让女歌手坐在琴键上，他在一边屈膝用力，在杂乱的琴音中，进入礼崩乐坏的境界。这个细节太传神了，他连忙把它记到了那个笔记本上，就像一个收集到了许多弹片的士兵，他莫名其妙地感到喜悦和充实。

这一年的十二月底，他接到杜莉一个电话。她说她元旦无法回来了，因为她要随一个艺术团到老区慰问演出，这是个既可以展示自己的艺术风采，又可以表明自己和老区人民同心同德的机会，她不想放弃。她说，你想好了，那些大腕歌手宁愿自己掏腰包也要去，他们可不是傻子。她还说她很想费礼，做梦都想，"如果你能抽出时间带着费礼来北京一趟，那就太好了，可以一解我的思念之苦。"放下电话，他恨不得马上飞往北京，他想，这是一个考察杜莉的机会，可以看看她在那里到底都干了什么名堂。

他瞎激动了两天，最后却没能成行。原因很简单，在这节骨眼上，费礼病了。费礼一点也不体谅他的心情，先是高烧不退，接着又转成了肺炎。按说他想走就可以走，因为费礼有奶奶和姑姑照看，可是不带费礼，他去北京就是无名之师。杜莉在电话中说得够明白了——她想的是孩子。过了两天，费礼的高烧好不容易退掉了，可就在他托人买卧铺票，准备北上的时候，又有一件事冒了出来，使得他的计划彻底泡了汤。

99

他得知那件事的时候，正在参加晚报社组织的一个小型讨论会。这种会费边本来没兴趣的，可由于这一天要讨论的是晚报副刊的专栏问题，他的那个做编辑的朋友就硬把他给拽来了。在他前面发言的，是社科院的一位历史学家（此人也在晚报上开过专栏）。费边急着赶回去收拾行李，所以他对那个历史学家的饶舌很恼火。那人一直在讲人与狗，讲人与狗做伴的历史不止五千年，起码有一万年，各种狗的祖先都是狼。费边硬着头皮听着，同时观察着各人的表情。他看到，有一个女人坐在对面的后排，在那里写着什么。女人写了一会儿，就像他这样把脸侧过来侧过去，显得无所事事。费边觉得这个女人有点面熟，他绞尽脑汁想了一会儿，终于想起来了——她是他教过的学生，很爱在课堂上提问题，提问题的时候，习惯把头发往耳朵后面捋，即便头发一丝不乱，也要那样搞，好像不那样就无法正视他似的。他的记性是可靠的，他想起她叫鲁姗姗，他甚至想起了她在三姐妹中排行老三。现在，鲁姗姗也发现了他，准确地说是发现他在看她。她现在不需要捋头发就可以正视他了，而且还可以朝他微笑。他也朝她微笑了一下，并继续打量她，寻思她的面貌有哪些变化。如果不是这个女人引起了他的兴趣，他恐怕就要打瞌睡了。后来，他听到那个历史学家把话题从野狗扯到了野人，谈野人和文明人的区别。让他这样啰嗦下去，一上午的时间还不全他妈的报废，我得来两句，费边想。费边站了起来，拍拍那位历史学家的肩膀,说:"是有差别啊,而且是一目了然的差别,"费边这么说着就离开了座位,做出一副在上厕所之前顺便插句话的样子,说,"野人生活在自身之内,文明人生活在自身之外,这就是差别。"等费边装模作样到隔壁的卫生间转了一圈回来时,那个历史学家果然住口了。会议的组织者用感激的目光瞧着费边,并要求他上场。费边这天的话不多,他重复了他以前的看法,将晚报副刊上的专栏文章定义为小品文,并指出这是一个小品文的时代,小品文必将大行其道,搞大部头(著作)的人没有理由瞧不起小品文。他说庄先生说了,"泰山非大,秋毫非小",万物并育,并无伤害之理。接着,他从小品文说开去,谈到从大到小的转变,是这个世界的话语方式的最明显的转变。他说,这其实是一个诗学问题。根据当天的发言记录,他的那套话整理起来,大致如下:

一切都在发生从大到小的转变。哈贝马斯提出从大写真理到小写真理,罗蒂提出从大哲学到小哲学,新历史主义分子提出从大历史到小历史,福柯提出从大写的人到小写的人。大师们的看法并非妄下雌黄,而是他们对世界体认的结果。诗歌呢,是从大诗到小诗,连厕所都有从大到小的转变问题——火车站的厕所从大茅坑改成了坐便器。垃圾也是,从垃圾堆到袋装垃圾。刚才那位前辈谈了一会儿狗,其实这个问题在狗身上也存在，你们看现在的街上跑着多少猫一样大的狗杂种啊。讨论会难道不是这样吗？也是，你们看，咱们现在开的就是小型讨论会，带有窃窃私语的味道，万人大会都是做样子的。顺便说一下，人们现在已经开始厌烦大老婆了，已经开始时兴搞小老婆了。

"小老婆"三个字是大家一起喊出来的，小会议厅顿时出现了欢声笑语的局面。他的学生鲁姗姗，也站了起来为老师精彩的发言鼓掌。费边注意到了这一点，脑子里立即闪过一个念头：她当个小老婆倒是挺合适的。大家都鼓动费边再讲一段，费边招招手，对大家说："小品文大家梁实秋先生有一句话，我不敢忘记：上台发言就像女人穿裙子，越短越好。"他的话又引起了一阵笑声。

讲完话，费边没有立即离去。他想再待一会儿，和久违的鲁姗姗聊上几句。坐在他身边的那个人，是个写报告文学的作家，向他借火的时候对他说："我是听说你要来，才赶来的。"费边说："我差点来不了。这个鸟会要是放在明天开，我就来不了啦，因为明天我可能去北京。"他们低声聊着，过了一会儿，那个朋友突然问他："韩明是怎么搞的，怎么说死就死了？"费边盯着对方看了一会，揣摩他是不是要借攻击韩明和他套近乎。后来他搞明白了，韩明服用了大量的利眠宁，真的已经死了。

费边的一个说法看来是可靠的，因为他没有必要在这个问题上说谎。他说，在圣诞节的前一天，他去医院接女儿的时候，曾想过去骨科病房瞧一下已经皈依了基督的韩明。事实上，韩明出事之后，费边已经去医院看过他一次了。那一次是我陪费边去的，去时带的月饼，就是我从家里拿的。那个时候，韩明还没有皈依基督，还喜欢气急败坏地向别人展示他那条剩下了半截的左腿。韩明见我们进来，先让我们看了看那条腿，然后就说费边来这里，是黄鼠狼给鸡拜年。看在他丢了一条腿的分上，费边没有跟他计较。不但不计较，他还屈尊当了一次狗。他对韩明说："韩明，如果你被狗咬了一口，你总不至于倒过来再咬狗一口吧？"在他屈尊当了狗之后，韩明的情绪有点平静了，韩明对他说："费边，你说过'母鸡不撒尿，各有各的道'，你的道也太宽了，你跟那个叉着腿走路，好像夹着个铃铛似的钟市长到底是什么关系啊？"费边没吭声，只是笑笑。当韩明又要展示他那条废腿的时候，费边大概觉得应该鼓励一下韩明，就说："你一定要振作起来，太史公不是说过吗，西伯拘而演周易，孔子厄而著春秋，屈原放逐乃赋离骚，左丘失明厥有国语，你也应该有所作为啊。"韩明不理他这个茬，像耍赖似的，坚持要费边讲他的母鸡是用哪条道撒的尿。韩明说："你要是我的一个屁，我就把你放了，可你不是。"

费边讲了，这是我第一次也是最后一次听费边讲这件事，费边平时虽然话多，可谈及此事，他却是金口玉言。

真该感谢韩明,要不然我是永远不可能知道这个故事的。他说自己的父亲曾是个右派,但只是一个没有进入档案的右派,因为当时作记录的人忘记把他的名字写进去。多年之后,别的右派都平反了,老费才发现自己无反可平。在生命的最后几年,老费一直在为右派帽子而奋斗,到后来,帽子没有争到手,人却累死了。费边说,当时作记录的那个人,就是现在叉着腿走路的钟子玉。"就这些,我不想讲,是因为这故事有点落套,没什么新意。"费边说。费边讲了这事,韩明还是没有放过他。韩明的嘴就像一把刀子(因为丢了一条腿,他好像就有了把嘴变成刀子的权利),说:"哎呀,费边,你这只鸡的下水道就是这样开出来的?"费边没吭声,又坐了一小会儿,我们就走了。

费边说,他在得知韩明皈依了基督之后,曾想过送给他一本《圣经》,在接女儿出院的那一天,这种想法变得非常强烈,可他最后还是没有去。他告诉我,仿佛有某种感应似的,就在他接女儿回来的当天晚上,他梦见了韩明,并在梦中和韩明交谈了一次。在梦中,韩明劝他也皈教,向他大谈耶稣和福音书。费边说:"我看过福音书,也看过《耶稣传》,他跟你说的有点不一样。当我把他看成人的时候,他是尊贵的神。当我把他看成神的时候,他只是一个失败的人。"听他这么一说,韩明连呼"撒旦"。费边对他说:"你喊阎王爷也没用,因为这跟他们没关系。天堂和地狱都已经超编,我们这些人只能在天堂和地狱的夹层中生活,就像夹肉面包当中的肉馅。"韩明在黑暗中笑了起来,不说话,光他妈的笑,笑得费边的汗毛都竖了起来。费边说,当他从梦中惊醒的时候,浑身都是汗,湿得能拧出水来。他怎么也睡不着了,只好爬起来在床头柜里找利眠宁。他说,很可能就在那个时候,韩明也正在找利眠宁呢。费边说,他服用利眠宁是为了再度进入梦乡,而韩明却是为了去见上帝。

出于对友情的怀念,费边暂时把杜莉放到了一边,投入了韩明后事的处理。在忙碌中,他也随手记下了他对韩明之死的看法,以便将来写一篇带有悼念性质的"小品文"。他认为,对韩明来说,医院肯定不是一个空洞的地理概念,他一定在那里琢磨到了什么东西,但他并没有找到和现实打交道的方案。有一道鸿沟他无法逾越,但他还是企图越过。这倒好,当他飞到半道的时候,因为心力衰竭,而掉到了沟底。费边的这个看法和别人提到的"自杀说"大致相同,虽然别人不像他这样认真琢磨一个死人,然后再推导出一个结论。韩明的妻子黄帆坚决反对这种"自杀说",她完全不顾自己大学讲师的形象,流着鼻涕又哭又喊地找到现在的系主任,要求在悼词中加进"为了文化教育事业鞠躬尽瘁"一类的字句,并追认韩明为优秀党员。系主任只好召集大家开会研究对策。会议结束之后,系主任用真理在握的口气对黄帆说:"别闹了,这样闹一点都不好,你得知道共产党员都是无神论者,而韩明信神的事,却众所周知。"系主任没有料到黄帆非逼他拿出韩明信神的证据不可,她说韩明有党员证,却没有信神的任何证件,连个游泳卡一类的纸片都没有。系主任急了,说,韩明死的时候,枕边放着一本《圣经》,这不就是证据?这个系主任平时拍马屁、训人都很有一套,可遇到黄帆这样的女人,就蠢得不能再蠢了。他的话刚出口,黄帆的鼻涕就跑到了他身上,"哼,"黄帆说,"他还不是想给学生开一门选修课。"

黄帆的哭闹,使韩明的死变成了一场闹剧,这大概是韩明生前没有料到的。费边对我说,韩明要是真能像耶稣那样复活,看到这种景象,他一定会再度服药死去,并永久地放弃复活的权利。谈到这个话题,费边甚至把粗话都说出来了(这可是一件稀奇的事)。他说黄帆这样的女人太可怕了,只用几滴眼泪和几把鼻涕就把一个人死亡的意义给抹掉了,这样的女人,白给他操,他都懒得脱裤子。说这话时,他还下意识地摸了摸裤门。

元旦这一天,韩明被运到火葬场火化了。在哀乐声中,费边溜出了大厅,站在台阶上抽烟。他没有去瞻仰韩明化过妆的遗容。他觉得经黄帆这样一折腾,他看见韩明的时候,说不定会听到韩明在冥冥之中的怨诉。

追悼会开完之后,费边和同事们坐校巴回城。他想,他见到杜莉,一定要给她交代一声,如果他哪天突然死了,就草草地烧了算了,千万不要让人给他致什么悼词。虽然人类的文化史就是用悼词连缀成的一篇长文,但它所用的肯定不是殡仪大厅里伴着哀乐所念的悼词,就像死人的真实面容和那个化过妆的遗容不是一回事一样,对死去的知识分子来说,美化往往就是丑化,亚里士多德和莱辛曾经论述过丑是怎么变成美的,他们一定没有想到,美照样可以变成丑。一路上,他都在想这个问题,他认为这是具有中国特色的诗学问题,值得认真琢磨。他正这么想着,校巴在校门外的一个叫"乐万家"的饭店前面停住了。在饭店里,他发现他刚好和一个似曾相识的年轻人围在同一张圆桌旁坐着。他们还互相碰了几杯。当那个人开口说话的时候,他那富有磁性的声音使费边想起来了,他就是那天他在剧场里遇见的那个年轻人,他叫李辉,当时他手里举着一束花。

"忘了吧?我是李辉。"年轻人说,"在殡仪大厅里,我怎么没有看到你?"

"我的烟瘾上来了,躲在外面抽烟。"费边说。

"这里的饭菜真不错。"李辉说。

"是啊,系里每次死了人,我们都要来这里改善生活。这叫化悲痛为力量。"费边说。

餐厅里人太多了,许多教师还带来了小孩,吵闹得很厉害,费边和李辉没能很好地聊起来。他们又碰了一杯,约定吃饱喝足之后再接着聊。吃饭的当中,李辉出去过一次,出去的时间还很长,费边真担心他不再回来,使计划中的长聊落空。他不由自主地站了起来,到楼下去找他。在楼梯口,他碰见了他。李辉说自己到收银台给一个朋友打了个电话,"那个朋友说起话来,有点啰里啰嗦的,劝我不要这样,不要那样,真是莫名其妙。"

"现在猫已经不逮耗子了,逮耗子的是喜欢管闲事的狗。"费边说。

"你说得对,"李辉说,"而且还是一只母狗。"

许多天之后,费边才知道,李辉说的那只母狗,指的不是别人,正是杜莉。那个时候,费边才明白,这个自称叫李辉的人,就是杜莉所说的那个已经死去的前任男友。现在,费边重新和李辉坐到了桌前,他们又端起了酒杯。别人都在开怀畅饮,他们也不能落后,费边又给李辉倒了一杯酒。倒酒的时候,费边凑近李辉问了一句:"你说的那只母狗,一定很漂亮吧?"李辉一下子笑了起来,笑得那么厉害,杯里的酒都洒光了。

这一天,费边第一次把李辉带到了家中。李辉说他现在正搞着考古研究,经常在河南渑池一带逗留,研究那里的仰韶文化。他劝费边和他一起搞。费边说,别人去搞,他不反对,但他自己不愿把精力放在这上面,"一想到我们的四肢在五千年前的坟场里忙碌,而脑袋却维系在后现代的都市,我就觉得什么地方出了毛病。"

"你起码应该去那里看看,"李辉说,"那里的每一个土坷垃都是文化,连村民们床下放的尿壶,都是宝物,尿上一泡就跟五千年前的文化沟通了。"这么说着，李辉就把那只脏乎乎的牛仔包打开了，从里面拎出了一只彩陶壶。"这就是我从他们的床底下拿出来的。只用一个室外电视天线，就换了这么一个宝贝，让人遗憾的是，它的一只耳朵掉了，大概是晚上撒尿的时候不小心，把它给碰掉了。"

费边这时候想起自己还有一只彩陶壶。他走进书房把它拿了出来，也把它放到了地毯上。李辉被他这只完整的玩意吸引住了，像抚摸圣器一样，小心地抚摸着它，吹着上面的那层灰尘。"你要是想要，我就送给你得了。"费边说。李辉没说要，也没说不要，他往里面吹了口气，然后把耳朵放在壶口，好像那样一来就能听出来它是真是假。听了一会儿，李辉又像摇晃婴儿那样把它轻轻地晃了几下。"它怎么会响啊？"李辉说。费边也听到了它的响声，他还以为那金属般的声音是从李辉身上发出来的呢。他接过来往壶口里看了看，然后把它翻了个底朝天。接着他就看到了那些硬币，和一张已经发黄了的纸条。

电话就是在这个时候响起来的。费边一边在膝盖上铺展着那张卷起来的纸条，一边问对方是谁。"是我，"对方说，"连我的声音都听不出来了。"他确实没有听出她是杜莉，一来是她的声音经常变化，二来是她很少在这个时候打电话，她通常是在晚上打的。他想到了鲁姗姗，但又不敢肯定，于是就模棱两可地说："原来是你啊。"

"不是我还能是谁？有一天，你恐怕连你自己是谁都想不起来了。"

他这才听出她是杜莉。他问她有什么事,杜莉说,没有事就不能打电话了吗?你是不是在和别人雄辩?费边说他正在写诗。说这话的时候,他想起了叶芝的话:

> 和别人争论,产生的是雄辩,和自己雄辩,产生的是诗。

"房间里没有别人了吗?"杜莉问他。他说没有,可杜莉不相信,非要让另外的人来接电话。他想,杜莉肯定是在怀疑房间里有女人,既然这样,那就让李辉来接电话,让杜莉讨个没趣吧。因此,杜莉一说完,费边就高声喊起了李辉。他捂着话筒对李辉说:"是我老婆打来的,你过来简单说几句,让她少操那份闲心。"这么说着,他又朝李辉眨了眨眼睛。李辉说:"这种事我最乐意干,你放心吧,我知道怎么对付她。"

杜莉对李辉说了些什么,费边自然是不知道的。李辉说的话,费边也没能记住,留在他脑子里的只是李辉拿起话筒时的那副笑嘻嘻的样子。他在旁边站了一会儿,就出来了。在客厅里,他将那张纸条点燃了,灰烬像黑蝴蝶似的,在客厅里飘着。他拿着吸尘器,等着把它们吸进尘仓。他听见了李辉的笑声。他不知道李辉在笑什么,后来他倒是问过李辉为什么那么开心,李辉说他自己也不知道,他只是觉得好玩。费边对他的话表示理解。费边说，他曾写过一首诗，里面有一句是这样的：

> 苹果树不知道自己为什么要开花，就像猴子不知道猴脑怎么会被舀进醋碟。

这一天下午，在其余的时间里，李辉一直显得魂不守舍的。为了稳住他，费边给他放了他喜欢听的杜莉的录音磁带，情绪恍惚的李辉第一次对杜莉的歌声表示了不满。李辉说，"这不像是卡拉的声音，这也不是美声。美声的意大利文是Bel canto，意思是美的歌唱。美的歌唱应该是得到完全控制的、精巧的声音，而她却在号叫，把吃奶的力气都使出来了。"费边认为李辉说得很有道理，他说："你大概不知道，这都是她的那个老师教出来的，那个叫做靳以年的家伙，使一批歌手，都变成了号叫派，他引进了疯狂，而拒绝了理智的抒情。那个老家伙还狡辩说，观众和电视台的导演需要的就是这种声音。"

李辉离去的时候，天已经黑了。费边送李辉下楼，看到济水河边的小广场上正放焰火庆祝新年。李辉突然说了一句："韩明的魂要是真的在天上飘着的话，一定会被这焰火呛得无处藏身。"这个时候，费边才问李辉怎么会和韩明认识。李辉说他当然认识他，很久以前就认识了，"这么说吧，他烧成了灰，我也认识他。"李辉这么说的时候，韩明的骨灰大概还没有完全冷却。在这样的语境中,费边对李辉的美好印象又加深了,他觉得李辉真是机智、幽默、可爱。他当然不知道,李辉在狱中写给杜莉的信都是由韩明转过去的。用韩明的老婆黄帆的话来说,就是韩明不光替李辉转信,而且还替李辉做爱。就我所知,韩明死后,黄帆一直在收集这方面的资料,为自己身体的忙乱寻求注解。

我最近一次见到费边,是在鲁姗姗的生日晚会上。我记得那天下着雪,到了中午,天地之间,已是白乎乎的一片。从窗口望出去,可以看到路面上挤满了各种车辆。车辆开走的时候,油污和煤屑已经将路面染得污黑。午后的时候,费边打来了电话,劝我出去走走,他说在雪天能感受到诗意和大自然的恩惠。他给了我一个地址,要我先去一步,他把手头的活忙完就到那里和我碰面。我问他正忙什么,他说他正写一封求爱信,写完之后,还得去一趟药店,他正拉肚子呢。我给他开了句玩笑,说拉肚子是减肥的最佳途径。他说,他的看法和我不一样,每拉一次肚子,他都会感慨万千。"以前拉得多好啊,盘旋着上升,上面还有个小小的教堂似的尖顶,有着内在的韵律和东方式的美感,现在呢,喷得到处都是,简直不成体统。"我问他是不是在给鲁姗姗写求爱信,他没说是也没说不是。不过,为了满足我的好奇心,他倒在电话中给我念了两段。如果我没有记错的话,其中有一段是这样的:小说家和符号学家艾柯的一段话，可以看作是对现代爱情诗学的精妙论述：一个有教养的男人爱上了一个知识女性，他不可能对她说"我真的爱你"，因为他知道，同时他知道她也知道，巴巴拉·卡特兰已经写过这句话了。解决的办法并没有穷尽，他可以对她说，"像巴巴拉·卡特兰所说的那样，'我真的爱你'。"亲爱的，如果你不知道卡特兰是谁，那你可以把"卡特兰"三个字换成莎士比亚、但丁、屈原、瓦雷里、胡适、马拉美。当然，你也完全可以把它换成费边。

面的向西郊的方向开去的时候，我的耳边一直回响着费边那激情洋溢的声音。面的在一个我很熟悉的路口停住了。我这才发现它就是原来的那废弃的兵工厂所在地，现在它是电视台和晚报社的地皮，周围的那一小片农田，由一圈广告牌圈了起来，变成了一个小商品批发市场。我在门口等着费边（不得不等，因为站岗的门卫不允许我进去），直到我变成了一个雪人，也没有等着他。又来了几个人，他们和我一样，也是来参加聚会的。由他们领着，我进了那个大院，也就是在这个时候，我才知道我要参加的就是鲁姗姗的生日派对。

走进电视台演播厅里面的一个贵宾休息室，我看到了我以前的一女友。她是跟她的丈夫一起来的。一看到她，我就想起了她小肚子上的那道像稻草一样细的疤痕，我想，她大概也对她的丈夫说过，那道疤痕是割阑尾留下来的。她正在和丈夫跳舞。越过丈夫的肩膀，她看到了我，并朝我眨了眨眼睛。我在那里和似曾相识的人喝茶聊天，交流着各种小道消息。鲁姗姗过来问我费边怎么还没有到，我说他大概正在路上。"他可别误了吃蛋糕啊。"鲁姗姗说。旁边一个朋友说："耽误不了的，他要真赶不上，他那份由我来吃。"鲁姗姗笑了起来，她问大家是想干红还是想干白。

贵宾休息室的旁边，就是厨房，所以每样菜端上来的时候，都还是热气腾腾的。大家举着酒杯，祝贺鲁小姐生日愉快。喝酒的时候，音乐放小了，但我还是听到了卡拉的声音。那是一首通俗歌曲中的几句，它夹在《'97明星联唱大回旋》的带子里，大概还不到一分钟时间。我之所以能听出来，是因为那歌词我很熟悉，它是根据费边的一首短诗改的，那首诗原来就叫《声音》，我想我以前的那个女友大概也听出来了（费边曾向我们两个人念过这首诗），否则她不会无缘无故地突然讲起费边的故事。她讲好多年前，她曾经在济水河边的小广场上听过费边的诗朗诵，他朗诵的是马拉美的《焦虑》，听众给了他很多掌声和鲜花，后来才知道搞错了，因为那鲜花和掌声本来是要送给另外一个诗人的，而那个人不是别人，正是她现在的丈夫。

她的故事把每个人都逗乐了，大家都说待会儿要再听听费边怎么讲。有几个性子比较急的人，已经放下酒杯，跑到门口的台阶上去了。

黝　亮

> 眼下，我什么也不想证明，只求认真绘制，并为这一画幅配好光亮色彩。
>
> ——安·纪德

一

尘世中的事物难以预料，也说不太清楚，因为事物总是经过我抵达你，或者经过你而抵达我。譬如现在，我的朋友费边就没有料到电话会是她打来的。电话响起来的时候，他刚从西流湖废水处理站回来，手里还拎着雨披和一只纸箱。那只快要散开的纸箱里，装着几年来他精心收集和写下的有关废水处理的资料，以及几只青蛙的标本。哦，那可全是对失败的记录。说起来，这大概是少数可以预料的事物中的一个。

雨披还在滴水,挂在屋里会搞得满地都是泥。挂在楼道里显然也不行。上上下下的人很多,保不准谁会顺手牵羊。自从他的妻子冯东华所在的中药厂倒闭以来,冯东华就多了一种不安全感。受她的传染,费边也经常感觉到正受着莫名的威胁。现在,外面正下着雪,下得还挺紧,积雪将悬铃木的枝条都压断了,在这样的鬼天气里,谁都可能干出顺手牵羊的事来。

电话断了一阵,接着又响了起来。费边想大概是冯东华打回来的。冯东华在家闲置了一年多,最近才应聘到紫金城电影院,当引座员兼垃圾工。她算准他应该在这个时候回到家,所以经常在这时打电话。如果他不接,她就会让电话一直响着。冯东华的这种执拗的脾气,我还是知道的。当然,费边也不会不知道。

既然是冯东华打来的,那就让它再响一会儿吧,费边想。他手里拎着雨披,仍在寻找着合适的挂放地点。他决定把雨披挂在门后的铁丝上,那里本来是挂毛巾和帽子的。把帽子拿到一边不就行了。于是帽子很快就跑到了他那过早谢顶的头上。那是一顶宽沿女帽。冯东华没有对他说过,那是一个男人送给她的。她说那是中药厂最后一次发给职工的福利。费边现在戴着它,在房间里寻找可以接水的工具。他找到了一只脚盆(也可能是脸盆,费边分不清楚,他觉得哪个盆脏,哪个可能是脚盆),把它放到了雨披下面。不过，也就在这个时候，费边发现自己站在水洼里，而雨披虽然潮湿，却一滴水也滴不下来了。

终于轮到接电话了。他拿起话筒，话筒是冰凉的，他禁不住颤抖了一下。然后他"喂"了两声。对方没有说话。他想找个借口将迟迟不接电话这事搪塞过去。借口还没有找到，对方就挂断了。

这个冯东华，在搞什么鬼。他这样想了一下，但他没往深处想。他看到了电话旁边放的条子。冯东华留的条子，上面说，她把儿子带去紫金城了。晚上放映好莱坞巨片《狮子王》，票价三十五元，影院允许职工带孩子去，算是发给职工的一次奖金。

帽子，卡通片，儿子，奖金。费边念叨着这几个词。它们给他带来一种奇妙的幻觉。他仿佛觉得他就是卡通片中快乐的角色。费边又把它们念了一遍，他真不愿从幻觉里出来。

电话又响了。他无端地感受到了它的急促，尖硬，它的不可躲闪。

这一次，对方没有再把电话挂断。他叫了一声冯东华，对方笑了起来。笑声短促，有点混浊，像是从鼻孔里发出来的。接着，她的笑声又变得舒展起来。她说：

"我可不是冯东华，我是吴菲。"

"刚才也是你打来的吧？"

"我捡到了冯东华的羊皮手套，"她说，"听清楚了吧？

117

是羊皮手套。"

"让她拿糖去换吗？"

"什么糖不糖的，叫她往我这里来一趟。"吴菲说。

二

没有理由怀疑吴菲说的话的真实性。他和吴菲打交道也不是一天两天了。在长期的交往中，他知道吴菲是个很少说谎的人。总的说来，吴菲算是个诚实的女人。要么她天性如此，要么这是受到丈夫影响的结果。她的丈夫林德，是冯东华在中医学院上学时的同学。他也是费边的朋友，费边对他很尊重。

也就是说，费边相信吴菲说的是实话：她真的捡到了冯东华的手套（最近一段时间，冯东华确实有些丢三落四），它上面还保留着冯东华常用的香水的味道，以及那种挥散不尽的皮革味。吴菲在电话中还说，她正是从香水的味道里闻到了冯东华的气息。显然这也是实话。费边相信这样一种说法：女人的鼻子比狗都灵。

费边怀疑的是吴菲打电话的动机。他想，这个电话谈的是一副手套，但其实它与手套无关。

在以后的几天时间里，费边一边忙着跑调动，一边不停地揣摩吴菲打电话的动机。他还时常回想起他接电话时的情形。那时候，他头戴一顶宽沿女帽，嘴角叼着一支烟，打火机就拿在手里，在简短的交谈中，他把打火机打得"啪啪"作响，火苗蹿起来，又把它重新灭掉。他并非没有意识到那是一种毫无意义的动作，但因为内心紧张，他还是那样干了。为了缓释紧张，他故作轻松地开了一句玩笑，"让她带糖去换吗？"但话一出口，他反而更紧张了。

更多的时候，费边要继续揣摩两个星期之前发生的那件事。他想，吴菲的电话大概与那件事有关。

两个星期之前，吴菲冒着初雪来找他。她算好了，那一天冯东华值班。吴菲是一个聪明的女人，她不愿意让冯东华感到难堪，当然，她也知道，冯东华要是在场，她是无法和费边深入交谈的。

吴菲又一次向他讲述了自己的苦恼（她没有用另一个词："痛苦"）。这番话，他以前曾听她讲过（别说费边了，就连我也听过）。对费边来说，听过也就听过了，以前从未让它往心里去过。为什么要让它往心里去呢？虽然他觉得自己有点爱吴菲，但他爱的是她的美貌和忧郁的气质，并不是她的苦恼。

但这一次，情况有点不一样了。吴菲的话讲得大胆而又真实，他呢，把她的话看成了一种强烈的暗示。于是，就发生了一点事。

吴菲说，她和林德结婚之前，林德的腿已经开始萎缩了。当时医生曾对她说过，说他的腿前景不妙。但她还是决定与他结婚。"我当时是爱他的,我觉得撇卜他,是说不过去的,那种事我干不出来。"

费边听到这里,还没有听出什么新花样。他鼓励她往下说:"你讲吧,把想讲的都讲出来。"

吴菲说,结婚之后,随着身体越来越坏,林德反倒变得越来越纯正了。如果你翻阅他这些年的照片,你就会看到,他身上的邪气、无赖气,一点点消失了,他慢慢变成了一座雕像。可就在这个时候,她发现自己处于一种失贞状态,常梦见别的男人,梦中的动作逼真得很,让人心惊肉跳。有一次,她还梦见自己和一个盲人待在一起。

这一段话,费边可没有听她这么深入地讲过。应该说费边听得"心惊肉跳"。她提到一个盲人,费边立即觉得她指的是他。费边的视力越来越差了,他常用开玩笑的口气谈论自己的恐惧:"我早晚要变成一个瞎子,拄着拐杖,前面溜着一条杂毛的导盲犬。"他不记得自己是否在她面前讲过。即便没讲过,她也可能从林德那里听说过。有一次,费边曾对林德说:我以后可能更倒霉,眼前一抹黑,伸手不见五指,抬头不见月牙。因此,吴菲这么一说,费边就有些蠢蠢欲动。

吴菲说,她非常担心自己背叛林德,整天提心吊胆的,而且罪感已经及时地缠住了她,她的神经都快绷断了。奇怪的是,她对这种紧张状态又很依赖,她觉得正是由于罪感,她才保持住了对林德的爱。问题就出在这里,有了爱,自己就得处在失贞的境地。她说，最近林德皈依了宗教，林德在寻找上帝，但上帝却把一个失贞的女人送给了他。

后来，天黑了，费边带吴菲到外边的小饭馆吃饭。何以解忧，唯有杜康，费边劝吴菲多喝酒。当然，他们喝的不是杜康。他担心饭馆里的杜康酒是假的，就要了两瓶长城牌白葡萄酒。喝着喝着，他们发现酒瓶里有一个小塑料瓶盖，原来这也是假酒。这时候他们已经喝完了一瓶。吴菲说她的头有点晕。他们就退掉了另一瓶，从饭馆里走了出来。地上有一层薄雪，他们踩着薄雪往家走。家，当然是费边的家。上楼的时候，费边的手拦住了吴菲的腰。吴菲没有把他的手打掉，相反，她还笑着对他说："你的手真有力啊，我看你能把我托起来。"

他进到屋之后，真把她托起来了。他把她放倒在沙发上，然后抱住了她。当他要吻她的嘴的时候，她推了他一下，但没有推开他。接下来本来还要发生点什么事的，可是他绷紧的身体突然放松了。吴菲也感受到他松懈了下来。吴菲在混沌的酒意中，说了一句让他无地自容的话："这一下你软了吧。"

她的感觉是对的。他真的软了，硬了这么长时间，箭在弦上，突然射了出来。就那么一下子，他觉得自己突然被抛进了虚空的、无意义的境地。他想吴菲的感受大概也是如此。吴菲从沙发上摸到了烟，点了一支，也递给他一支。没有比烟的安慰更弱的安慰了。费边抽着烟，想着该怎样收拾残局。他索性作了一段爱的独白。他对吴菲说,他一直默默地爱着她。在当时的情形中,即便他说的是无可辩驳的真理,也显得很无聊;他更像是在说明一种后设的理由。后设的东西总是可疑的,再坚实也显得虚空,说着说着,费边就意识到了这一点。鉴于吴菲已经拎起外套,准备离开,他连忙问她:"你不会厌恶我吧?"

厌恶不厌恶她都没说。他要求送送她,但她用目光回绝了他。她下楼了。她的高跟鞋敲击着楼梯,声音是坚硬而空旷的。

完蛋了,他想,这一下,有意思的交往算是到头了。

三

费边没有把吴菲打电话的事告诉冯东华,他并不是有意隐瞒,而是因为他确实忘了。他忘掉了吴菲让他转告给她的话。

一天早晨,他看见冯东华用洗洁精擦洗着一副手套,然后把它放在窗台上晾着。这个时候他才突然想起吴菲在电话中说的话。他走到窗台边,捏起一只手套闻了闻。他闻到了洗洁精散发的柠檬的香味。香味(也可能是微弱的阳光)突然让他的眼睛感到不适,他一下子泪眼模糊。冯东华看到了这一幕,她把一条毛巾递给他。"擦擦你的眼屎吧。"她说。

"是眼尿。"

"那就擦眼尿。"

他擦了眼睛,然后问她这几天是否见过林德。她说见过,昨天见的。她说她看见他一个人坐在轮椅上,在膝盖上玩牌。

"吴菲呢?"

"吴菲?吴菲出去了,上班去了。"

"再见到林德,代我问他好。"他说。

冯东华现在从不隐瞒她和林德的交往。对费边来说,他对这种交往是能够容忍的。这两者大概是互为因果的吧?现在想起来,这种互为因果的关系,在费边初次见到吴菲的时候,就基本成形了。

那实在是一次偶然的相遇。所有的故事都诞生于一次偶然的相遇,这个故事也不能例外。

费边和吴菲的相遇,发生在从西流湖返回市区的长途汽车上,当时,已经成为费边妻子的冯东华也在场,不过,她好像一直翻阅一本电影画报,并没有留意费边早已按捺不住,蠢蠢欲动。这么说吧,冯东华当时还有更重要的事要去应付,她没工夫注意费边。

吴菲从费边身边走过时(他坐在临着过道的位子上),确实多看了费边两眼。当时费边的眼睛还比较好使,他注意到了她的目光。后来,吴菲又从他身边经过了几次,当她最后坐稳的时候(她坐在司机后面),费边又发现她经常回头，朝他所在的方向观望。让我来设想一下，费边当时会有哪些乌七八糟的想法。他首先想到的是，冯东华要是不在场，该有多好。那样他就可以上前和她搭话。搭上话，事情就好办多了。看样子，她是去西流湖玩的，废水站距西流湖只有五百米之遥，她再来西流湖，就可以到废水站找我。一来二去，事就成了。

费边当然不知道，吴菲当时之所以看他，就是因为冯东华。以前，她曾多次在林德的影集里见过她。她和林德结婚的时候，冯东华带着一大捧鲜花来参加婚礼，后来，她再没见过她。林德曾经坦率地对她说，冯东华就是他以前的情人，"不过，后来她把我蹬了。"说这话的时候，林德笑着捂着膝盖，好像冯东华真的蹬了他一脚似的。

下车的时候，费边才发现冯东华和吴菲早已相识。两个女人在终点站吵闹的人群中手拉着手说话。他呢，像个傻瓜似的，被晾在一边。冯东华没有把他介绍给吴菲，这使他心里很着急。倒是吴菲主动向冯东华问起了他。冯东华含含糊糊地说了一句什么，他没有听清楚。吴菲也没有听清楚。不过，吴菲说的话，他可是听清楚了。他的耳朵一直竖着呢。他听见吴菲邀请他和冯东华到她家做客，吴菲说林德见到你们一定很高兴，他盼着见到你们，你们可别让他失望啊。

"我们一定去。"费边说。

据冯东华说,费边后来经常提醒她该去林德家玩玩了。她说,她只好带他一起来。这话是她对林德说的。林德听后,拍着一双无用的膝盖,笑得眼泪都流出来了。那个时候,费边已经知道了冯东华旧时的恋情。他是从林德收藏的影集里看出来的。那本影集的第一页,在玻璃纸下面,有一张冯东华的单人照。她站在一只巨大的装满小白鼠的笼子前,穿着洁净的白色工作服(连帽子也是白的),真像个洁白的天使。普鲁斯特和曹雪芹都曾经说过,岁月易逝,我们只能靠怀念几位女子而聊以自慰。他们说得真好。不过,对我的朋友费边来说,那张给他留下深刻印象的天使的照片,却无法给他以安慰。那张照片,就像一个薄薄的刀片,映着他的过早谢顶的脑袋,快要失明的眼睛,使他感到尴尬,不自在。不过,她对冯东华和林德的交往,是可以接受的。如果没有这种交往,他就无法自由出入林德和吴菲的家中。

四

费边面前放着一只青蛙的标本。它趴在一张硬纸片中,虽然它被压成了一个平面,但仍然栩栩如生。如果你盯着它看上一会儿,你就会感觉到它带有不真实的意味,像是某个超现实主义画家鼓捣出来的玩意儿:它竟然有五条腿。

第五条腿从尾部长了出来，短小、纤细，就像是它裸露在外的雄性生殖器。

这样的一只青蛙，我也曾见过。它真像是一个无辜而又邪恶的精灵。费边曾对我说，在西流湖里，有成千上万只这样的青蛙。由于西流湖的水质变得越来越坏，青蛙似乎演变成了一个新的物种。费边向我展示青蛙的时候（当然，他也在无意之中向我展示了他的失败。他被人们看成是治理污水的专家嘛），还向我重复了这样一个事实：全市有四分之一的人，吃的是西流湖的水。他说："你吃的水也来自西流湖。当然，它经过了水厂的净化处理，你不用担心吃住蝌蚪。经过处理的水，是连蝌蚪也养不活的。"

事实就是这样滑稽：同吃一湖水，林德的腿萎缩得像蝌蚪的尾巴，而青蛙却长出了第五条腿。这之间没有必然联系，我指的仅仅是现象上的滑稽。我又想起了我在前面提到的那个词："平面"。不同的事物，压缩到一个平面，会让人哑然失笑。

现在，费边正把这样一只青蛙介绍给他的朋友小顾，顾庆文。七年前，正是由于顾庆文，他才被校方停了课，被迫远走西流湖，从事他那注定要失败的治污事业的。

七年前的顾庆文，搅进了一个案子。在被追捕的日子里，顾庆文在费边的单人宿舍里躲藏了数日。对东躲西藏已经厌倦的顾庆文,一天突然提出要出外喝酒。费边没能说服他,只好陪他出去。他们刚走出校门,就被摁倒了。顾庆文当时的表现是非常滑稽的,他趴在那里声嘶力竭地喊着:"我不是顾庆文。"极度的恐惧让他喊出了这种莫名其妙的口号。顾被关了将近一年,被放出来了。然后,他就到了南方,先是卖馄饨,后来走私倒卖从国外运过来的旧西装、旧电器等洋垃圾。他发了财,成了个人见人爱的财主。他这次回来,是为了报答当初曾收留了他数日的费边兄弟。他说,与其把钱花在婊子身上,还不如干点正事,譬如,帮费边调回学院,让费边得以脱离西流湖,在实验室搞他的治污研究。虽然顾氏已经脱离学术界多年,但他还是没有忘记学术界的一个基本事实:只有纸上谈兵,才能够抵达学术的前沿。

顾庆文有足够的能力把费边调回学院。他让费边尽管放心。有钱能使鬼推磨,这个道理他顾庆文算是吃透了。在和系主任和系总支书记谈过话之后,顾庆文这次来,就是要告诉费边,他把事办成了。他说他已答应捐赠给系里一笔钱,设立一个"庆文学术基金会"。

既然调动的事已经有了眉目,那就有必要出去吃一顿饭,举杯庆祝一下。顾庆文让费边把青蛙标本收起来,说:"走吧,咱们把七年前那顿饭补起来。你要是想吃青蛙,你就尽管点。"

费边说他吃什么都行,就是不想吃青蛙。说这话的时候,他突然想起吴菲有一次曾给他提起过,她最爱吃田螺、青蛙和蛇。何不给她打个电话呢?顺便也可以告诉她,他即将回到学校任教啦。

他没有往家里打电话,他打的是吴菲的呼机。看,他还是很照顾林德的情面的,他不想让林德有难堪的机会。

打电话的时候,他想起了自己多天来对吴菲打电话的动机的揣摩。他想,吴菲可能一直在等他的电话。这顿饭真妙,既是对七年前那顿没能吃成的饭的补偿,又是他和吴菲重新交往的开端。哦,她那忧郁的脸庞,动人的身段,令他的双手多么渴望。

五

吴菲是在家里接到他的传呼的。当时冯东华碰巧也在旁边。是啊,我就是林德,就是坐在轮椅上祷告的人。吴菲和冯东华在一边嘀咕一会儿(她们像开玩笑似的,捂嘴笑了半天),接着,吴菲对我说,她得出去一下。跟往常一样,我没有拦她。我没有这个权力,就像我没有权力剥夺冯东华来探视我的自由一样。

那天晚上,吴菲很晚才回来。她喝得醉眼蒙眬,一副瘫软沉迷的模样。她说费边也喝醉了。醉了的人,是什么也干不成的,你相信吧?她问我。我当然知道她的意思，这种落网与逃脱的游戏，她玩的已经不是一次两次了。

第二天早晨，清醒过来的吴菲把那话又重复了一遍。她说她想和我一起去看看费边。她说费边的眼睛好像出了点毛病，昨天从酒店出来的时候，连路面都看不清楚，差点被一辆运送垃圾的驴车撞翻在地。

我立即想到了冯东华。但愿上帝能把一个贞洁的妇人送到我的朋友身边。

1996 年 12 月 8 日　郑州

国　道

开　头

在这篇小说中首先出场的不是人，而是一辆林肯牌轿车。有眼不识泰山，直到最近，我才把车和名对上号。三年前，在我举行婚礼的前一天，我首次听说有一种轿车就叫林肯。是我的一个朋友对我说的。他说，要是能借一辆林肯去把媳妇娶回来，该有多好啊，一来排场，二来可以闯红灯，不害怕堵车。"林肯"这个名字，让我联想到了历史上的那个总统——据说他娶的那个母老虎，常当着议员的面往他脸上喷菜汤。虽然我对林肯总统（一八〇九——一八六五）抱有好感，可我却不愿重复他的不幸。我对朋友说，算了，还是用单位里的中巴去娶吧。我的口气惹得那个朋友哈哈大笑。他说，你以为你是谁，林肯车在整个济州市也不过那么几辆，不是想借就能借到的，我不过是想开个玩笑。

可我没想到，有一天我还是和林肯打上了交道。当然不是用它来娶媳妇的，而是要写一篇与它有关的小说——在下面这篇小说里出现的命案和一些乌七八糟的事都与它密切相关。事实上，要是没有这辆林肯，这篇小说该怎么开头，我都有点犯愁。

在传说中，那辆林肯是会飞行的。不过，它刚出场的时候，并没有飞行。当时，它从帝豪酒店出来，沿着繁华的中山路由东向西急速行驶。济水河边耸立的酒店广告牌上的时钟，点明这个时间是一九九六年十月十九日晚上九时许——那分针的弹跳，将使整个世界感受到它的震动。街灯照着那些斜着飘飞的悬铃木的果絮，秋高气爽，正是济州市的秋天常见的景象。这一天是星期六，平时就比较拥挤的街道这会儿更加拥挤，车辆大都只能踽踽而行，但拥挤的街道对这辆林肯似乎并没有什么影响，这让一个绰号叫布丁的人感到吃惊。布丁（一九七一——　）是个名车迷，喜欢骑着那辆"风速-125"，跟踪那些名牌轿车。他喜欢闻那股汽油味儿，对他来说，同样的汽油味儿从名牌轿车的屁股后面放出来，就变得非常好闻了。他的车技很高，加上济州拥挤的街道更利于摩托的穿行，所以他总是能非常从容地从各个角度欣赏它们。这一天，他从立交桥上下来，在济水河边盯上这辆林肯的时候，便奇怪地发现，尽管街道仍是拥挤不堪，可那辆林肯却能畅通无阻，刚过福寿街，他就被林肯甩了下来。他一口咬定林肯车上长有翅膀，布丁的妻子，那个外号叫做果冻（一九七三——　）的人，也在旁边帮腔。她说那辆"风速－125"是她的，在市区之内，任何车辆都跑不过风速，"那辆林肯要是没长翅膀，你让我干什么我就干什么，反正现在闲着也是闲着。"

当时福寿街确实出现了交通堵塞，济州市交通电台的录音资料表明，播音员当时曾三次提醒各位出租车司机最好绕道而行，其播出时间分别是晚上九点十七分、九点二十五分、九点五十二分。也就是说，福寿街和中山路的交叉口起码堵了三十五分钟。那辆林肯车在福寿街也有过一次停留，当然，只要粗略地推算一下，就会知道其停留时间不会超过五分钟。从福寿街口到济州市体育馆并不算近，林肯车开过去起码要用十分钟，而那桩命案出现的时间现在已经可以咬定是在九点二十八分到九点三十二分之间。

命案现场是在济州市体育馆东侧二十米。体育馆门前的小广场上当时大约聚集着一百多名消息较为灵通的铁杆球迷，他们正在等着购买一个月之后要进行的一场中美足球友谊赛的球票。为了不让更多的球迷知道他们的目的，影响他们买到位置较好的球票，他们都故意做出无所事事的样子，三五成群地在广场四周散步，同时窃窃私语地为裁判可能偏向哪一方、球赛之前要出现什么吉祥物打着赌。他们当中有一个名叫蔡猛（一九六八——　）的球迷，每过几分钟就要跑到体育馆东侧的那个小售票口瞧瞧。他又一次走到售票口跟前的时候，发现那里还是没有什么动静。他等得心焦，就在旁边买了几个羊肉串吃了起来。他一边吃，一边骂自己没出息。他是个下岗职工，老婆刚跟别人跑掉。他唯一的爱好就是看球。为了满足自己这个奢侈的爱好，他主动担负起了替别人购买球票的重任，他风餐露宿给别人买个位置好的，然后再买一张最便宜、位置最差的，等着人家赏赐给他。这会儿，他捶着脑门儿骂了一阵，开始盘算这几串羊肉串吃下来，应该把别人的位置往后面挪上几排，才可以保证自己还能看上球赛。他一边走，一边盘算着，同时他的眼睛盯着路面发呆。就在这个时候，他看见了那辆车。

这个现场目击者不知道那是林肯。他在电视上见过黑豹的广告，觉得黑豹很帅，他认为那辆车就是黑豹。"真他妈牛啊，黑豹。"他咕哝了一句。接着他就看到了在电影中才出现的那种惊险场面：黑豹咬着一个东西，把那东西高高地扔了起来，与此同时，黑豹也腾空而起。在蔡猛的描述中，这就像电视上的海狮舞绣球，在海狮把绣球抛出的那一瞬间，海狮自己也跃出了水面，在空中完成那套用嘴巴转动绣球的动作。可是，那辆车毕竟不是训练有素的海狮，它的动作不够利索，在腾空的时候，不但让那个东西从车顶上掉了下来，而且捎带着另外一个东西（蔡猛这时发现那好像是一个人），把它带到了空中——蔡猛事后说，它的第二个动作"有点像是老鹰抓小鸡"。蔡猛听到了人们的尖叫,但看傻了眼的蔡猛,一时间没能迷惑过来,还认为自己看到的是拍电影的场面。在人们的尖叫声中,他看到那辆车突然降到地面,然后又再次腾空,如此反复了几遍之后,它在人们的惊呼声中走掉了。

蔡猛的说法和别的目击者的说法大同小异。可以肯定,在林肯走了之后,体育馆东侧的人群曾经出现过短暂的平静,好像什么事也没有发生似的。蔡猛还站在那里发愣,突然又听到了一阵尖叫,类似于恶狼闯入羊群之后的叫声。蔡猛并没有立即围上去。悠悠万事,唯球为大,他还挂念着他的球票呢。他又走到售票口瞧了瞧,发现那里还是没什么动静,他才重新拐回来。

"我看到一个人从地上爬了起来,他捂着肚子喊着,走了几步,就又栽倒了。"蔡猛说,"他虽然站都站不起来,可他却能打滚。他躺在地上不停地打着滚,那样子就像被剁掉了脑袋的鸡在地上胡乱扑腾。"

蔡猛还看到了一只足球。那只足球在人们围成的那个小圈子里跳来跳去。他终于发现那个人是想抓住那只足球。接着就有人看到了血。那血并不是从那个人身上流出来的,它像一条细细的红绸,延伸到了那个圈子之外。有一个妇女高叫了起来,说跑掉的那个车下面还挂着一个人。她说的没错。正如人们后来所知道的,林肯车的下面确实挂着一个人,那个人就是这个名叫闵大钟(一九五七——

一九九六）的人的儿子闵渊（一九八四——？）。当人们七手八脚地把闵大钟抬到一辆面的上的时候，那个绰号叫做布丁的人终于赶了过来。他使劲地按着喇叭，连冲带撞地从人群中穿了过去。他现在就沿着那道血迹往前跑着。他没有料到刚从一堆人中闯出来，就碰上了另一堆人。这时候，他听见有人说那个像红绸似的血道就来自林肯轿车。追了这么长时间，最后还是让它溜了，布丁不能不生气。他看着路上的那个血道，气呼呼地说："我知道它怎么跑那么快了，它不光长有翅膀，而且油箱里还装着特制的油。"旁边的一个人拍拍他的肩膀，对他说："老兄说得对，它的油箱里装的不是油，而是血。"说这话的是个出租汽车司机，把闵大钟送到急救中心的，就是他和他的几个朋友。

107国道

布丁、蔡猛以及那个将闵大钟送到120急救中心的出租车司机（我后来知道他姓王），都没有看到十月十九号事件的最后一幕。他们只是这个事件的一个重要阶段的目击者和参与者。布丁为没能撵上那辆林肯一直耿耿于怀，因为对他来说，那是个少有的失败；蔡猛因为耽误了买票，而失去了别人的信任，他只能不停地责怪自己；至于那个王司机，据说他当天晚上倒是受到了妻子的表扬，可是随着事件的发展,妻子的表扬将逐渐变成臭骂。

当天晚上的最后一幕,发生在市区之外。准确的地点是在北环和107国道交叉口的国道上面。当时大约有二十辆各种型号的车辆堵在那里,牢牢地将那辆林肯围了起来,正横在林肯前面的是济州市武警用的那种巡洋舰似的警车,开车的是武警范辛良。一个首长的亲戚要回北京,他这会儿是刚从机场回来。离林肯还有一段路的时候,他就发现那辆迎面开来的车有点不对劲。他看到它的轮辐闪烁着耀眼的光线,像是电焊时发出的那种弧光,也像是节日放的那种溜着地皮发光的名叫"地龙"的焰火。就像布丁最初没有反应过来路上的红道道是小闵渊的血迹一样,范辛良这会儿也没能想到那些焰火似的光是挂在车盘下面的自行车和地面摩擦的结果。当两辆车距离拉近的时候,他看见还有一长溜的车辆在那后面跟着,看上去就像是万马奔腾,好像这不是国道,而是一个赛马场的跑道。范辛良虽然受过严格的驾车训练,可见到这个阵势,他还是有点发怵。他赶快把车停到了路边。车刚停下,那辆林肯就擦着路那边的一根电线杆呼啸而过了。紧接着,从跟踪而来的一辆面的上跳下来了一个交警,他一跳上范辛良的车就喊着"快、快、快追"。

就是这个范辛良将林肯车的司机揪了出来。紧跟着范辛良从副驾驶的位置上跳下来的交警,上去就给了那个司机一记耳光。他刚打了第一下,就有许多条腿许多条胳膊伸了过来。那些刚围上来的司机都想借这个机会练练拳脚。"还他妈林肯呢,给我打。"没能挤过来扇上两巴掌的人,在圈子外面喊着。站在车门边的范辛良感到肩膀一沉,原来是一根电警棒放到了他的肩头。"替哥们儿来一棒。"他身后的那个人抖动着那个硬邦邦的东西对他说。范辛良接过电警棒,还没有抬起手来,就听见坐他的车赶过来的那个交警"哎哟"了一声。

这个"哎哟"了一声的交警,名叫张红卫(一九六九——一九九七)。这会儿他手里正拿着那个挨了耳光的人递过来的驾驶证。在手电的照耀下,范辛良和张红卫都清楚地看见了上面的字样:曹拓麻;济州市管庄区公安局;初次领证日期是一九八〇年。另一张工作证上的字样是:曹拓麻;济州市管庄区公安局;一级警督;四十六岁;填证日期是一九九四年十月二十五日。

张红卫之所以会"哎哟"一声,是因为他认识曹拓麻。张红卫以前曾在管庄区公安局下属的水荫路派出所干过,前年,他因为生擒一个携带炸药闯入幼儿园的亡命之徒,先后受到市里和局里的表彰。在局里召开的表彰大会上,将一万元奖金和见义勇为证书发到他手里的就是管庄区的公安局局长曹拓麻。张红卫已经听说,因为成就突出,曹拓麻可能要到市里更显眼的一个区——济州市开发区,担任公安局局长。

就在张红卫再一次认真核对着驾驶证、工作证,将上面的照片和眼前站立的那个曹拓麻反复对照的时候,范辛良突然想起刚才车里好像还坐着一个人。他拉开车门,喊着"爬出来,给我爬出来",可他连喊了两声,仍然没有动静。他伸着脑袋往车里看了看,副驾驶的位置上现在空无一人。他感到纳闷,就拿着手电往里面照了照,他什么也没有看到,看到的只是落在座位当中的一撮白色的毛。他正感到纳闷,手电筒突然被打落了,接着,他的手背上就被什么利器猛抓了一下,在别的手电筒的照射下,他看到手背上立即冒出了几道血印子。对一个武警战士来说,轻伤不下火线的精神还是有的,他索性一下子钻到了车上。在车里,他摸到了自己的手电筒,将整个车厢照了个遍。他什么也没有看到,只闻到一股首长的老婆常用的那种法国香水的气味。他张着鼻子使劲地嗅着那味道的时候,林肯车突然剧烈地摇晃了起来。等他跳出车的时候,他才知道张红卫正指挥着人们,要把林肯车底朝上地翻过来。范辛良接着就看见,像从弹花机上摘棉花似的,人们从林肯车的底部先后摘下来了一个人和一辆彻底扭曲变形了的自行车。

如前所述,那个从车盘上摘下来的人就是小闵渊。人们用手电照着,粗略地检查了一下,发现他的一只手被磨秃了,右边的那只耳朵也被磨掉。张红卫按着曹拓麻的脑袋,让他看从车上摘来的两个东西。曹拓麻一边低头,一边从口袋里掏烟。他刚把烟掏出来,还没有点上,就"哇"的一声呕吐了。他吐出来的东西又腥又臭,旁边的人赶快往后退了几步。一个叫做马莲(一九六四——)的女司机没有来得及后退,所以她的裤管上立即沾满了那些秽物。

啊,秽物。顺便说一下,千万别小看这些又腥又臭的东西。从某种意义上说,它是整个案件中最宝贵的证据,可以说比金子都宝贵。因为它可以证明曹拓麻当天晚上都吃了一些什么,通过对它的分析,人们可以确定曹拓麻当时的脑子是否正常,该承担什么样的法律责任。令人遗憾的是,那个名叫马莲的出租车司机当天晚上回到家就把裤子洗了。当时曹拓麻往107国道上也吐了一堆,可当人们想起来这一点的时候,几天时间已经过去了,那泡东西即便没有被狗吃掉,也早已变成了灰尘。也就是说,这个后来震惊全国的案件,从一开始,就欠缺了一些法庭所认为的"重要的证据"。不过,话说回来,当时谁又会想到应该保存那些秽物呢?马莲后来向记者展示过她那条曾经沾染过秽物的裤子(一条洗得泛白的绿色灯芯绒裤子),就在这条裤子见报的当天,她就接到了一个电话。打电话的是个男的。那个男的用标准的男中音对她说:"学乖一点,把你那条沾着经血的裤子掖到柜子里,否则就让你车毁人亡。"马莲后来说,幸亏她把那条裤子洗了,要不,她可能会比曹拓麻还要早一步去见阎王。

狗 杂 种

　　武警范辛良和另外两个不肯透露姓名的司机,都在林肯的副驾驶位置上拣到了一撮毛,那几撮毛后来在医科大学做了鉴定。鉴定结果表明,那不是人的毛发,而是狗毛。

　　之所以要做这样的鉴定,是因为有些司机认为,当他们在107国道上堵住林肯的时候,林肯的副驾驶位置上还坐着另外一个东西。在人们急着收拾曹拓麻的时候,那个东西神不知鬼不觉地在夜色中溜掉了。那撮毛的鉴定结果一出来,法庭就果断地认为:"现在已经基本上可以排除车上还有另外一个人的可能了。"在此之前,与此案有关的所有人和关心调查结果的公众,都把注意力放在那撮毛上面。那撮毛太重要了,如果它能够被证明是人毛,那么,那撮毛的主人,将是此案最直接的证人。他(她)将能够告诉我们,曹拓麻当时的脑子是否清醒,在事件发生之后,曹拓麻为什么要开车逃窜。不幸的是,它被鉴定成了狗毛。

　　其实,即便鉴定结果表明那是人毛,又能怎么样呢?我们总不能不让人脱毛吧?许多人都有脱毛的习惯,我也有。过了三十岁之后,我头上的毛就越来越少了(为了写这篇小说,我又掉了不少毛),后来干脆就秃顶了,每次出去参加社交活动,我妻子都要在我的脑袋上花一点工夫:

用梳子把四周的头发往当中梳啊梳啊梳（梳的过程中，还会再掉一些毛），然后喷上雅倩牌定型摩丝，将它固定住（她称这种往头顶梳的动作为"农村保卫城市，地方支援中央"）。如果谁在那辆林肯车上发现了我的毛发，那是否就能够说明，在十月十九号那天晚上，我一定就坐在曹拓麻身边？我认为不能下这种断语，也不敢虚构这样的情节。在我看来，这样的情节只能出现在充满着道德训诫和因果关系的古典小说里面。

第一个介入此事的记者是《济州晚报》的孟庆云（一九六四——一九九七）。对她我不妨说得稍微详细一点。她在报社上班还不到两个月——我最近才知道她的户口和档案都还留在武汉。她和丈夫原来都在高校任教，她在湖北，丈夫在济州，两个人怎么也调不到一块，后来她只好做点牺牲，来济州重新找工作。碰巧《济州晚报》在招聘记者，她就考上了。十月十九号那天，她丈夫去广西桂林开会了，她向同事提出，她可以值个夜班，在办公室接听群众来电。电话记录表明，这一天，打来的电话并不算多。大多数时间，她都在写信（由于夫妻长期分居，她养成了写信的习惯），但这一天，她的信并不是给丈夫写的，而是要写给她肚子里的胎儿。她相信两个月大的胎儿已经能听见她的声音了，因此她一边写，一边朗诵。

我手头有她那天写的信，其中有这样一段：

你本该早一点来到世上,和我们共享人世的欢乐,可我们却一次次地推迟了你降临的日期,使你没能看到一直关心着你的爷爷和奶奶。我和你爸爸在爷爷奶奶灵前发过誓,一定要把你培养成为一个健康、快乐、有用的人。

她写到这里的时候,电话响了。打电话的那个人结结巴巴地说不出一个完整的句子,孟庆云凭直觉知道出了大事。她让他慢点说,可那个人还是说不好。孟庆云想,这个人大概真是个结巴。小时候,她就听父母说过,如果一个结巴着急得说不出话,可以让他把他要说的话唱出来。她想对他说"别急,你唱吧,我听着呢",可话到嘴边她又把它咽了回去。那个人停了一会儿,颠三倒四地说出了这样一句话:"出了车祸,中山路,车跑了,人死了,还有人要死。我是丁宁。"孟庆云一下子笑了出来,站起来的时候,差点把桌上的墨水瓶打翻。丁宁(一九七一——)是她丈夫的同事,曾托她给他介绍女朋友。孟庆云笑过之后,没敢怠慢,立即下楼找车。她在楼前刚好碰见了两个巡警。十五分钟之内,她就赶到了中山路上的事故现场。她在那里大概只停留了十来分钟,就坐车赶到了120急救中心。闵大钟还在抢救,但是医生告诉她,即使在呼吸器的作用下,他的心跳次数仍在迅速减少,也就是说,躺在手术台上的闵大钟其实已经死了。

运着小闵渊的警车又开了进来。孟庆云想跟进去看看，可她身边的铁栅门突然哗啦一声闭紧了。紧接着，她就被人推到了铁栅门跟前。她刚把记者证掏出来，就被身后的一个人没收了。铁栅门被拉开了一道缝，她被人揪着头发从门缝里塞了出去。过了片刻，当她感到头皮由麻变疼的时候，她看到"一只蝙蝠穿过铁栅门上的菱形格子，突然落到了面前"，"一动不动的，好像是死透了"。她吃惊地看着它，这才发现它并不是蝙蝠，而是她的记者证——让我们注意一下这个细节，这个误将记者证看成一只蝙蝠的细节，它以后还将会被人反复提起。

被揪出来之后，孟庆云想坐车再到现场看看。她上了一辆面的，让司机把她拉到中山路。坏事总是比好事传得快，那个面的司机已经通过对讲机从同行那里知道了那个恐怖的车祸。他对她说："车是林肯车，最后是在107国道上拦住的。"就在这个时候，车上的对讲机又响了，他的同行说肇事者已经被带到了黑海。孟庆云问司机黑海在哪，司机说："黑海就是明海路，公安局的交通事故处理中心就在那个鬼地方，司机们都叫它黑海。"接着，司机又咕哝了一句，说："那是个狗×衙门，易进难出。"

其实"事故中心"（公安局交通事故处理中心的简称）并不像那个司机说的那样可怕，警方对她还是比较有礼貌的。警方看了她的记者证，就把她带到"事故中心"后面的小院子里。她一进去,就听到了狗叫。接着,她就看到一群狗蹲在树影里,朝她叫唤着。还有几条小狗跑到她跟前,堵着她,闻了闻她的裤角。有一条狗还趁机跷起后腿,朝她的腿射了一泡尿,她感到了狗尿的温暖,有点哭笑不得。那个警察笑了笑,把那几只狗轰跑了。在后面的一间平房里,警察问她抽不抽烟,然后给她接了一杯"中美纯水"。这个时候,孟庆云感觉到自己的脚脖子有点凉飕飕的。当那个文质彬彬的警察去接电话的时候,她站到窗边,又朝外面看了看狗。那泡尿来自哪一条,她现在分辨不出来。因为那几条小狗都一模一样,比猫大不了多少。这是晚上,虽然外面灯光很亮,可她还是分辨不出它们的颜色。那个警察接完电话,要求再看一下她的记者证。她只好再次把证件递给他,同时用半开玩笑的口气说:"你们也真是辛苦啊,深更半夜还在为人民服务,真该找个诗人来歌颂歌颂你们。"

"我们历来如此。你的证件怎么这么脏啊?"那个警察说。

"刚才,它差点变成一只蝙蝠。"

"蝙蝠?"

"蝙蝠。"她说。话一出口,她就感到有点不得要领,可既然已经说了,就不妨说得再详细一点。她告诉他,她刚才在急救中心,像轰苍蝇一样叫人给轰了出来。这么说着,她又感到应该切入正经的话题了,就将蝙蝠和苍蝇问题放到了一边。她说:"别的就不说了,我以后再详细给你讲吧。

喂，朋友，那个肇事者到底是谁啊，我真想见见他。"

"不知道，我们也不知道。我们正在调查。你可以把电话留下，我及时通知你。"

"他开的是林肯，一定是个大人物吧？"

"也可能是个小人物。不过，我确实无可奉告。"

"他现在在哪儿，我能不能隔着玻璃看一下？"

"正在接受调查。你看，我一不小心就又说多了，我真该抡自己一巴掌。"

"到底是什么人啊，那么神秘？"

"你要是想写点什么，就写我们通宵达旦为人民服务算了。"

"那里面总不会是一条狗吧？"

"这很难说，"那个警察笑了笑，"我现在既不能证明里面是狗，也不能证明里面不是狗。"

那人说到这里，电话又响了。

"你要不要再喝一杯水，不喝的话，你就可以走了。"那人说。

孟庆云后来才知道，当她赶到"事故中心"的时候，曹拓麻已经由公安局政治处保释出来，让他妻子接回家了。他来的时候，坐的是巡警的车，回去的时候，坐的是他自己的桑塔纳。

这天晚上，孟庆云回到报社，就开始写她的目击者手记。在文章中，她倒是提到了狗，不过她提到的是那只往她的腿上撒尿的狗。

关于材料的一点说明

这部小说的材料实在太多了,多得让人感到苦恼。"删繁就简三秋树,领异标新二月花"——我的脸皮要是厚一点,我就可以说郑板桥的这个条幅,就是我的艺术追求。因为材料过剩,现在一切都谈不上了。

为了写这篇小说,我事先作了详细的调查,通过我不能说得太明白的私人关系看到了一些卷宗,其中自然包括现在还不能公开的预审档案。这跟我平时写小说的习惯都是相违背的。我个人认为写小说就是捕风捉影,可以把绣花针写成棒槌,也可以把棒槌写成绣花针。我曾给一个批评家谈过这话,他不能同意我的"棒槌论"。他说:"还是那句话,要多深入生活。"他还说,在生活的海洋里,珍禽异兽多得很,数都数不过来。我对他的话一直将信将疑,但通过这次调查,我服了。

我曾经想过删掉一些人和事,回到"三秋树"的境界,但是行不通。原因很简单,我总得把问题交代清楚吧。再说了,既然一只小小的骨灰盒就足以容得下一个人的生平,那么在一篇小说里多塞一些材料又有何妨?我想起了小时候看过的蜂房(我的祖父养过好几箱意大利蜜蜂),那密密麻麻的蜂房，确实让人头皮发紧，可是你得承认，正是由于有了那么多的蜂房，才保证了我们可以喝到足够的蜂蜜。当然，如果哪个朋友认为这都是我找到的借口，我也不会提出反驳。诗人哲学家费边（一九六一——　）曾经说过，历史就是由借口组成的，"'借口'这个词放到诗歌里面，你甚至很难找到另外的词来和它押韵，但它却构成了历史诗学"。

人民医院

曹拓麻曾出访过日本，那是在一九九〇年。他喜欢樱花就是从那个时候开始的。现在，管庄区公安局大院的花圃里就有好几株樱花。那些白色或粉红色的伞状花，总让他回忆起那次美好而有趣的日本之行。后来，他被关到号子里的时候，他的一个部下曾送给他一枝樱花。那樱花还没有盛开，但一看到那钟形的花萼，他的眼睛就湿透了。

在那次日本之行中，当代表团乘车去奈良的时候，他们在车上互相给对方起着日本名字。其中的一个团员，因为老是开玩笑说想和日本艺妓共度良宵，就被曹拓麻命名为"路边一色郎"。曹拓麻的脸比较黑，人长得也很壮实，对方就叫他"黑山一雄"。曹拓麻曾向妻子提到过这两个有趣的名字。他万万没有料到，在当上了公安局局长，有过几次艳遇之后,"路边一色郎"这顶帽子竟然戴到了他自己头上,而且首先给他戴上这顶帽子的,是他的第三任妻子孙惠芬(一九六二——)女士。

孙惠芬叫他"路边一色郎"(或"路边")的时候,态度总是那么含混暧昧,既像是生气,又像在取笑,还像是撒娇。顺便说一下,曹拓麻还算是一个比较古典的人,他离了两次婚,又结了第三次婚就是个证明:虽然隔着篱笆就可以挤到鲜奶,但他还是想养一头奶牛放在家里。

这一天(十月十九号)晚上,孙惠芬用桑塔纳接他回家的时候,她还不知道事情的严重性,进了门,她把拖鞋扔给他,让他换鞋,同时叫了他一声"路边"。见他既不换鞋也不吭声,只是站在那里发愣,她就说:"路边,事情不是已经过去了嘛。"这么说着,她就弯下腰替他解起了鞋带。她刚摸到鞋带上的活扣,他就一脚把她踹到了地上。垂手站在一边的保姆见到这个情形,就赶快上楼了。孙惠芬搂着一只鞋在地上坐了片刻,然后又像日本妇女那样爬了过来,要解另一根鞋带。

"我得去医院里住两天。"曹拓麻突然说。

济州市最有名的医院就是济州人民医院,这家医院的院长甘洌(一九五九——)博士是济州市许多重要(或者说关键)人物的医疗保健顾问,自然也是曹拓麻的"朋友"。十月二十号早上六点多钟,天还没有亮透,甘洌博士就驱车来到了曹拓麻的寓所前。在他们说话的时候，孙惠芬把录音机打开了。当然不是要录音，而是要放出一点噪音，以防别人监听——在这方面，孙惠芬和曹拓麻都是行家。

明人不说暗话，甘测博士上来就说："曹局长，需要我做什么就尽管说吧。"曹拓麻笑了，他问甘测："博士，你听到什么风声了？"甘测说他接到电话就赶来了，不知道发生了什么。

上了车，曹拓麻简单地把晚上发生的事给甘测博士讲了一下。甘测听完之后，握了握曹拓麻的手说："曹局长，你放心好了，你说的我一句也没听见。说吧，这次您想住哪个套间？"出乎甘测的预料，曹拓麻说，他这次不想住高干病房了，只要是单间就行。

曹拓麻确实没住高干病房。之所以要强调这一点，是因为有些新闻报道在这里犯了低级错误，说曹拓麻是在高干病房被逮捕的。我后来多次到过这家医院，甘测博士还特意领我到曹拓麻住过的那个房间看了看。它位于住院部大楼二楼的电梯井旁边，房间里有三个床位，我去的时候，里面住着一个偏瘫的民工，一个患了脑溢血的教师。靠墙的一个床位暂时空着，那就是曹拓麻当时的床位。甘测博士很坦诚地说："当然，当时这房间里没住别的人。"曹拓麻的一个在商场工作的朋友在这里放了一台彩电，花店的人往这里送过几次鲜花，"除此之外，就和现在没什么两样了"。

顺便交代一下，小闵渊后来也住进了这家医院。十月二十号，孟庆云的那篇文章见报之后，甘洌博士就驱车来到了120急救中心。和早上不同的是，他这次开的不是自己的桑塔纳，而是医院的急救车。正像后来在电视新闻里播放的那样，车上各种急救设施非常齐全，来的也不光是甘洌一个人，而是一个救护小组。甘洌的心真细，在来之前，他已经吩咐副院长要腾出一个高干病房，预备着接待小闵渊。副院长发愁了，说高干病房已经人满为患，无法再安排新的套房。甘洌没有搭理他，转而交代另一个副院长，要选几个模样俊俏脾气又好的护士，放在这里预备着。

因为急救中心不愿放人，所以他们来接闵渊的时候还费了一点小小的周折。甘洌博士找到急救中心的主任，对他说："你要是能找到不让孩子享受更好的医疗条件的理由，我现在一拍屁股就走。"见急救中心的主任还是不松口，甘洌就盘腿坐在主任的办公桌上，用自己的手机给济州市的市长打了一个电话。十几分钟之后，一直昏迷不醒的闵渊就被拉到了人民医院。两个副院长领着几个漂亮的护士在高干病房的门口迎接着他们，并领着救护车一直开到一个小院子的深处。那是个幽静的小院子，里面还有一个小小的花圃。在深夜，金菊和月季正吐放着它的幽香。这里没有樱花，樱花是在隔壁的那个小院子里，那是曹拓麻上次住院的时候，医院从市植物园移植过来的。

曹拓麻在人民医院一共住了三天。这三天，并没有人来这里为案件进行过必要的调查。十月二十二号的下午三时五分，警方来到了住院部二楼，向曹拓麻宣读了逮捕令。曹拓麻拿出了甘洌医生给他开的"病危通知"，表示自己暂时无法出院，并提请他们考虑一下人道主义问题。这个小小的问题把宣读逮捕令的小伙子难住了。另一个小伙子很机灵，他说可以让甘洌博士"再来（给曹拓麻）做一次检查"。几分钟之后，甘洌博士就来了。他没有自己动手，只是让手下人给曹拓麻量了量血压，翻开眼皮看了看。曹拓麻要求再做一次脑电图，并检查一下血脂的浓度。甘洌博士表示，他可以到看守所去给他做检查，"别担心，那里也有必要的仪器"。

警方要给曹拓麻戴手铐的时候，甘洌博士要求再看一下那个"病危通知"。曹拓麻把那个通知掏出来递给了他。甘洌拿着它看了看，说"你现在已经脱离危险期了，要这个已经没什么用处了"，同时掏出打火机，将它轻轻点燃了。

费边提供的内幕

"任何事物都像椭圆形的鸡蛋，有两个焦点。"这话还是费边说的。我又一次引用了费边先生的语录,不知道是否已经让大家感到了厌烦。正如我的另一篇小说写到的,费边是我们当中最出色的诗人哲学家。他能对日常生活中发生的任何事情及时地作出判断和分析。这个案件发生之后,费边立即中断了他在北京的游学,赶了回来。一回到济州,他就像一个私家侦探似的,经常夜不归宿,忙着与相关的人拉关系,收集材料。当然,和他采访到的许多证人一样,他是不愿公布他的调查结果的——既不愿把文章写出来发表于报端,也不愿在关键的时候出庭作证。他只是愿意私下和朋友们聊起此事。"任何事物……"这句话,就是他在一次私下交谈中随口溜出来的。我当时真想问问他,要是遇到个双黄蛋,那该怎么办?

就是在那次交谈中,他忍不住向我透露了一点内幕,说"曹拓麻住院期间可没有闲着","他忙得很呐"。

什么鸟内幕啊!这事谁不知道?这个哲学家是怎么搞的,把众所周知的事实当做宝贝蛋一样捂着,就不怕人笑话?

不过,话说回来,他提供的那些细节还是很可贵的。大家虽然知道一些大概,可是知道得并不详细。没有必要的细节,它的真实性就值得怀疑。流亡作家纳博科夫(一八九九———九七七)说得好,细节就是上帝。

如上所述,甘冽博士很够哥们儿,先给曹拓麻办了住院手续，然后又根据他的要求，给他办理了"病危通知"。拿到"病危通知"，曹拓麻就对甘洌说："博士，你看我已经病危了，不能轻易活动了，帮人帮到底，请给我的一个朋友发一个传真。"甘洌问发什么传真，曹拓麻指着"病危通知"说，就发这个。当甘洌为了抄写传真号出去找笔的时候，曹拓麻改变了主意——那个传真号可不能随便给人看。因此，甘洌最后拿到的是一个错号。当他拐回来对曹拓麻说传真发不出去的时候，曹拓麻说："没办法，连记忆都出了毛病，看来我真的病危了。"甘洌照例又安慰了一通曹拓麻。曹拓麻说："这样吧，你想办法去把我儿子找过来，对他说我已经病危了，让他来看我一眼。"

正如费边所说，尽管这个案件中有许多疑点，但有一点是很清楚的，曹拓麻在住院期间和外界的联系大都是通过他的儿子曹淇进行的。俗话说得好，打虎还要亲兄弟，打仗还需父子兵。在最关键的时候，曹拓麻首先想到的还是他那个不争气的儿子。

曹淇是在十月二十号的晚上九点多被甘洌拉到人民医院的。这一天，甘洌也真是忙得够呛。把小闵渊弄到手的时间是晚上八点半，将他安排下之后，甘洌博士立即根据手下人提供的线索，马不停蹄地奔赴康佳俱乐部。他没有亲自去康佳的地下室，而是让手下人用一条麻袋（其实是一条装尿素的塑料编织袋）把曹淇弄了出来。因为吸毒过量,曹淇那时候已经进入了仙境,觉得钻在麻袋里非常舒服。到了车上,当别人要把他从麻袋里取出来的时候,他气坏了,打着滚,高声骂着:"妈那个×,就让我套着呗。"从麻袋里出来之后,他想亲自开车,这让甘洌感到很为难。对待这样的公子哥,甘洌和别人一样,历来黔驴技穷。这次因为时间紧迫,甘洌没有再去费口舌,他使了一个眼色,手下人立即像逮鳖一样,使曹淇肚皮朝上,然后把他给捆住了。

到了医院,甘洌急着去看望那些前来慰问小闵渊的领导,就把曹淇丢给了曹拓麻。曹拓麻一看见儿子,就说:"我的小祖宗哎,你终于来了。"可是,不管他怎么叫,他的小祖宗就是不吭声。曹拓麻急了,让孙惠芬把"病危通知"递给了曹淇。当曹淇说"你怎么动不动就来这一套"的时候,曹拓麻的泪流了下来。

曹淇就是从这一天开始变乖的。以此看来,曹淇并不像他的朋友们所说,是个彻底的虚无主义者。对曹淇来说,他的虚无主义有一个重要前提,即老爹手中一定得握有实权,否则,即便让他当虚无主义的大师,他也不干。当曹拓麻把事情的经过大致讲了一下之后,曹淇立即从虚无主义退化到了实用主义和感伤主义。他也哭了起来。

"哭什么哭?"曹拓麻对儿子说,"我还没死呢。去把传真发出去。"

因为是让儿子发的传真,所以曹拓麻这一天发出去的并不仅仅是"病危通知"。曹淇的脑袋瓜还是比较灵的，他对曹拓麻说："是不是在这张纸上再写几句话，如果在原件上写不方便，那就先复印一下再写。"曹拓麻批准了这一请求。过了一会儿，当曹拓麻字斟句酌地在"病危通知"的复印件上写下几句话的时候，曹淇却找不着了。曹拓麻让孙惠芬去找，孙惠芬在外面找了一圈儿，回来对曹拓麻说，他还在厕所里站着呢。又等了好一会儿，见儿子还不出来，曹拓麻急了，只好去厕所叫他。在那里，他看见曹淇蹲在坐便器上一边战栗一边哭泣。可怜天下父母心，他一看那个阵势，就知道儿子的生殖器又出问题了。

"老爸，我尿不出来。"

"别急，慢慢尿。"

"我不是在尿尿，而是在尿玻璃碴。"

就在曹淇尿玻璃碴的时候，曹拓麻又拐回去把刚写下的话改了一下。改过之后，那段话就成了两条选择题，与一般的选择题不同的是，里面的句子都没有主语：

出面还是不出面？（　　）
让说还是不让说？（　　）

曹淇夹着腿跑到街上拦了一辆车，把传真发了出去。这天晚上十一点，曹淇把收到的传真呈现到了父亲面前。前后两个传真的风格非常相似，不过，它并不是选择题，

而像是来自"克拉里特岛"上的悖论:

> 别忘了,任何时候我都是对的。
> 如果错了,请看上面的那一句。

上小学的时候,我学过一篇课文,里面有一句话我一直记着,叫"吃水不忘挖井人,幸福感谢毛主席"。我的意思是,我得好好感谢给我提供了"选择题"和"悖论"两个细节的费边先生。费边说,他在研究中国式的虚无主义问题的时候,曾和曹湛交过朋友。他的话似乎表明,他所说的这两个细节都来自曹湛。不过,当我这样问他的时候,他立即闪烁其词,王顾左右而言他了:"喂,北京有一帮人正在研究什么中华性和后殖民主义,你到底是怎么看的?别像个闷葫芦似的,你总得表个态啊。"

检测报告

我前面提到过来自曹拓麻体内的秽物——它曾经喷到出租汽车司机马莲身上,也曾经喷到107国道上面。女人嘛,多少都有些洁癖,马莲虽然很忙,但她当天晚上还是把那条灯芯绒裤子给洗了。至于留在107国道上的那摊东西,即便它没有被狗吃掉,也早已变成了灰尘——没有比灰尘更灰、比灰尘更难以捉摸的东西了。我也提到,千万不能小看那些秽物,从某种意义上说,它比金子都宝贵,因为它可以证明曹拓麻当天晚上都吃了什么东西。通过对它的分析,可以说明曹拓麻在闯祸的时候,脑子是否正常。

科学早已发展到了这样的地步,即通过对恐龙化石,对马王堆里的木乃伊,对来自外星的小石片,对莎乐美留在尘世的一根毛发的分析,就可以探究恐龙灭绝的原因,可以获取一具女尸生前的病灶,可以推导出某个星球为什么没有发展起生命,也可以提出莎乐美为什么那么喜欢心上人的脑壳等等重要的学术依据。

但是,离眼睛最近的事物,我们往往是看不清楚的。比如,科学无法研究人的粪便、尿液与人在某一时刻的精神状况的关系。如果科学家们肯在这方面多下点功夫,闹出点成绩出来,那事情就好办多了。譬如,我们通过检查曹拓麻的粪便和尿液,就可以知道他在什么时候脑子不够用,精神不济,从而为最后的判决提供必要的依据。也就是说,我们只要把盛粪便的盘子和装尿液的杯子往法庭上一端,事情就解决了。

当然,即便科学家们在"粪便／精神"研究方面结出了硕果,事情可能也并不像我想象的那么简单。我的意思是说,即便通过检查尿液和粪便能够摸清一个人(比如曹拓麻)在某一时刻的精神状况,那个盛着宝贝的盘子和杯子也不一定就能在庄严的法庭露面。这里有一个现成的例子：十月十九日晚上，当一帮人将曹拓麻扭送到事故中心的时候，曹拓麻说，他的车之所以"出了问题"，是因为他"喝（酒）多了"，脑子不清楚。他的脑子是否清楚，只要做一个简单的酒精含量测试就可以了。事故中心不仅有卡拉OK话筒似的微型测试器，还有进口的酒精含量检测仪——这都是已经量化了的科学。正如我们现在已经知道的，事故中心并没有向法庭提供出一个基本的数据。曹拓麻在事故中心待了十几分钟之后，公安局政治处的负责人就把他保释出去了。

事故中心为什么没能提供出一个检测报告，一直是记者们感兴趣的问题。这个问题太重要了，如果有足够的证词（检测报告无疑是重要的证词之一）能够证明曹拓麻确实喝醉了，那么他开车撞死闵大钟,将小闵渊拖到107国道，只能算是一次交通事故（尽管它是如此恶劣）；而如果他没有喝醉，那么他就犯下了杀头之罪。

事实上，曹拓麻开车的时候脑子是否清醒，是否已经醉成了一个傻瓜蛋——控辩双方一直就此唇枪舌剑，双方都咬住不放，谁都不愿松口。

我在前面提到了这部小说的一些技术性问题，比如，它的材料来源，等等。是啊，这毕竟只是一部小说。我想我可以在此提到人们对那个"检测报告"的一些猜测。

至少有两种猜测一直在民间流传，经久不息。一种是，在曹拓麻被带到事故中心的时候，那里的干警压根儿就没有给他做酒精含量测试。原因之一是他们的仪器实在忙不过来。这种说法并不是毫无依据。资料显示，那一天，事故中心先后处理了二十三个酒后驾车的司机（其中有一个司机已经大小便失禁），同时还有三个犯了同样错误的司机，因为有人说情而没有处理。一种是，事故中心尽管发现曹拓麻很有来头，但还是公事公办，给他做了测试，但测试后的条子不知道放到什么地方去了。通常说来，只要没有撞人，没有闯出什么祸来，司机同志只要交付了罚款（具体数目从五十元到五百元不等，敢于犟嘴的罚得多些，但犟得特别厉害的，也可能分文不罚），就可以滚蛋了，因此条子乱放，也算是个正常事件。不过，也有一些人说，那个条子并不是放丢的，而是被人（要么是事故中心的负责人，要么是保曹拓麻出去的公安局政治处的负责人）烧掉的，变成了灰烬。就像甘洌博士烧"病危通知"那样，那个人掏出打火机，将它轻轻点燃了。

这两种猜测或许是重要的，但还是没有多大意思——至少和下面要提到的现象相比，意思不能算大。

据事故中心的人后来透露，十月十九号晚上，在他们拿着卡拉 OK 话筒似的检测器走到曹拓麻身边的时候，心里都像狗抓似的难受。不仅如此，他们每个人都还听到了狗叫，那种声音又遥远又迫近，又真实又虚幻，而且它还能让人双腿发麻，头皮发紧，好像随时都可以摔倒，"连生殖器都好像有反应，似乎要连根脱掉"，"真的使人不敢随便乱动"。可是，一旦他们把那个检测器放回原处，所有不适的症状就"他妈的又消失了"。更奇怪的是，他们拿着它走到别的肇事者跟前的时候，不但没有什么不适的症状，而且还会有一种心旷神怡、如沐春风的感觉。他们中的一个人对我重复了这个说法以后，说："信不信由你，超自然的现象并不是所有人都愿意相信的。"

取　证

为了写这篇小说，我收集了许多登有曹拓麻事件的报刊。和曹拓麻事件同时期成为报道热点的，还有克林顿（一九四六——　）总统的绯闻案。关于这个绯闻案，我不妨顺便说几句——据我所知，曹拓麻事件出现前后，曹和别的人一样，也喜欢看克林顿的报道。待在号子等待审讯的日子里，曹拓麻还和自己的律师以及看守们聊过此事。

就像捅了个马蜂窝，一个女人站出来，就有许多自称和克林顿睡过觉的女人站出来。我的一个朋友从不把和女人睡觉当回事，这一次，连他也不得不表示感叹："妈的，克林顿跟那么多女人干过，他究竟是怎么办到的？"他的另一句感叹和总统夫人希拉里（一九四七——　）有关："希拉里好像也不吃醋，真是宰相肚里能撑船啊。"

关于克林顿的绯闻案的报道可能还要长时间地持续下去。因为证人太多了，谁都想跑到报纸上露一鼻子。昨天，我还在《南方都市报》上看到一个影星的自述。这个影星也是阿肯色州人，她说她也和克林顿干过，可她并不打算控告，因为她是自愿的。

与克林顿绯闻案踊跃的证人相比，"十·一九"案件的有效证人、证词就少得可怜了，尽管现场目击者比克林顿干那事时的目击者要多得多。正如报纸上所提到的，两次开庭，公诉方提供的证人都没有出庭作证，他们只是提供了书面证词；到法庭作证的唯一证人，是由被告人即曹拓麻提供的，他是个香港人，名叫黄林（一九五五——　），来一趟济州并不容易。

公诉方和检察院向法院提供的证人名单曾多次更改。当然有些名单是无法更换的，比如武警范辛良和交警张红卫。但这两个人也没能出庭：范辛良在开庭的前一天，被派到外地执行"绝密公务"去了；至于张红卫，他根本就无法出庭，因为他已经成了烈士。"十·一九"事件之后，有关部门发现曾生擒过亡命之徒的张红卫还保持着英雄本色，甚为喜悦，就让他去执行了一个光荣的任务——开车将交警们"献爱心"献给一个乡村小学的几台黑白电视机送到大别山区。在大别山区，张红卫遭到了拦路抢劫，以身报国了。在开庭审判曹拓麻之后一星期，有关部门为张红卫开了一个隆重的追悼大会，并号召全市交警向张红卫学习。

　　当然还有些证人没有出差，因为他们本来就是退休工人或下岗职工。当时在体育馆东侧卖羊肉串的人，外号叫做"羊筋"，他是车祸现场的目击者。如前所述，那个叫蔡猛的球迷在等着买票的时候，还在他那里买了几串羊肉，并进行了忏悔（一边吃，一边骂自己没出息）。羊筋和蔡猛都被列入了证人名单，但这两个人也没有出庭。羊筋说："谁让我出庭，我就死给谁看。"羊筋这么说着，就用串羊肉用的自行车辐条在自己的手腕上拉了一个血道，然后又夹起一块烧红的木炭，放到了手心。"我可不是傻×，一哄就哄住了。"他说，"我正准备结婚呢，可不愿在这节骨眼上死掉。"蔡猛也不是傻×，所以蔡猛也不愿出庭。他刚参与了一次球迷之间的打赌，并且赢了，虽然还没有拿到一分钱，但他觉得自己的运气可能会有所好转，他不想在好运气到来之前糊里糊涂地死去。说起来，他们打的赌和这个事件也有点关系（这一点我后面还要提到）：

　　一、球赛时裁判会偏向哪一方？
　　二、球赛前要出现什么吉祥物？

　　这两项蔡猛都赢了，赢得最容易的是第二项，蔡猛认为这简直可以看作是好运气必然到来的标志。这是一场中美两个足球俱乐部之间举行的足球友谊赛，有人认为既然比赛是在中国进行的,吉祥物一定是卡通熊猫;有人认为既然我们是个礼仪之邦,那有关方面就会考虑用人家的芭比娃娃当吉祥物。蔡猛当时心情不好,他懒得考虑这种问题,所以他梗着脖子喊了一下:"是狗,是个狗日的。"真是不可思议,众多人当中,只有他一个人说对了,后来出现的果然是一条狗。谁能说蔡猛以后没有好运气呢?

那个最先把这事捅到报纸上的记者孟庆云,曾来找过羊筋和蔡猛,劝他们出庭作证。她当然遭到了拒绝。在此之前,她曾和丈夫以及公诉方的律师一起去找过另一个证人,即那个将电话打到《济州晚报》值班室的大学讲师丁宁。丁宁说,他一辈子也不愿和法庭打交道,如果真的需要他的证词,那他可以把证词写下来,条件是不透露他的姓名。丁宁说,拒绝了老朋友,自己心里有点过意不去,他愿意请老朋友到帝豪酒店吃一次早茶。当律师提醒他帝豪酒店的早茶贵得吓人,只有曹拓麻他们才能吃得起的时候,丁宁说,他可以先向孟庆云借点钱嘛。他们果真去了帝豪酒店,那一顿早茶喝下来,丁宁三个月的工资就进去了。

就在他们喝完早茶的那一天的午后,孟庆云又接到了一个恐吓电话。据孟庆云的丈夫说,恐吓电话其实从十月二十号起就没有停过,以前的电话通常是"出门就轧死你这个臭娘们儿"之类,可那天的电话又加入了新的内容。电话里的那个人说话很温柔,以致他们最初还认为那个电话是医院的妇幼保健医生打来的。电话开头几句话是这么说的："你的小宝宝现在还好吧？多吃点蔬菜，多到户外走走。"但说着说着就变成了"只是要多当心，别出门就撞到了车上，不替自己想，也得多替肚子里的小东西想想啊"。孟庆云的丈夫说，这样的电话太多了，他们确实没有太放在心上。那个时候，他们当然没有料到，过不了多久，不幸就会像一只恶鸟，栖落到他们的肩头。

就在同一天的下午，孟庆云去上班的时候，报社的一个负责人在过道里拦住了她："你最近脸色不大好，一定是太累了，该去做一次检查。"过道的墙上挂有镜子，孟庆云照了照，说自己的脸色"还是老样子"，不需要花那个闲工夫。她还拍了拍鼓起来的肚子，说"都是它闹的"。那个人笑了笑，说"还是查查好"。当孟庆云掏出钥匙开门的时候，那个人手按着门框，又轻声细语地说了一句："你的脑子现在还好使吧，据说你曾把记者证当成一只蝙蝠？"

年龄最小（？）的植物人

死人的事是经常发生的，诞生一个植物人却比较稀罕。

这个植物人就是小闵渊。甘洌博士希望通过电脑Internet网络，能够早日确定他是不是世界上年龄最小的植物人。现在各大医院的日子都不好过，如果这一点能够得到证实，那对医院知名度的进一步提高，将大有裨益。

自打人们像"在轧花机上摘棉花"那样把小闵渊从林肯的底盘上"摘下来"后，他就没有醒来过。当然，由于医疗人员的精心治疗、护理，他也奇迹般地没有死去。对"植物人"的界定有一套严格的专业术语（以此可见，这方面把关很严，并不是谁想当就能当上的），为了说得容易理解，我在这里采用一个通俗的说法：待在不死不活的界面上的人，就是植物人。我们可怜的小闵渊刚好就待在这个界面上，所以他就成了年龄最小（？）的植物人。

在黑夜中和外星人"对过话"；多次就克隆技术和小朋友们展开争论；梦见过自己成了中国足球队队长范志毅；因为香港要在次年的七月一号回归，就埋怨母亲不该拖了一天才把自己生下来（他的生日是七月二号）……这个正处在胡思乱想年龄的小闵渊，可能做梦也没有想到，自己有一天会以这样一种方式成为吉尼斯大全中国版本中的一"最"。

一九九六年十月十九号晚上，小闵渊要由父亲闵大钟陪同前往母亲家中。这一天是星期六。父母离婚之后，只要学校不补课，他每个星期六、星期日，都跟父亲在一起过。按照惯例，这个晚上小闵渊还要和父亲待在一起，可是，这一天晚上闵大钟有了新的安排：他的女朋友要在晚上十一点多钟下火车（从广州回来），两个人得见上一面。在他们出来之前，当爹的给当妈的打了个电话，说要把闵渊送回去，当妈的说，他们最好在十点左右回来，"因为这里有客人"。她所说的自然是自己的情人（市财政局的处长）。没办法，当爹的就领着儿子在街上转悠着。他们究竟转了哪些地方，现在已经无法查考。不过有一点大致可以确定，当爹的领着儿子逛过一个出售盗版VCD光盘、软盘、各种游戏卡的小商店。济州人都知道，那些东西都是从公安部门弄出来的——他们每过一段时间就打击一下盗版市场，将收缴的东西烧掉一大批，剩余的（音像效果更好一点的）一小批，由内部人的家属再次推向市场。那些东西（俗称水货）非常便宜，深受爱占小便宜的老百姓的喜爱。顺便提一下，曹拓麻的儿子曹淇虽然也从事这种无本万利的生意，但闵大钟父子那天逛的那个小商店和曹淇并没有联系——我们不要把所有的锅黑都抹到曹氏父子的脸上。

小闵渊有一台电脑。母亲告诉他，电脑是父亲给他买的（当着儿子的面，闵大钟没有提出异议），而实际上，它是那个财政局的处长在情人节那天送给母亲的小礼品。

小闵渊成了植物人之后，兜里仍然装着那天晚上买的游戏卡。我很想知道那个游戏卡里面都是什么内容，后来我就买了一张（还是在那个地方买的）。原来是迪斯尼卡通片，里面有一个小飞人彼得·潘，总是戴着一顶蛋卷冰淇淋似的帽子。据小闵渊的母亲说，他一直迷恋这个小飞人，已经买了好几张碟子，爱屋及乌，蛋卷冰淇淋似的帽子他也买了好几顶。小飞人这个形象我是比较熟悉的，我另一篇小说中的一个叫王自的人物，也喜欢这个能飞的卡通人。迪斯尼乐园，"后现代"的童话王国，孩子们永恒的天堂。飞啊，飞啊，在天堂里飞啊。我想，小闵渊在成为植物人之前的那一瞬间，或许想着自己正和小飞人彼得·潘一起，在另一个奇异的空间里美丽地飞翔。是的，在那一瞬间，他真的飞起来了。那辆由布丁先生描述的会飞的林肯，先将他撞飞，然后又携带着他飞奔到了107国道。

请稍等一下……我得在此补充一点：成了植物人的小闵渊兜里装的那张游戏卡，和我后来看到的游戏卡，虽然都是"水货"，但不是同一个版本。他们卖给我的游戏卡后面有一些色情画面，而闵渊那张却没有。不过，两张卡的片头标志是完全一致的：一只狗好像刚从睡梦中醒来，优雅地翻了个身，然后向我们踱步走来。

会飞的林肯

让我们重新回到那辆林肯上面，也就是布丁先生认为能够飞翔的林肯。鉴于布丁先生是追车族中的一员，我曾经认为，他可能会因为过度的着迷而给林肯增加一些神秘或魔幻的色彩。在我接触了别的目击者之后，我对布丁的说法增加了一点信任。那个名叫丁宁的大学讲师私下也认为，那辆林肯车"好像会飞"。要知道丁宁在大学里教的是古典文学，一个与训诂、考证有关系的学科，职业的习惯对他有限制作用，使他不大容易成为一个信口开河的人。尽管如此，我对他们的说法仍然将信将疑。我想，他们所说的大概是指林肯不需要太长距离的起跑，不需要保持高速，就能逾越一些障碍。也就是说，他们很可能无意地将自己的感觉夸大了。是啊，有谁见过长着翅膀的轿车呢？尽管布丁说过他敢打赌，它要是没长翅膀，让他干什么他就干什么，但谁敢和他打那个赌啊？在打赌方面，并不是每个人都有蔡猛那样的好运气的。再说了，布丁老婆做的是一本万利的皮肉生意，不缺钱，赌输了也不要紧，一般人哪有这种优越条件啊！

说起来难以置信，当事人曹拓麻也认为那辆车会飞。在法庭上曹拓麻也提到了这一点，他咬定他开的是一辆"会飞的林肯"。他这么一说，旁听席上的人都笑了。法官打断了他，提醒他注意，法庭是庄严的，法律是神圣的，是不能够亵渎的。公诉方的律师认为，曹拓麻之所以要那样说，是要给别人造成他的精神失常的假象，就像他曾经在人民医院装作"病危"一样。辩方律师提出了抗议：既然无法拿到曹拓麻曾在人民医院装作"病危"的确实证据，就不能够打这样的比方，下这样的判断。法官认可了辩方律师的意见。

就像我们已经知道的，首次开庭（一九九七年三月六号）并没有作出判决，两次开庭之间相距一百零四天（第二次开庭是在一九九七年六月十八号，即农历丁丑年的五月十四——这恰好应验了民间的那个说法：逃得过初一，可逃不过十五）。这期间,双方律师都有许多工作要做,可是，在繁忙的工作中，他们还是各自抽出了时间，研究了林肯车究竟会不会飞的问题。是啊，这个问题不但是重要的（因为它涉及曹拓麻是否说谎、脑子是否正常，证人是否做了伪证，等等），而且是有趣的。

有好长时间，林肯就放在法院的院里。由于传得神乎其神，在这期间，市杂技团的人曾来联系过，愿借它做一次道具，表演一下飞翔。说他们的演出是为希望工程筹款的——这是个非常美妙的理由，使人无法拒绝。法院院长郝思民先生（一九四二——　）经过一番深思熟虑，最后同意了这个要求，说既然要搞，就要搞得像那么一回事，可以从电视台借几个摄像师，把过程拍摄下来，一来可以做个证据，二来可以让更多的人开开眼界。同时，院长同审理此案的法官薛希平先生（一九四九——　）打了个招呼，叫他不要到场。"你最好不要去,那不过是一次杂耍。"院长说,"你要是真想看，可以和我一起通过闭路电视，慢慢欣赏。"

排练是在绝密的情况下进行的，当双方律师获知这一消息，赶到法院门口的时候，法院的第二层铁门已经关上了。透过门缝，他们看到林肯车四周围着参与了案件审理的七八个人。眼看着表演就要开始了他们还无法进场,这两个被堵在外面的律师不由得捶胸顿足。当然,他们谁都不知道,与此同时,法院的大院子套着的这个院子(多么像一个拙劣的绕口令)里发生的一切,不仅出现在院长面前的闭路电视屏幕上,而且跑到了万里之外。在遥远的太空,一颗观测卫星也观察到了这一景象。更出乎他们预料的是,此时此刻,有一只狗也正通过太平洋上空的那颗卫星,观察着法院大院里的动静,其中包括两位律师捶胸顿足、抓耳挠腮的分镜头。

一个擅长走钢丝(他的大部分时间都在空中度过,他曾说那是自己的宿命),正学着玩马术、开飞车的杂技师(一九六八——   ),是这次排练的主角。他掐灭了烟头,对着摄像机扮了个鬼脸,然后钻进了林肯车。那辆林肯在空地上兜了个圈子,随即就头朝上竖了起来,类似于猴子或狗突然直立起来的样子。在人们的欢呼声中,它绕着用来悬挂国旗的旗杆,又兜了一个圈子,接着,它突然颠簸起来,颠簸了一会儿,它又换了个姿势,让头部着地,类似于我们常说的拿大顶,或者说类似于张艺谋(一九五〇——   )导演的《摇啊摇,摇到外婆桥》结尾的那个镜头——被吊起来的那个小主人公,屁眼朝天地应对着这个世界。

这个时候,在那扇锈迹斑斑的铁门之外,双方的律师作了一次自接受这桩案子以来的第一次学术交流。就像所有的学术交流都不会有正儿八经的结果一样,他们的交流也没能结出什么果子来。当然,他们在有一点上达成了共识,即:你既可以说林肯已经飞起来了,也可以说它没有飞起来,一切都还得走着瞧。

至少在这一天,他们没能继续瞧下去,因为那个玩杂技的人突然从车里爬了出来,在那一瞬间,他似乎有点发迷了:他没有直接往下跳,而是像爬云梯似的,向翘起来的车尾爬了过去。就在人们不知道他要玩什么把戏,替他捏一把汗的时候,他突然发挥出杂技演员所具有的猴大胆的优势,在那个顶部来了个朝后两空翻,然后,他纵身一跳,跳到了众人站立的台阶前。

人们围着杂技师欢闹了一阵子,闹过之后他们才发现,对于林肯来说,这个演员其实什么也没有证明,他只证明了自己是个杂耍演员——而他这套把戏,其实说不上有什么新意,要是在剧院里,观众们可能都懒得正眼瞧他。数天之后,我才知道,与其说杂技团对传说中"会飞的林肯"感兴趣,不如说他们是对"和'十·一九'大案有瓜葛的林肯"感兴趣。鉴于许多市民无缘亲眼看到这辆在各种新闻媒体上被反复提及的林肯,杂技团就想把它借到自己的剧场里展览一番,逗着心里发痒的市民买票进场,使他们在观看林肯的同时,不得不去欣赏杂技艺术。

一点补白

前面提到，两位律师在法院的第二层铁门外看那个杂技师表演的时候，进行了一次学术交流。我还特意提到，这次交流是他们接手这桩案子以来的第一次。之所以要这样说，是因为这两个人以前曾经进行过多次交流。这两个人，担任公诉方律师的叫林立群（一九六五年—— ），担任曹拓麻律师的叫贾秀全（一九六五年—— ），他们同是黄昌勇（一九四二—— ）的得意门生。

说起黄昌勇先生的业绩，济州司法界稍有脑子的人几乎都耳熟能详。他在这里创办了第一家属于自己的律师事务所；曾经成功地为一个来济州走穴的歌星打赢了官司，随着那位歌星越来越红，黄先生的名气也越来越大；一位贩毒者因为他的辩护而回到了天堂（即捡了一条命）；一位虐待男学生的女教师因为他有力的控诉，而在教师节那天被送进了地狱（即丢掉了一条命）；在第一个律师事务所打响之后，经他的幕后参与，济州又创办了十家律师事务所。办起来之后，他就把事务所交给别人去操持。粗看上去他好像是黑瞎子（熊）掰玉米，掰一个扔一个，实际上，大家都知道，这些律师事务所背后都在向黄昌勇先生交租，没少过一个子儿。在后来创办的十家律师事务所当中，黄先生最看中的两家，一家由林立群主持，另一家由贾秀全主持，这两个人也因此被看作黄先生最得意的门生。黄先生本人也是这么看的,每次出席重要的学术会议,除了带上那个当了寡妇的女朋友之外,带的就是他们两个。

实际上,曹拓麻最早聘请的律师就是黄昌勇先生。经过中间人,他们已经就聘金的具体数目达成了协议,可在这节骨眼上,黄昌勇先生突然因为肾衰竭住进了济州人民医院。在钱和命之间,黄先生选择了命。两天之后,当他得知林立群已经担任了公诉方的律师之后,他向曹拓麻推荐了贾秀全。当贾秀全和林立群提着鹿茸、虎鞭来医院看望他的时候,黄先生按着小腹,来了一偈:"八仙过海,狗尾续貂。"两个门生都希望导师能说得稍微详细一点,可导师已经抬起手来,像撵蚊子似的,要撵他们走了。

号子里的曹拓麻

号子里的曹拓麻也听说了杂耍一事,当然是从贾秀全那里听说的,可他听过之后,并没什么反应。他对这事没有兴趣,他感兴趣的是,自己什么时候被毙掉、儿子生殖器的现状,诸如此类的问题。当然,除此之外,他还关心一些与我们每个人的生活密切相关的重要事件。

在第一次开庭之后,一九九七年的三月八号,前来探监的孙惠芬和孙惠芬的弟弟孙庭国(一九六七——)曾和曹拓麻做过一次交谈。这个时候的孙庭国已被任命为济州经济开发区公安分局的副局长（"三十而立"这个词用到孙庭国身上真是恰如其分）。曹拓麻上来就问他开庭的前一天，即三月五号那天在干什么。孙庭国以为姐夫是在责怪自己，就解释说，那一天他在家里陪姐姐，别的什么也没干。曹拓麻接着又问："三月五号是什么日子，你知道吗？"内弟不敢吭声，只是怯生生地将香烟点着，递给了姐夫。"那是毛主席向雷锋同志学习题词发表三十五周年，这样的日子你竟然敢给我忘了。"孙庭国听了这话，脑子才转过来圈儿。曹拓麻吸了几口烟，说："《战国策·楚策》里有一句话，叫做'亡羊而补牢，未为迟也'。你回去之后，开动开动脑筋，想想办法，把损失夺回来。既然这个月和雷锋有关，那在你的辖区内搞个'学雷锋——警民共建文明月'活动也不是不可以。"曹拓麻的这番话对站在一边的看守王进（一九七六——　）也很有启发，他立即把它当成自己的想法说给了领导。领导对"他的想法"很赞赏，当即发给了他一根竹竿，让他"跑步，走"，去把菜园厕所的下水道捅开。

　　曹拓麻在事发之前实际上已被任命为济州市开发区公安局的局长，只是还没有正式上任而已。"十·一九"事件出来之后，局长的交椅曹拓麻当然是坐不成了，坐上去的是曹拓麻在管庄区公安局的同事，原来的副局长章跃进（一九五八——　）。章跃进也来看过曹拓麻。在交谈中，章跃进拐弯抹角地安慰曹拓麻说："老曹啊，都说开发区好，我就看不出来它好在哪里。"曹拓麻问章跃进"那里怎么个不好",章跃进一时语塞,想了一会儿才说,那里虽然有不少富人,但和咱们没什么关系,倒是局里的一些中年人的家属有不少下岗的,让他感到头疼,因为他实在不忍心看着不管。"那就管呗。"曹拓麻说。"管,怎么管?让他们都去卖羊肉串吗?那东西取缔还取缔不完呢。"章跃进一脸无奈地说。曹拓麻懒得和老部下多啰嗦,就也来了一偈:"天时地利,以夷制夷。"

就像林立群和贾秀全不能理解黄老先生的意思一样,章跃进没弄明白曹拓麻的意思。有感于章跃进还能想到来号子里看看他,他就对他多说了两句:"把下岗的人组织起来,成立个市容清理小组,让他们去清理那些先下岗的人。"章跃进这一下迷惑过来了。后来,他对朋友们说,他对曹拓麻佩服是佩服,可他非常讨厌曹拓麻耍词儿。"什么以夷制夷,"他说,"不就是狗咬狗一嘴毛吗?"不过,话一出口,章跃进就有点后悔了:曹的内弟现在就是这个局的副局长,这话要是传到孙庭国耳朵里,他可就得吃不了兜着走。他当即决定再去看一次路边,让他知道他对他的忠心。应该带什么礼物去呢?他想啊想,最后想起了樱花。他后来不但带着樱花去了,而且还对曹拓麻说,他上任后要抓的大事之一,就是要美化工作环境,使大家能够保持心情舒畅,"比如,我要在院子里移植几株樱花"。这么说着,他就像魔术师表演帽子戏法似的,从领带旁边摸出了一枝樱花。

由于它一直在西装里面掖着，所以花枝已经发乌了。章跃进捏着它，让曹拓麻看着。那樱花还没有盛开，但一看到那钟形的花萼，曹拓麻的眼睛就湿透了。

贾秀全目睹了曹拓麻教育孙庭国的过程和章跃进向曹拓麻献花的情景。他以前也办过几个案子，可他从来没见过这种场面，正如他后来对费边说的，他发现曹拓麻和黄昌勇先生一样，都是这个时代的大智者，"和他们一比，我只是个幼童"。

就在这一次，在章跃进走了之后，贾秀全对曹拓麻说，他刚从北京回来，想告诉曹拓麻一个好消息：在北京期间，他邀请部分权威的法学专家，对此案的定罪和量刑进行了论证，论证的结果"能让你蹦起来，即你可以保住一条命"。

曹拓麻听了并没有蹦起来，他说他刚让儿子发了一个传真，希望在香港回归的第二天，走向刑场。贾秀全听了大为吃惊，低声问他给谁发了传真。曹拓麻没有回答他，只是说，他正在等待着对方的回话。"如果不出意外的话，明天我就可以在帝豪酒店接待你了。"曹拓麻说。贾秀全大为欣喜，他以为曹拓麻通过特殊渠道得到了内幕消息，案子要有新的眉目了，就高兴地说他喜欢那里的德国黑啤和刚刚研磨出来的巴西咖啡。

帝豪酒店

来过济州的人都知道，位于济水河边的帝豪酒店是济州最高的建筑，来此访问的国内外重要人物一般都在那里下榻。那个地方我至今还没有去过。一九九七年的三月九日，也就是海尔波普彗星和日全食同时出现的那一天，我本该有幸到那里瞧瞧的，因为一位朋友从国外回来了，在那天早上邀请我和费边去帝豪用那里的望远镜观看千年不遇的景观，可那天我临时有事，错过了一次机会。

贾秀全以前是否去过帝豪酒店，我不知道。我只知道他这次去，因为两套西服都有点脏（如前所述，他刚从北京回来），不得不去借费边的西服用了一下。他是在彗星和日全食后的第三天，即首次开庭后第六天去的。鉴于各种媒体在这之前都预言会判处曹拓麻死刑，而首次开庭并没有作出判决，曹拓麻又从号子里跑到了这样一个地方，贾秀全不能不有一种打赢了官司的感觉。他感到自己处理法律事务的能力已经得到了证明，自己所在的律师事务所已经建立起了良好的声誉。尽管他对小闵渊成为植物人深表同情，可替他辩护的毕竟是林立群。一想到这里，他就又有点同情林立群了。

他万万没有想到，在三月十二号这一天的中午，当他接到电话赶到帝豪酒店的时候，他在酒店大厅里遇到的第一个人就是林立群。林立群和一个女人走在一起。他觉得这个女人非常面熟,接着他想起来她就是小闵渊的母亲萧芳芳女士(一九五八——　)。他们来这里干什么?他正感到纳闷,林立群笑哈哈地走了过来,握着他的手说:"哥们儿,'狗尾续貂'的意思,我好像有点迷惑过来了。"

侍者查看了他的证件,将他领进了电梯。他从来没有坐过这么快的电梯,难免有一种失重的腾云驾雾的感觉。他想,宇航员在太空行走的时候,大概就是这种感觉。电梯旁边视盘上的数字,一直在闪烁。从数字上看,他是在上升,可感觉上却是在下降,仿佛要驶往地心。"我们这是要往哪里去啊?"他不安地问侍者。侍者打量了他一下,说:"刚才那个姓林的先生也这样发问,让我不得不再查一下他的证件。你的证件也掏出来,让我再看一眼。"侍者翻了一会儿证件,说,"别急,马上就到。"

"别找错了地方。"贾秀全看着闪烁的电梯视盘说。

"怎么会错呢,房间号是9739,彗星降临的日子。"侍者说。

下了电梯,看到楼道的地毯上摆放的鲜花,贾秀全一时难以相信自己现在是在九十七层高楼上行走。侍者将他领到39号房间门口的时候,门突然开了。他看到曹拓麻、孙惠芬、曹淇都坐在地毯上,一位侍者垂手站在一边。他进来的时候,曹拓麻并没有什么反应,他仍然看着某一个地方。

贾秀全的眼睛很快也被同一个地方吸引住了。在墙角的那个拐弯沙发上，坐着一条狗。贾秀全起初并不知道那是一条狗，因为狗刚洗过澡，身上的毛还没有干，现在用被单围得严严实实的，只剩下那颗湿漉漉的狗头露在外面。他正不知道怎么跟狗打招呼，狗突然问他："黄先生的腰子，现在还疼吗？"贾秀全愣了，张着嘴巴说不出一句话来。曹淇踢了他一下，说："笨蛋，哑巴了，问你怎么不说话啊？"曹淇话音没落，就遭到了狗的批评："曹淇，你爹说你是个二流子，看来没有说错，从今天起，你给我学乖一点，尤其是不能再给别人打恐吓电话了。鲁迅先生说过，辱骂和恐吓绝不是战斗。"曹淇噘了一句嘴，说，那电话并不是他打的，他也不知道是谁打的。狗把被单抖了一下，对曹拓麻说："看你把他惯成什么样子，娇子如杀子啊。"狗接着提到了庄子（前三六九——前二八六），"庄子是怎么说的，'朝菌不知晦朔，蟪蛄不知春秋'，要目光远大一点，学会抓大放小。死之前，你得抽时间管管曹淇，他要是再胡闹，你就别想等到香港回归了。"曹拓麻低着头没有吭声。就在贾秀全琢磨着狗的意思的时候，房间里突然发出啪的一声响，原来是曹拓麻抡圆了胳膊，给了曹淇一个响亮的耳光。

据费边说，那一天，贾秀全真的在帝豪酒店喝到了正宗的德国黑啤和巴西咖啡。不过，贾秀全并没有喝出什么特殊的味道来。他一直在想着刚才见到的那一幕。他觉得狗的声音非常好听，有一种久经锤炼的金属般的光泽，好像它的嗓子眼里装着一个可以起共振作用的金属薄片。喝咖啡的时候，贾秀全埋怨了一通曹拓麻，说他应该把北京的法学专家论证的结果给狗看一下。曹拓麻让孙惠芬把录音机打开，接着，贾秀全就又听到了狗的声音："算了吧，老曹，不要谈什么平等了，在骨子里，每个人都在要求比平等更多的东西，要有更宽敞的住房，更好的汽车，更美妙的妞儿，狗日的，你他妈的还是拉倒吧……"

这一天，曹拓麻在返回号子之前，邀请贾秀全和他一起洗个桑拿浴。贾秀全说他不习惯洗桑拿，只要是热水澡就行。服务小姐光着身子站在那里，贾秀全不好意思脱衣服，穿着裤头只顾抽烟。他对曹拓麻说，是不是让小姐到9739房间给狗搓搓背。曹拓麻说，狗搓背搓得太多了，已经搓感冒了。他又问曹拓麻是否也想抽支烟，曹拓麻说，他从来不抽万宝路，因为他反对美国烟草专卖局的亚洲计划。服务小姐不停地进进出出，贾秀全也就一次次地往水里钻。当他再次钻出水面的时候，他发现自己的身体有点不对头了，腿根好像拴着一个凶器。

他还发现躺在浴缸里的曹拓麻，闭着双眼，完全是一副瘫软沉迷的样子，就像在梦游中偶然从豪华客轮的甲板上掉下来的海上遇难者。

在穿衣服的时候，贾秀全掏出他从北京带回来的论证材料，用打火机将它们点燃了。

再作一点交代

看过这篇小说手稿的朋友对我说,"狗杂种"这个说法真是不好听。我不这样看,我认为这是人的感觉,而不是狗的。当我们说一条狗是"狗杂种"的时候,那实际上包含着对那条狗的肯定——瞧啊,它有着多么充分的杂交优势,身体素质好,头脑灵活,胃口也不错,吃屎啃骨头样样在行。对这样的肯定,狗通常会摇头摆尾表示照单全收。有一个基本的前提需要强调一下,即:现在世上所有的被人捧到天上,当成独生子女或者当成爷爷奶奶供养的那些名贵的狗,其实都是些杂种(不是杂种你还不愿养呢)。说起来,我们汉人其实也是杂交的产物——历史上"五胡乱华"之后,我们的民族还有过一次跨世纪的伟大复兴。

坦率地说,正是因为案件和狗有关,我才有兴趣写这篇小说。当我在报纸上得知林肯上落有几撮狗毛的时候,我比谁都高兴。我还非常担心双方律师吃饱了撑的,把狗拉到法庭上作证。也就是说,我非常感谢法庭对狗的不传讯,双方律师对狗的不涉及。当我听说与狗有关的卷宗,在首次开庭之后就变成了灰烬的时候,我也认为这是个喜讯——这样刚好可以给我留下一个叙事空间,就像野地里的狗尾巴草把沟渠旁边的狭小空间留给玫瑰一样。熟悉我的朋友都知道,我早就被小说的各色人物弄烦了,总觉得应该弄只狗啊猫啊什么的来搅一搅。

我自己还认为,在小说里写狗,是我的强项。小时候我养过两条狗,养的就是杂种狗,是一支守桥部队养的军犬和当地土狗杂交的产物。现在我还记得,在电视还没有进入百姓家庭的时候,每年的农历二月和八月,狗夫妻的交配,给人们带来多少欢乐啊。那简直就是一道精神快餐,人们就像看情景喜剧一样开心,看的还是电视连续剧,并且还能随时参与剧情的创作:一边观看狗夫妻的表演,一边弯腰捡起石子、瓦片、棍棒,为狗助威,或向狗夫妻的主角地位发起挑战;心细的妇女还会端着一脸盆开水,使狗能在交配的同时洗个热水澡。这么说吧,我对人性的理解,有不少是从这种情景喜剧中获得的。我第一次看这种喜剧的时候,还没有上学呢。也就是说,在我还不知道什么叫深入生活的时候,我已经深入过生活了。既然好多人都说生活是创作的唯一源泉,那么我就很想找个机会写一篇与狗有关的小说。

我还要再交代一点,我真正开始构思这篇小说,是在一九九六年的十一月二十号,也就是小闵渊成为植物人的一个月之后。球迷朋友可能都记得这个日子。没错,那一天,能够容纳三万名观众的济州体育场,可以说是座无虚席。

吉 祥 物

我也是个球迷，不过我从来没到现场看过比赛，也就是说，我只是个电视球迷。这可能与我的个性有关。我虽然对那个皮球也很着魔，可我不喜欢那种聚众狂欢或集体悲伤的场面，对体育场、大会堂、广场上的各种聚会、同声欢叫或哭泣，我总是有着一种说不清楚的畏惧。

一九九六年十一月二十号那场球，我自然也是在家里看的。当我拧开电视的时候，让蔡猛打赌获胜的那个吉祥物刚刚上场。坦率地说，我当时还以为它不是一条真狗。它那么大，光尾巴就有几米长，比大象的鼻子还要长，还要粗。当它爬到球场中央的彩车上的时候，它竟然直立了起来，前腿腾出来向球迷朋友和各位贵宾挥舞致意。我的妻子当时也看到了这个场面，当然她也以为那是人扮演的。当她看见它吐出长舌头，吻着身边的一个小女孩的时候，她忍不住夸奖了它一番。因为一时激动，她连粗话都说出来了："操他（它）妈，他（它）演得可真像啊！"

那样一个情景确实让人难以忘怀。我记得彩车后面还跟着一支秧歌队。虽然当时天气很冷，但扭秧歌的姑娘们穿的还是比基尼泳装。她们扭的秧歌大家都比较熟悉，就是延安时期的名剧《兄妹开荒》里的那种秧歌。坐在彩车上的狗，不时地回过头来，向扭秧歌的姑娘们抛上个飞吻。

每到这个时候,现场的观众们都会狂呼乱叫。从电视上看,许多观众前额上的青筋都鼓出来了。后来,当裁判和双方球员进场的时候,狗又从彩车上跳了下来,与他们合影留念。

我真想找来这场球的录像带再看一遍。据说,这场球已经有了VCD光盘,不知道是不是真的。我记得球赛开始之后,电视镜头还在狗身上停留了几次。在球赛的下半场,狗没有再出现,我想那个时候狗大概已经去忙别的事了。不过,雁去留声,狗去留影,当镜头在观众席上扫过的时候,我看到有些人在高唱《国际歌》,有些人在高喊"白痴""狗日的",还有些人举着一撮毛在那里振臂欢呼 我想,那撮毛一定是从吉祥物上掉下来的狗毛。

我想,读者朋友一定能够理解我的心理:我是多么想见到那个狗杂种啊。有那么一段时间,这竟然成了我的一块心病。在曹拓麻被毙掉之后,我仍然想通过各种渠道,目睹到它的尊容。就像博尔赫斯(一八九九——一九八六)所说:"许多次的失败,消磨了我的好奇心和信心,但是我仍然以一种机械的动作寻找着它的脚印。"去年的七月十五号我去费边家里玩牌的时候,在他家里遇到曹淇——就像我在《午后的诗学》和《喑哑的声音》里写到的那样,费边家的客厅很大,你在那里总能遇到各种各样的人。我委婉地向曹淇提到了狗杂种的事,问他能不能帮我引见一下。刚过完瘾的曹淇,非常爽快,他说那还不容易，狗杂种多的是，你随时都可以见到。他的话说得如此轻巧，让我都有点不敢相信自己的耳朵了。不过，他说完这话就不吭声了，我想这个二流子也不过说说而已，不会有什么结果的。

但就在我们要坐下打牌的时候，果然有一条狗从费边的小客厅里跑了出来。它一过来，就径直卧到了沙发上——坐的不是羊皮沙发，而是木制的水曲柳沙发，因为那个扶手可以用来蹭痒痒。它一坐下就用遥控器把电视打开了。我整个看傻了。这期间，曹淇朝它走了过去，对它说，想从它那里换点零钱。像变魔术似的，狗将一把钢镚儿递给了曹淇。看着好个阵势，我嗫嚅了半天，说不出一句话来。鉴于费边这里经常举行一些化装舞会，在那一刻，我突然想到它可能并不是狗。但我很快就否定了自己的想法，因为我看见了只有狗才有的动作——它将自己的一只后腿跷了起来，一边看电视，一边把尿撒到了沙发旁边的小痰盂里。它瞄得很准，一点也没有撒到外面去。撒完之后，它还弯着脑袋、伸出舌头将自己的那根慢慢回缩的生殖器舔了几下。那样一个从容的动作，我估计杂技师也是做不到的。不消说，尽管我看到的是那么真切，但我还是怀疑这是不是我无可奈何中的一种幻觉。

顺便说一下，我前面提到的博尔赫斯的那句话，就出自他的小说《一个无可奈何的奇迹》。那篇小说写到他对曾经出现在布莱克（一七五七——一八二七）和切斯特顿

(一八七四——一九三六）作品中的老虎的渴望——布莱克称它是明亮的火，是恶的永恒典型；切斯特顿称它为可怕的优美的象征。在一个雨季的末梢，博尔赫斯来到了恒河岸边的小村子里。可他在那里并没有见到梦想中的老虎，他见到的是一些可恶的不停地繁殖的小石片。"这个邪恶的奇迹重复了好多次"，令他觉得"双脚和小腹一阵发冷，膝盖不停地战栗"。当时我就想，我比博尔赫斯要幸运：不管白狗黑狗，最终我总算见到了一条。

我无意回避我的震惊——特别是当我看到它卧在沙发上表演起魔术的时候，我的震惊就更是无以复加了。它给我们表演了怎样不通过遥控器，就可以更换电视频道；表演了怎样一缩脖子，就可以使上面的项圈自动脱落。这期间，费边家的小保姆给狗端来了红烧猪排和色拉牛排，并拿来了筷子和吃西餐用的刀叉，曹淇站在一边，将餐巾掖到了狗的项圈里面。狗还想喝点德国黑啤，费边为难地说，黑啤刚喝完，要不要派人去买一点。狗说算了，让孙庭国来一趟吧。猪排还没吃完，我们就听到了汽车鸣笛的声音。隔着玻璃，我看见一辆林肯停在下面的空地上，在目光下，闪烁着刺目的亮光。那辆林肯也出现在了电视屏幕上面，当然，同时出现的还有林肯车上的月光。车门打开了，先出来的是一条狗，然后是孙庭国，然后又是一条狗。就像卡通片中经常出现的情景似的，有许多条狗从车门里钻出来，越来越多，似乎永无穷尽；也像是刚才在我的电脑里出现的病毒符号，不管你怎么删除，它们还是成群结队地到来。

孟小云的诞生

这一节原名叫"孟庆云之死"，因为电脑病毒的出现，它莫名其妙地丢掉过三次。为什么每次丢的都是它？我不得不怀疑有什么东西在背后捣鬼。我已经没有信心将这一段再写一遍了。刚才，我突然想到，为什么不换个小标题呢，或许换个标题，就可以使它免受电脑病毒的伤害。

一九九七年的六月二十七号，即第二次开庭后的第九天，处于预产期的孟庆云，在医院里突然感到孩子好像想出来了。孟庆云对丈夫说，同室的产妇都向医院提出了要求，要求打安胎针，使孩子能够生在香港回归的那一天。丈夫问她是否也想打一针，她说她不想搞那种名堂。到了三十号的晚上，许多打过安胎针的妇女，又要求医院换打催生针。医生对孟庆云说："这时你总该来一针了吧？"她还说不想，只想顺其自然。她还提醒医生说，两种针都打，对产妇没有好处。医生说，顾客就是上帝，上帝愿意掏钱，医院也没有办法。据孟庆云的丈夫回忆，在医院里，孟庆云还提到过蒋纬国先生（一九一六——一九九七）的老婆石静宜（一九一八——一九五三）就是死于安胎之后的催生。

孟庆云说的没错，七月一号那天，在济州市（据不完全统计）有十二名产妇为了能如愿以偿地生出个小宝宝，把命搭了进去。

孟庆云不在这十二名妇女之列。她是在七月二号死去的，死于大出血。幸运的是，她在死之前，看到了自己的小宝宝。这是个女孩，名叫孟小云。我手头有小云的照片，据孟庆云的丈夫说，小云长得和照片上她母亲小时候一模一样。

会　饮

我想用一个欢乐的场面来结束这篇小说。在这个欢乐的场面中，首先出场的是一辆林肯牌轿车，开车的是一个名叫黄林的香港人。这是一九九六年十月十九号的下午，秋高气爽，正是深秋常见的景象。黄林刚从济水开发区回来，现在正沿着繁华的中山路由西向东行驶。他要驶往帝豪酒店，在那里设宴招待几个朋友。

曹拓麻是第三个到达的客人（当然，他也是这天晚上倒数第三个走掉的——先到是为了迎接别人，后走是为了给别人送行）。七点三十分左右，黄林的朋友都来了。黄林是七七级大学毕业生，从当知青时候起，就是个理想主义者，曾认真研究过柏拉图（前四二七——前三四七），虽然后来到了香港，可他身上的理想主义色彩还是那样无处不在。

眼下，他正在开发区建立一个娱乐城，名字就叫"理想国"。这会儿，他举起杯来对朋友们说："作为一个理想主义者，起码应该感到生活是简单而有趣的，让我们举起杯来，这虽然不是盛宴，但却是柏拉图笔下才有的会饮，干杯。"

坦率地说，他们这一天喝得并不多。如前所述，曹拓麻是倒数第三个走出来的。黄林送他下楼的时候，对他说："你尽管放心好了，理想国不会给你惹麻烦的，各人有各人的宗教，你的宗教是不出事，姑娘们的宗教是多捞钱，嫖客们的宗教是性高潮。我知道该怎样去尊重每个人的宗教自由。"多天之后，作为证人的黄林，在法庭上又把这番话说了一遍，使得坐在旁听席上的司法学校的女生们，听得耳根都发红了。

他们一起走出了酒店。台阶前的小空地上，停放着那辆林肯。

朋友们，正如我们已经知道的，曹拓麻钻进了那辆车。他并不知道自己要到哪里去，只是想进去遛遛。这是他第一次爬进林肯。第二次是在他被毙掉的第七天，当时，他的内弟孙庭国在孙惠芬的催促下，开着车将他的骨灰撒进了横贯全市的济水河。

沿着繁华的中山路，他由东向西急驶着。福寿街马上就到了。由于出现了一个偶然事故，在体育馆的东侧，他突然加速了，朝着107国道飞去。路上的人群都闪开了，在一阵阵惊呼声中，他感到林肯真的飞起来了。

二马路上的天使

到了郑州,一下火车,我就给张起打了个电话,说我要在郑州待几天,赶快给我准备住处。张起问:是一个人住还是两个人住?我听出了他的话外音,说:如果你硬要给我找个伴,让我享几天艳福,我也不会摆什么架子。张起立即笑了起来,说一切都包在他身上。他还连声夸我进步了,进步很快。

电话是在车站广场打的。电话亭的四周,蹲着许多滞留在郑州的民工,他们显得既焦虑又漠然。在他们的头顶上,悬挂着各种广告条幅的氢气球,像星斗一样飘浮着。我是一个烟鬼,所以我特别注意那些香烟广告。我注意到美国健牌香烟的英文书写是 KENT,它在提醒人们吸烟有害健康。国产香烟的巨型广告上面,是炎黄二帝的头像。我一边打电话,一边透过玻璃瞧着广场。外面的景象,就像爆炸的瞬间突然凝结起来的样子,让人感到混乱和空寂。张起在追问我还有什么要求。我模模糊糊听到电话里传来汽车刹车的声音，就问张起是否正在执行公务。张起说他确实正在路上，正在送老板回家。

他要我坐出租车到尔雅小区，在小区幼儿园的门口等他。幼儿园在哪儿？我问。他说你一进小区就知道了，哪里吵就往哪里去。现在我无法去接你，晚上我请你吃驴肉。

母校离车站不算远，坐102路电车，用不了半个钟头，就可以到。也就是说我其实很快就可以见到正等着我的巴松。我从电话亭出来的时候，102路电车刚好停在我身边。一帮人拎着大包小包往上面挤着，一个小孩夹在当中，被挤得哇哇乱哭。那其实是一辆空车，坐不满的，但人们还是担心失去自己的位置。我没有上去，而是站在一边，抽着烟，看着那辆车慢慢开走。

尔雅小区在郑州的东北部，是个新建的高级住宅区。出租车司机显然把我看成了有钱的住户，当我提醒他该找钱的时候，他用鼻孔哼了一声，才把钱递给我。

张起这小子混得不错啊。我想起几年前我到牢里探望他的情形。那时候他的头发全剃光了，就像个秃鹫。他可怜巴巴地要求我把吸剩的半包烟留下，同时敏捷地把一封信塞到我的手心。那是他写给马莲的一封信。在简短的交谈中，我得知他在牢里摇身一变，成了医生。医生？你的医术怎么样？我低声问着，生怕别人听见。他倒显得大大咧咧的，说：我其实光管打针，反正人犯的屁股又不值钱，扎烂也就扎烂了。临分别的时候，他的脸色有点难看，眼角也有点湿润。他盯着我手中的信，沉默不语。我当然知道他的心事。后来，我把那封信交给了巴松，由巴松转给了马莲。

我一进小区，就悉心捕捉孩子们的叫声。因为是阴天，下午四点钟，天好像就快黑了。我在小区里转了好半天，也没有摸着幼儿园的门，因为我根本听不到孩子的声音。一个中年妇女在垃圾罐旁边给鸽子破膛,她动作很熟练，有点漫不经心的。手中的刀子几乎不费什么劲，就从肛门豁到了嗓子。我看了一会儿，问她幼儿园在哪儿，她没吭声，只是用手指了一下。

刚才在小区里转圈的时候，其实已经从幼儿园门口走过多次了，只是我并没有料到它就是。幼儿园的房子和四周的楼房，除了高度上的差异，其样式、墙壁上的卡通画，四周的草皮，都大同小异。那个小院子里没有什么孩子，倒是有几对打羽毛球的中年人。

张起很晚才回来。他把车倒进幼儿园的小院子里，然后做出拥抱的架势，朝我走过来。和一个膀大腰圆的男人搂到一起，对我还是头一次。搂了一会儿，他松开我，说，老板请客，令他在一旁作陪，他不能不从。他问我是不是饿了，我说：要不是在这里等你，几只鸽子就已经进肚了。他不解其意，微笑地望着我，似乎在等我作进一步的解释。我懒得解释，问他：马莲现在还好吧？还行，他说。我又问他们是否领了营业执照（结婚证），他说领个鬼，还没有顾上呢。

张起将我领进了最靠边的一幢小楼，上到第五层。跟我上楼时想的不一样，房间虽然装修得不错，但完全说不上舒适。因为吊了顶，房顶显得很低，上面再装上几个枝型吊灯，就难免给人一种压抑之感。房间还很乱，大厅的柞木地板上堆放着一些玻璃和纸箱。有一只破纸箱就放在门口，一些像鸟一样的东西散落在地上，使得这里既像个仓库，又像个鸟窝，看来已经好长时间没有住人了。

张起拾起一只鸟，说，好好看看，这是鹦鹉，刚生产出来的，跟真的一样会学舌。他这么一说，我就发现它确实像一只鹦鹉，几乎可以乱真。张起从皮带上取下钥匙，拧着鹦哥的肚脐。这里有个暗锁，他说。他从身上摸出一节电池，装到鹦鹉的肚子里。这是一只公鹦鹉，得找个母的跟它配对。他说着，就开始在那堆鹦鹉里刨，检查每只鹦鹉的屁股，最后终于找到了一只母的，往它的肚子里也装了一节电池。他把鸟递给我，说：为了这些鸟，我好不容易长出来的头发，又快掉光了。张起话音刚落，我的手心就震动了起来。我一时没有反应过来，吓得差点把它甩出去。关上开关，然后再打开，张起说。我手忙脚乱地在它身上摸了一遍，也不知道是否摸着了地方，正担心的时候，张起说了一句：我爱你。我还在纳闷，两只鹦鹉突然开口了，它们说的也是"我爱你"，此起彼伏，像卡通片中的人物的声音。

这样玩了一会儿,张起示意我把电池抠出来。好玩吧? 张起问。接着他告诉我,这里面装有三种特制的芯片,是航天飞机上用的芯片,都是走私过来的,所以不能小看这些鸟。

是你造出来的? 我问他。

主意是我出的,一个研制坦克的人帮助设计的。他说,这玩意现在已经在美国登陆,一开口就是地道的美式英语。

如果我不提醒他我还没有吃饭,他就光顾着说他的鸟了。我没有吃到驴肉。他大概已经忘记了自己的许诺,用方便面、鱼肉罐头和一罐可口可乐把我打发了。饭是在卧室吃的。这个时候,我才明白这套房子并不属于张起,因为这是女人的卧室。张起说用可乐将方便面冲下,吃得快还不掉渣。不掉渣是不可能的,因为我吃得太快了。我一边啃着,一边想着下一步可能有什么发生。那些摆放在梳妆台上的香水瓶、睫毛钳、防晒霜以及墙上贴着的好莱坞明星们搂抱的剧照,都预示着一种可能。我有点紧张,也有点为张起的盛情感动。

我想,下一步张起可能会借故走开,只留下我一个人,然后我将听到一个女人的敲门声。张起眼下正盘腿坐在地板上剔牙,牙床剔出了血也不知道。他有点神情恍惚。这是可以理解的,将一个女人(很可能还是他的情人)送给别人,谁都会犹豫,更何况我的这位朋友本来就不是很大方。

吃完之后，我用可乐漱了漱嘴，拍拍肚子站了起来，说：我想洗个澡躺下来。张起不让，他说洗什么洗，见一次面不容易，咱们先聊聊嘛。巴松曾在电话中说，张起现在变得很怪，话多，见到熟人就走不动了，似乎担心别人把他看成哑巴。巴松还说，张起一静下来就以为自己还身在牢门，所以他很想热闹，可是一吵闹，他就会有被审讯的感觉，所以他又渴望清静。看来巴松说的没错。可我现在实在没有心思跟他闲聊，我觉得还是先洗澡要紧。我说：一身臭汗，影响谈兴，我得洗洗，是不是你这里不能洗？张起说，洗倒是能洗，就是得费点劲。他很不情愿地陪我走到客厅，指着一扇漆成白色的门，说：进去吧，这里二十四小时供应热水。

无法进去，因为装鹦鹉的那些纸箱堵在门口。我试着搬了一下，腰都快使断了，也没能将它挪开。张起也下手了，两个人累了一身汗，终于将它挪到了一边。张起说：我也得洗一下，我们可以边洗边聊。

浴缸是粉红色的，上面落了一层灰。张起先用水冲了一下，然后，抓着缸沿上搭的一块毛巾，擦了起来。擦着擦着，他的手突然停了下来：一只用过的避孕套从毛巾里跑了出来。我用脚趾挑了挑那东西，感觉到了它的柔软和上面细小的刺样的东西。你笑什么笑？张起问。我说：你还挺负责任的。我把那个东西指给他看，他说：你真是少见多怪，这种带刺的玩意，街上到处都是。这么说着，他自个儿先笑了起来,然后,他问我戴哪个型号的,我不好意思说大,也不好意思说小,就说戴的是中号。他说彼此彼此,他戴的也是三十三毫米的。他告诉我,马莲有时候也来这里住,这房间的钥匙,就是从马莲那里拿过来的。马莲用惯这个了,他说。他把套子放到了浴缸上方用来插花的篮子里。那里面有一枝经过风干处理,不会变形的玫瑰花。张起拿着它闻了闻,又把它放回了原处。

不会有什么人来了,我想。虽然我并不期望一定要在这天晚上享受到艳福,可意识到这一点,我还是有点失望。我还突然觉得自己是一个高尚的人,因为我没有对不起乔云萍。

张起这会儿开始取笑我,他说他早就看出来我有点不对头,又是漱口,又是梳头,还嚷着要把自己洗干净。你是不是想着我已经把人给你预备好了?他说。我懒得分辩,只说了一句:这不能完全怪我,是你把我的胃口吊起来的。他听了哈哈大笑,就像他妈的一只鸭子。

想搞女人还不容易?可以说差不多跟手淫一样容易,在这方面我有足够的发言权,张起说。他说,有那么一阵子,他急着要把积攒了一年的能量释放出来,而马莲又不能随叫随到,他就听从一个朋友的建议,去了几次舞厅。那里的女人果然非常容易上钩,容易得让人感到失去了起码的乐趣,因为它排斥过程和技术,让人难以适应。张起这种说法,我在别处也听到过,我总觉得有点言过其实,不足为信。张起一定捕捉到了我的这种心理，他一边往身上撩水，一边说：当然这要看你去的是什么舞厅了。听我的话，你别去那种高档的舞厅，那地方的女人，漂亮是漂亮，珠光宝气的，但常常有脏病，花钱买病，不划算。你可以去中档舞厅，那里的女人大多是知识女性，她们往往是因为耐不住寂寞，出来放风的。和前一类比起来，她们更讲究曲径通幽，这就用得上了技术，就看你的功夫到家不到家了，只要你能把她引出来，上床的概率就十有八九了。他再一次强调，在这方面，他有足够的发言权，讲的都是真理。

他讲的我不能说没有兴趣，但我更关注的是怎样打发这个漫漫长夜。我想，如果我现在在巴松那里的话，我大概也会遇到这个问题。

即便是在淋浴，张起也要叼着烟。他就有这种本事，浑身湿透，而嘴巴和烟却是干的。他提出要给我搓背，我担心他的烟灰烫伤我的屁股，就要求他把烟掐灭。他说：掐灭干什么，我一边吸一边给你讲故事吧。他说他刚进去的时候，并不会吸烟，是慢慢学会的。这倒是真的，上大学的时候，在同寝室的六个同学中，只有他和巴松不抽烟，巴松比他还敏感，闻到烟味，嗓子眼就发痒。他说，进到里面之后，不会抽的，也慢慢地会抽了。他说里面并不禁烟，禁的是火，可禁烟和禁火实际上是一回事，没火你怎么抽？可人们还是变成了烟鬼，这里面的学问大着呢。他说，为了搞到火种,人们差一点重新回到原始时代。探监者送来的火石,成了无价之宝。将牙刷把烧软,然后把火石按进去,是保留火种的经典方式。需要抽烟的时候,就拿牙刷把在平时收集到的坐便器的碎片上猛擦,让火星冒出来,那就跟猿人钻木取火似的。周围那些急猴们,看到火星,就赶紧把棉花团递过去,然后一帮人小心翼翼地把它吹燃。张起说,这种取火技术,他已经达到了炉火纯青的地步。有机会我给你表演一次,他说。

洗完澡,人显得很困乏,回到卧室我就躺下了。张起却毫无睡意,他还想接着聊。这时候电话响了,他走到梳妆台前接电话。我听见他说,厂里的事并不像外面说的那么严重。他们好像还抬了一会儿杠。我听出张起有点不高兴,抬高嗓门说了一句:要是真飞不出去的话,你就让它飞回来好了。接着,他又给马莲打了一个电话,把刚才的事说了一通,并说,咱们当然得先通通气。他又说他现在和我待在一起,老同学见一次面不容易,他明天不想上班了,要陪我好好玩玩。马莲说了什么我不知道。我听张起说:先别挂,还有一件事我得说一下,你以后洗完澡,要把浴室弄干净。他们又说了一会儿,张起摇了摇我,说:醒一醒,马莲问你和乔云萍好,她说她有空就过来陪你玩。我得拉上马莲,陪你好好玩玩,他说,不说别的,就说你去看我那一次,我就得记一辈子,我记得你还给了一包烟。还有谁去看过你?我问。他说还有巴松。还是老同学亲啊,我说,马莲也去过吧？他说：她懂我，她知道男人不想让女人看见自己的软弱，所以没去。

过了十二点，我入睡就困难了，脑子既昏沉又兴奋，只好陪着他聊下去。后来还是谈到了巴松。我说明天我得见一下巴松，张起说：见他干什么，走的时候给他打个招呼就行了，你跟他玩不到一块的。

我只好对他说，既然来了，还是见见为好。巴松遇到了一点麻烦，写信让我们帮帮他，我对张起说，其实他用不着找我，找你就行了，又不是什么大不了的事。他能遇到什么麻烦？张起说，我怎么没有听说。

第二天，我和张起醒得都不算晚。因为没睡踏实，我的脑仁有点隐隐作痛，不得不下楼买点清凉油。张起说他可以开车把我送到母校。他站在镜前刮胡子，用舌头挑着腮帮，让我看看是否刮干净了，还拉着衣领，问它够不够挺括。他还特别注意他头上的那几根毛，把四周的尽量往当中捋，盖住当中的那片空地，然后喷上摩丝，使之定型。这叫地方支援中央，他说。

他给马莲打了一个电话，可没有打通。他还要再打，说把马莲叫过来，大家在一起聚一下。我说，不是说好了要去见巴松的吗？他说：这也行，你可以先跟他聊聊，我呢，就不去了，不搅扰你们了。

上车之后，我感到有必要给他说明一下为什么要见巴松。我说：巴松迷上了一个女的，但不知道如何下手，想让我给他指点一下,他不知道真正的高手就坐在我旁边。我还以为是什么大不了的事呢,张起说,原来是这个。他还说:其实你本人就是这方面的高手,当年,那么多人追乔云萍,只有你没有白忙乎。

他说的没错。乔云萍当时在我们年级,确实是第一枝花,打她主意的人也确实不少。我和她结婚之后,她对此还常常津津乐道。我记得巴松曾问过我是用什么魔法把乔云萍娶到手的,我没有给他说那么多,只是对他说,这有点少儿不宜,等你长大了就知道了。这都是好几年前的事了。

车到了我们母校门口,张起真的要走。他说他发过誓,一辈子不再进这个院校,即便它是个天堂。他的这种情绪,我是可以理解的。当初,母校的个别老师,为了保护自己,对张起干过一些落井下石的事。看来张起一直没有原谅他们。他对我说:我不进去了,说吧,让我什么时候来接你。我没法把时间定下来,就说再联系吧。他朝我摆摆手,把车开走了。

天色还早,院校里人还不多。跟几年前相比,院校显得更加凌乱。新出现了一些楼,楼的式样非中非西、非古非今,显得不伦不类。还多了一些铁栅栏,就是带有矛尖的那种,它们将楼和空地都圈了起来。有不少人,主要是上了年纪的人,在栅栏内外练气功、慢跑或做操。我想巴松这会儿一定起来了。上大学的时候,他的外号就叫公鸡,每天都起得很早。他睡在我的上铺,他一醒来,别人就别想睡踏实了，因为他走路、洗脸、刷牙，声音都很响，能把人烦死。可大家都并不怎么恼他，对他还比较宽容。这是因为他对我们有用：这只小公鸡，能将班上的女生引到我们寝室。女生们来找他，目的很明确，就是抄他的作业。她们不抄我们的作业，好像这有点丢人似的。抄巴松的似乎就不存在丢人的问题了，因为这并不能说明她们不会做，只能说明她们懒得做，才让男孩子替她做的。

巴松引来的那些女生，后来纷纷成了我们的女友。我们寝室六个人，除了巴松，都从那些女生中挑到了自己的相好。譬如，我挑到了乔云萍，张起挑到了马莲。乔、马等人成了我们这些人的女友之后，并没有断绝和巴松的来往。有的女生还主动替巴松打毛衣，小气一点的，也给他织过手套。她们这样做，丝毫没有引起我们的醋意。毕业之后，巴松到上海上了研究生，然后他又回到了母校。在他给我的信中，我得知他现在给学生开了一门选修课，叫"斯宾诺莎研究"。他担心我不知道斯宾诺莎是谁，就特意告诉我，这是个荷兰人，是梵高和古力特的同乡。斯宾诺莎的哲学就像郁金香一样沁人心脾，选修这门课的人出乎意料地多，在信中他这样写道。

摸到巴松住的教工宿舍楼，我看到楼前的水泥地上躺着许多人。他们都还没有睡醒。我想巴松说不定也在外面过夜，就挨个儿查看那些人。其中有一个人，我比较面熟。我想了想，想起他是比我们高一年级的同学，在校期间就入了党，后来留校当了辅导员。他像个死人似的，躺在一张油亮的苇席上，肚脐周围落着几只苍蝇。我走过去的时候，他突然翻了个身，吓了我一跳。那几只苍蝇比我镇定，它们并没有离开他，飞了一圈，又落到了他的屁眼儿周围。

没能在那里找到巴松，我就按图索骥上楼去找他。上到六楼（顶楼），一扇门正好半开着。门上贴着一张字条，上面写着"闲人免进"。不知哪个闲人在"免"字上添了一点，使它变成了"兔"字。

我没敲门就进去了。巴松果然已经起床，他穿得整整齐齐的，正坐在一面大镜子前发呆。那是一面椭圆形的镜子，没有镜框，靠着墙放在桌子上。他通过镜子看到了我，但他并没有立即转过身来，而是盯着镜子看了一会儿，才慢慢地搓着手站起来。好玩得很，他站起来之后，还有点发愣，直到我拍了拍他的肩膀，他才醒过来神，惊讶地抓住我放在他肩膀上的手。

你终于来了，他说。在那一刻，我的感觉好极了，觉得自己就像是巴松的救命恩人似的，这种感觉可不是你想有就能有的。当然，我同时也觉得有点可笑。

巴松没有什么大的变化，他还是那么瘦。当我们这些人都发福得不成样子的时候，他还能保持原来的体型，真让人羡慕。当然，变化还是有的。他原来面相白净，现在却满脸是毛，胡子从鬓角一直长到下巴。他发现我在看他的胡子，就很不自然地摸着鬓角笑了起来。既然我是他请来的，我就有必要先显示一下自己的权威。去把胡子刮掉，我对他说。

为什么？他问。少说那么多，我对他说，哪个女孩愿意让毛茸茸的嘴巴往自己脸上凑呢？你去照照镜子，看你像不像电视里的孙猴子，妖精们都喜欢唐僧，我还没听说有哪个妖精喜欢孙猴子呢。

真有那么严重吗？他问我。我只好装得正儿八经，说：听我的没错，别因为这几撮毛坏了大事。他若有所思地点了点头。

事实上，一直到我离开郑州的时候，他也没有把胡子刮掉。我事先也想到了这一点，因为他是一个有主见的人。在我要求他刮胡子的时候，我已经想好了怎么向女孩子解释他的胡子：你看，巴松的胡子多么像画框，画框就是界限，将他与庸常的生活分隔开了，就冲着他的胡子，我如果是个女的，就会嫁给他。我当然不指望这番话能把女孩说动。但见到女孩，总得开几句玩笑，活跃一下气氛吧？而巴松的胡子正是现成的由头，有了这样不伦不类的胡子，见到女孩就不会冷场了。

面对陷入单相思、热恋，或失恋中的人，你对他的尊重和安慰，就是克服厌倦情绪，听他津津有味或痛苦不堪地讲下去，不要随便插嘴，因为他其实并不需要你发表意见。他需要的只是你做出听的样子。

巴松提到那个名叫杜蓓的女孩子时，显得小心翼翼的，

203

好像那是个易碎的器皿，稍有不慎，就会摔成一堆无用的碎片。她是巴松在二马路盯上的。上个学期刚开学的时候，巴松的扁桃体发炎化脓了，到二马路上的一家医院打针。一天下午，"细雨霏霏"（陈旧的诗意背景），他从医院出来，在那条混乱不堪的马路上推着车慢慢地走。刚进入秋天，天还不冷，可扁桃体化脓导致的高烧，还是让他感到了寒意。巴松青霉素过敏，他注射的是红霉素。红霉素刺激胃，使他直想呕吐。在巴松所描述的霏霏细雨中，他左手捂住胸脯，右手推着从旧货市场买来的破车，在马路上深一脚浅一脚地走着。就在这时候，他发现在他前面几米远的地方，冒出来一个女人。喜欢看女人，这是男人都有的爱好，巴松自然也不例外。他首先要看的是女人的光腿。巴松虽然没有详细地描述那双腿，但可以想象，那双腿即便算不上优秀，也不至于很丑陋。它们牵引着巴松，让他不由自主地跟着走。在给我的信中，巴松这样描述他初次见到杜蓓的感觉：就像疲乏的农人在深夜的雪地里行走，突然看见了半埋在雪堆中的红色谷仓。不过在信中，他没有说那个女孩名叫杜蓓。

二马路向西，是郑州最繁华的商业区。它是郑州迈向现代化都市的标志（一些路牌上写着：郑州的明天——东方芝加哥）。几座大商厦以及商厦之间的天桥，围绕着一个小广场。广场中央有座塔叫二七塔，所以广场叫二七广场。二七塔是为纪念因罢工而死的烈士修建的，它是郑州市的象征，至少许多书上都是这么说的。巴松跟随那个女孩（现在我们已经知道她名叫杜蓓）来到广场的时候，雨已经停了。阳光照耀着地上的水洼，使地面像个破碎的玻璃，反射着混乱的光线，有时使人睁不开眼睛。

巴松看到女孩在二七广场慢慢走着，就像一只悠闲的鸽子。在四周商厦的玻璃墙面的映衬下，巴松越看越觉得这个女孩和别人有点不一样。怎么不一样？她跟周围的环境好像既有关系又没有关系，这很怪，是吧？巴松说。她的衣料，雨伞（她把它收成短短的一截，像夹一本卷拢的杂志那样，把它夹在腋下）雨靴（红色的，靴筒很低，刚盖住脚脖子），头上的发夹，跟这个城市是有关系的；但是，她的身姿、步态、悠闲的气质，仿佛跟这个城市又没有什么关系。她就像个天使，巴松说，我觉得她就像个天使。

天使绕着二七塔的基座，在各种车辆之间穿行。巴松现在离她只有几步远。他甚至能看清她腿上的血管，"像草茎一样发蓝"。从二七塔顶垂挂下来的广告条幅，一直拖到地面。那是洋酒 XO 的广告。从未喝过洋酒的巴松，现在就站在那个条幅旁边。他现在感到头有点晕，就像是被广告上的洋酒灌醉了。就在这个时候，女孩绕着二七塔转了过来。那是一张略带忧郁的脸，忧郁使她的脸有一种沉静的韵味。

她也看见了他。让他惊奇的是，她似乎还认识他，在和他擦肩而过的时候,她的眼神说明了这一点。

巴松越说越玄了。不过,下面这句话,却是很实际的。他说,当他醒过神来,想和她打个招呼的时候,她却突然没影了,这个时候,他只是觉得有点遗憾,还谈不上什么痛苦。他在广场上又停留了一小会儿,就骑车离开了广场。在返校的路上,他的胃又难受了起来。

我当然还会去留意别的女人的背影,但我没发现一个好的。说到这里,诚实的巴松害羞地搓着鬓角,笑了起来。

不妨可以这么说,如果没有第二次相遇,巴松就不会有现在这种痛苦了,他会继续猫在屋里,老老实实地搞斯宾诺莎的"神、人及其幸福论"。问题是,命运要奇怪地安排他和天使杜蓓再次邂逅,而且时间还很短,就在第二天。

他还是去打点滴,打的还是红霉素。从医院出来的时候,他其实已经把昨天的事给忘了。可他又在同样的时间、同样的地点看到了天使光洁的腿、忧郁的脸。这次,他还发现天使很丰满,走路的时候,腰部扭动的幅度恰到好处。天使在同一个广告条幅下面,朝他微微颔首,然后,未等他作出反应,她就又在车流和杂乱的人群中消失了。

巴松相信,在同一时间、同一地点,与天使的相遇还会发生第三次。他已经想过,再见到她时,他一定鼓足勇气上前搭话,并向她说明,这种相遇只能出自神的安排。

但是，第三天早上，他爬起来的时候，奇怪地感觉到自己的扁桃体不疼了。他用牙刷的把儿压住舌面，反复照镜子。扁桃体确实已经没有脓点。他马上想到这是天使在暗中起了作用，使那个小小的扁桃体在一夜之间恢复了原状。

斯宾诺莎比他现在还年轻的时候，曾经钻研过磨透镜的技艺。巴松相信现在照着他的喉咙的这面玻璃镜子与斯宾诺莎有关，而镜子里的那个无用的已经消去了脓斑的扁桃体与天使有关。通过磨透镜，斯宾诺莎有了某种异教徒的倾向，并且一辈子不结婚，而通过照镜子，我们的巴松成了二流时代的爱情的信徒。

扁桃体虽然已经还原，可是继续打针，巩固一下还是很有必要的。问题是这天下午又有他的选修课，他不能不上。他相信，如果神让他见着她，那么他早晚还会见到她第三次的。

那堂课他讲得很出色。他讲的是斯宾诺莎有关爱的论述。巴松现在又把他那堂课的讲义从书堆里翻了出来，把他那天引用的斯宾诺莎的话给我念了一遍。爱的特点在于，我们从不想使自己从爱中解脱出来，如同从惊异或其他激情中解脱出来一样，这有下面两个理由：一个是因为这是不可能的；另一个是我们不从爱中解脱出来是必要的。

在我眼中，巴松实在不能算是一个有激情的人，可他说，那堂课他讲得很有激情。我讲得从来没有这么好，他说。当然他也说出了他的遗憾：缺课的人太多了，教室里的空位有一多半,而且还有不少学生一进教室,就埋头睡觉。

巴松讲得嘴唇都起皮了。喝杯水再讲,我对他说。他讲的时候,我可没少喝水,因为我早上没吃东西,巴松又想不起来给我弄点东西吃,我只好喝水。巴松看到暖水瓶被我喝空了,就说,他不需要喝水。我说,你得多喝水,否则你的扁桃体又要发炎了。巴松这才拎着水瓶,到下面的水房去打水。他走了之后,我像个耗子似的,赶快翻东西吃。在他的书架上,我找到了一盒"熊仔饼干"和几盒酒心巧克力(看来是给杜蓓准备的)。等他回来的时候,熊仔们已经被我吃去了一多半。

我替杜蓓吃了,我对他说。我让他看保质期,他一看就叫了起来,说:怎么回事,刚买的怎么就过期了呢?他捏了一块尝尝,说,吃还是能吃的。

一坐下来,巴松就又接着讲开了。他说他后来又往二马路跑了几趟,可再也没有见到她。有一天,就跟做梦似的,他在学校的操场上看学生打排球,突然看到了她。她也在那里看球。他认准是她,就朝她走了过去。对他的走近,她显得有点吃惊,还想避开他。他站在她旁边,一时不知道该说什么。想了想,他说:我在二马路上见过你两次。

她的脸一下子红了。

这一局打得不好。她说。

她说的是球,可在他看来,她的话仿佛另有深意。这时候,球队开始换人,从球场上下来的一个女生,走到杜蓓跟前，接过杜蓓替她拿的外套，同时神秘地朝杜蓓笑笑，说：你跟巴老师聊吧，我先走了。

这一天的下午，他在打开水的时候，又碰到了那个和杜蓓说话的女生。那个女生一见她，就跟他开玩笑，说：巴老师，你跟杜蓓很能聊得来，是吧？

平时，学生们是不跟他开玩笑的，可今天，这个学生是个例外（我后来见到了这个学生）。直到这个时候，巴松才知道，他要找的那个天使名叫杜蓓，是四年级的学生，而且还选修了他的课（只是很少上课而已）。

巴松说，他平时不和学生打交道的，上课时也很少注意学生的脸，所以他不认识她并不奇怪。他的这个说法有点可疑，虽然我并不怀疑巴松的诚实。

巴松坦言，他以前最看不惯老师和学生谈恋爱，称之为胡搞。他经常看到有些女生和老师手拉手地在院校里走。在一次开会的时候，系领导还批评过一个教《现代汉语》的老师，说他把女生的肚子搞大，有点过分了。那个老师私下说，这不能全怨他，现在市面上卖的避孕套，质量不过关，他也没有办法。总不能让她去带避孕环吧？那个老师说。

巴松找到了可以说服自己的理由：我事先可不知道她是学生，现在我也没有把她看成学生，我是把她看成了天使。

后来，他多次在院校里遇到这个天使。让他难受的是，她每次见到他，都要躲，只有实在躲不开了，才会站在那里听他说上几句。鉴于二马路上的相遇是他们的共同经历，他当然每次都要从这里说起。可是，往往是他刚说出"二马路"三个字，她就显得很不耐烦，而且还满脸不高兴。问题是，她越是要躲避他，他就越是觉得自己爱的人非她莫属。巴松的考虑是这样的：她的逃避，只能说明她很纯洁，值得我去爱。因此，虽然追不上她，他却并不气恼。相反，他的感觉还非常好，觉得自己过得充实。

但最近有一个问题出来了——杜蓓即将毕业了，也就是说，她即将从他的视野里消失了。一想到她将在另外一个他不知道的地方和别人谈情说爱，他就感到她的未来一定充满痛苦；而一想到她可能会受苦，他的心就不得安宁。

我实在忍不住了，就问他：你怎么知道她会受苦呢？

这还用问！他说。

他不愿解释，他想做的是继续讲下去。他说，情况最近又有了变化，给我写的信发出之后，他得知杜蓓因成绩优异，已经列入直升研究生的人选。他说，这事年前就定了下来，可他刚刚得知。

一天，他把她叫到了这里。她来倒是来了，可并不坐下。他们就只好站着说话。

你有什么打算？他问她。

打算？什么打算？

你知道我想说什么，你肯定知道的。他对她说。

我怎么知道呢？她说。

他很想鼓足劲把"我爱你"三个字说出来,可话到嘴边,他又咽了回去。他想了想,说:我想说,或者说,我想问的是,上了研究生之后,你会朝哪个专业发展。

你怎么这么关心我啊?杜蓓说。

巴松想,事情还得从二马路上的相遇说起,得向她讲明白,从那个时候起,他的心里就一直装着她,放不下,也不想放下。可他还没来得及开口,她就说:要是没什么事,我就走了。

说着,她就真的走了。

我先声明,我可不懂女人,对男人来说,女人永远是个谜,吃不透的。为了让自己的话更形象生动一点,我又说:别小看女人身上的那个小洞洞,那是个致命的隐喻,你凭肉身是测不到底的。

他皱了皱眉,摸了摸胡子,说:你总是比我懂得多吧,云萍姐都被你娶走了。

我正想给他讲他的"云萍姐"呢。我想,对一个不幸的人最好的安慰,就是告诉他,有人比他还不幸。我还想告诉他,别对女人抱那么大的幻想,女人并不比男人高贵多少,男人能干的坏事,她们通常干得更绝。我并不想让他过于绝望,因此,我只能简单说说。

我和你姐正闹别扭呢,她已经出走一次了,还像模像样地给我留了一封信。这倒是许多年来,她给我写的第一封信。来而不往非礼也,我也写了一封信,只是信还没有

211

写完（多年不写信了，写起来很难），她就回来了。

你把我吓了一跳。巴松说。

这么说吧，巴松，我和她结了婚，还真是有点相爱，可是事情说糟就糟了。你猜她的信是怎么写的？她写道：

> 我们确实爱过，可现在有点厌倦了，出走并不能给我带来幸福，可我还是想离开。

你是不是做了什么对不起她的事了？

她不是写得很明白吗，她只是出于厌倦。你别担心，她出去三天就自己跑回来了，当天晚上，我们还做了爱，做得还很猛，把被子里的太空棉都蹬出来了。你看，事情说来就来了，说过去就过去了。总的说来，事情并没有闹得不可收拾。

我不知道我应该不应该给他说这些。我只知道，说了这些，心里就有点舒坦了。挺好，既没有在巴松面前说谎，又没有把乔云萍的隐私端出来。我有理由对这番话表示满意。

你别沉默不语，我这人现在最怕别人跟我玩深沉，我说。别想那么多，杜蓓可能比乔云萍好，我相信你的说法，她是个天使（笑话，她怎么会是个天使呢）。

在我看来，云萍姐就是个天使。巴松说。

是吗？

我想听听他还会再说些什么，可他却凝视着墙上那面光秃秃的镜子，一言不发了。他那副庄重的样子呈现在镜子里，显得特别滑稽。

我想见见你的天使（想见见她到底是什么货色），我对他说，你能不能去把她叫来？

毕业考试快到了。他驴唇不对马嘴地说了一句。

去叫吧。我说。

我不想打扰她。他说。

狗屁考试，那还不是走个过场，我说，这你可瞒不了我。

巴松最后还是去了。他出去之后，我到楼下买烟。在院校里的一个小商店前面，我看到了一个坐在轮椅里的退休教师。我认得他，当初，他教我们"先秦文学"。他当然不认得我，即便他没有瘫痪，没有变成傻瓜，也不认得我。但他肯定认识张起。据张起说，他也参加过游行，但是当初在搞张起的人中，他是比较积极的。张起以前给我说"先秦"已经成了傻瓜的时候，我还以为那是张起的激愤之辞，现在我信了。卖给我烟的那个女人，大概是他的儿媳（从面相上看，不像是他的女儿）。她不找我的零钱，而是找给了我一堆泡泡糖。

这个情景是比较残酷的：我嘴里嚼着泡泡糖，瞧着已经变成了傻瓜的老师，看他怎样流口水。

分析一下，它之所以残酷，就是因为泡泡糖，如果我嘴里没有泡泡糖，那残酷的意味，就要大打折扣了。可这不能怨我，谁让他的儿媳妇，不找给我零钱呢？

先把残酷不残酷放到一边，来看看他现在那个样子吧。是的，我喜欢观察，喜欢观察那些有缺陷的事物。他的腿耷拉在那里，你一眼就可以看出哪条腿是好腿，哪条腿是坏腿。有一个明确的标志：好腿的裤管是坏的，坏腿的裤管是好的。更有趣的是，他现在正在玩的东西，除了一本已被翻烂的画册，就是一个鹦鹉。

电动虎皮鹦鹉。

巴松回到楼前的时候，我看得正上瘾呢。每过几分钟，那只鹦鹉就会叫唤两声，当然是模仿"先秦"的叫唤声。真像啊，不仔细听，你就听不出来，哪一声是鹦鹉叫的，哪一声是"先秦"叫的。当然如果你下功夫听，你还是可以听出区别来。两种声音虽然都是一样的口齿不清，但鹦鹉的叫声还是要好听一些，多少有点像刚长乳牙的婴儿的叫声。

杜蓓呢？你一个人跑回来干什么？

已经是午后了。巴松说，杜蓓去了学校的小冷食店。我赶快拉着他赶到了冷食店。巴松低声向我发誓：她肯定来过。来过没来过，又有什么不同呢，反正我们扑空了。巴松的样子真他妈好笑，他像做贼一样紧张，跟我说话的时候，用的是气声，生怕别人听见。杜蓓要是在这里，他会是什么样子呢？

冷食店设在校河边，临着河支着几张台球案，有几个学生在那里打台球。我看见巴松站在球案旁边，紧张地四处张望。

他重新进到冷食店的时候，使眼色让我留意门外树荫下的一张圆桌。他当然不是让我看圆桌，而是让我看圆桌旁的一个姑娘。那个姑娘坐着一把简易折叠椅，跷着一双粗腿，在那里喝冷饮。我看了一眼就把脸扭过来了。这样的姑娘，街上到处都拥有，我不知道有什么好看的。巴松又指了一下站在收款台前的姑娘，说：这两个人都是杜蓓的朋友。

那个姑娘倒值得一看。她穿着牛仔短裤，有两条漂亮的大腿。她的腰带上挂着一个BP机。我立即想到她可能在课下做点小生意，应该怎样和她搭上话。她现在正和收款台里的人说得起劲呢，是不是在谈生意呢？

她回过头和折叠椅上的姑娘打招呼的时候，我发现她那张脸也长得不错。

我看着她，顿时想起了乔云萍，大学时代的乔云萍。乔云萍现在发福了，胖得和折叠椅上的姑娘差不多了，搂在怀里，你甚至都感觉不到她还有骨头。可是，上大学的时候，乔云萍的身材可是一流的，完全可以和收款台前的姑娘媲美。

她喜欢打排球，她叫苗苗。巴松说。

去把苗苗给我叫过来。

有点不妥吧？

有什么不妥,让我先跟她搞好关系。快去叫吧,别犯傻。

巴松想了想,捂着嘴干咳了两声,接着,他突然喊了一声:苗苗,杨兰春。

他把我也吓了一跳。好多人都往我们这边看。苗苗和那个叫杨兰春的胖姑娘都笑了。她们没怎么耽搁,就朝这边走了过来。苗苗一过来,就对巴松说:失敬失敬,真没看到您坐在这里。她又问巴松:这位也是咱们学校的老师?

没等巴松开口(我真担心他说出不着边的话),我就抢先作了一番自我介绍。我说我是巴松老师的朋友,眼下在另一所大学里教书。听说巴松的两个学生要直升研究生,是不是你们两个?我把话题扯到了她们身上。

我们两个?你看像吗?

像,当然像。

我们才轮不上呢,杜蓓才有资格。苗苗说着就笑了起来。她还故意问巴松:巴老师,我说的没错吧?

我本来想接着这个现成的话头,谈谈杜蓓,可巴松突然说了起来。什么话听着不顺耳,他就说什么。猜猜他是怎么说的?他说:凭天资,该轮到她们,可她们都没用功。

好在两个姑娘都没有把巴松的胡说八道放在心上。她们在我们的桌边坐下,我装作不知道杜蓓是谁,问苗苗:你说的那个杜蓓,一定是个好学生吧?我把巴松支走了,让他端凉面去了。她们两个神秘兮兮地相视一笑,然后不约而同地说:杜蓓的事,你该去问巴松,他知道得最清楚。

巴松回来的时候,我并没有去问他,而是继续对苗苗阐释我的观点。我说:成绩好不一定水平高,水平高不一定成绩好,成绩单说明不了任何问题。我还说,在现代社会里,赚钱是很重要的,大学教授在课堂上吹起来一套一套的,可他们做起生意,十有九赔,不知道你们信不信?在任何时代,穷都不是什么值得炫耀的好事,你们说是不是?

我顺便把巴松拉进来打了一个比方:譬如巴松,要让他去做生意,人家把他卖了,他还帮人家数钱呢,巴松,你说我说的对不对?巴松正在发愣,他肯定不懂我为什么要说这些废话。他有点生气,赌气似的说:我从来就没想过要去做生意。

可你毕竟在学术上站稳了脚跟,墙内开花墙外香,现在外面的许多人都知道你,我一说我是巴松的朋友,别人就用"我的朋友胡适之"的典故来取笑我。再说,你写的斯宾诺莎研究什么的,也赚了一些钱嘛,就我所知,你现在并不算穷,你其实也间接地从事了商业活动,这一点你是无法否认的。

我是在变着法子夸他,他却听不出来,好像我在揭他的什么短似的。他拎着果汁猛饮了一通,饮的还是人家姑娘的果汁。我连忙叫服务员又送来了两瓶,并且叫服务员到店门口买几只甜瓜过来。刚才,我注意到外面的瓜贩子在卖一种白甜瓜,瓜名很洋,叫"伊丽莎白"。所以我没说买甜瓜，说那是甜瓜，苗苗她们不一定吃，说是伊丽莎白，她们就乐意陪着我们品尝了。

两瓣伊丽莎白下肚，苗苗和我的谈话就投机多了。苗苗说她现在确实正在学着做生意。做着玩的，并不指望能从中赚多少，你想，倒卖卡通画能赚到多少呢，打发时间而已。

我顺便提到了鹦鹉，劝她去倒卖鹦鹉。这东西老少咸宜，我说，今天上午，我还看到一个教授在玩那东西，不信，你问你们的巴老师。

我这么一说，她就信了。她的疑虑是，那东西会不会咬人。苗苗说，她从一本拉美小说中看到过鹦鹉啄瞎人眼的事儿，小说名字记不起来了，但事情肯定是真的。

没有直接告诉她那是玩具鹦鹉，也是出于想和她多说几句话的考虑。过了一会儿，我才说：苗苗啊苗苗，现在哪能见到真正的虎皮鹦鹉，我说的是假的，是玩具鹦鹉，肚里装的是两节干电池，不过，它看上去和真的一模一样，每一根羽毛都跟真的似的。苗苗很吃惊，我就趁热打铁说：这鸟是我的一个朋友设计的，他可以以很低的价格卖给你，如果你感兴趣，我可以给你们牵牵线。

谁设计的，我怎么不知道？巴松问。

张起搞的，这种鸟已经在美国登陆，一开口，就是地道的美式英语。

这个人确实很聪明。巴松说。

看得出来，苗苗和杨兰春虽然不愿和巴松多说话，即便说什么，也显得很不认真，但她们对巴松的话还是非常相信的。我担心巴松把张起坐过牢的事说出来，就想让他先走。我对他说：巴松，你要是有什么事，你就先走吧，我跟她们聊聊。巴松说他没什么事。我看看巴松，又看看门外打台球的那帮人。一个歪戴着遮阳帽的人，用白垩擦着球杆，嘴里喊了一声打散它们。我对巴松说，我想带着苗苗去见一下张起，你和杨兰春可以先回去忙自己的事。巴松没吭声。苗苗看了看杨兰春，然后朝我眨眨眼睛，说：我下午还有一点事，得回去一下，不过，你可随时与我联系。她从口袋里掏出一张名片递给我，顺便还自嘲了一句：名片就是名骗，不过，上面的传呼号是真的。

那张名片制作得很精美，有着茉莉的香味，上面印有米老鼠、唐老鸭的头像和一行字：

天天卡通　诗人苗苗

太巧了，张起也是一个诗人，以前他最喜欢荷尔德林，现在他喜欢的是英国诗人拉金。苗苗说她也喜欢拉金。她大概只是说说而已，并非真的喜欢。这样的女人我见多了，她们具有高度的协调性，到什么山上唱什么歌，从不给人咄咄逼人的印象，但能用柔弱优雅的手段使人就范。千万不能小看她，她虽然还是一个学生，可这种本事，她基本

上已经学到家了。再吃一瓣伊丽莎白吧,我对她说。甜瓜她拿起吃了,拉金的讲诗她也随口念了几句:

> 我先注意里面有没有动静,
> 没有,我就进去,让门自己碰上。
> 样子越来越不熟悉,
> 用处越来越不清楚。

她还真的喜欢拉金。乔云萍喜欢的是狄金森,可乔云萍却不具备狄金森自杀的勇气。不过话说回来,朋友当中,谁有这种勇气呢?上大学的时候,马莲好像也喜欢狄金森,狄金森死了,可马莲却活得比谁都好。

苗苗和杨兰春先走了。我和巴松在河边又待了一会儿。我问巴松,杜蓓和苗苗比起来,哪个更出色?巴松没有正面回答我,他说:你怎么不尊重杨兰春,杨兰春已经很不高兴了,你知道吗?

我说:我把杨兰春让给你了,让你照顾她的,她不高兴,只能说明你照顾不周。

我给张起打了个电话,催他晚上请客。张起说,请客倒没有什么问题,只是马莲晚上有事,不能来,能不能明天再请。我说:你怎么是个死脑筋,今天请了,明天还可以再请嘛。他好长时间没吭声。看来有必要把冷食店里的事给他说一说,吊吊他的胃口。我简单地把事情说了一下,也提了一下苗苗对他的鹦鹉很感兴趣,想见他一面。

张起果然来了兴致,问巴松是否也要去。说到这里,张起说:你等一下,让我去接个电话。过了一会儿,他回来了,说:你把你的电话告诉我,我再给你打过去。他这么一说,我就知道他现在说话有点不方便,可能马莲就在旁边。

我在公用电话旁边等着,几分钟之后,他果然打了过来。我听见抽水马桶在轰隆作响,就问他是不是躲在厕所。他没说是,也没说不是。

工厂里的事情闹大了,他说,鹦鹉卖不出去,工人们领不到工资,想闹事。他的说法让我大吃一惊。他刚向我吹过牛,怎么转眼之间,风向大变?

我现在是风箱里的老鼠,不知道该往哪边跑,在感情上,我是支持工人的,可马莲跟厂长的关系很铁,所以我不能轻举妄动。他说。

这像是张起的言辞吗?我不知道该怎么说,就随便问了一下他和厂长的关系。我的话音没落,诗人张起就在那边叫了起来:我恨不得一刀阉了他。

我连忙说,你去忙你的正经事吧,吃饭的事,咱们改天再说。张起的诗人脾气又犯了,说:胡扯什么呀,这顿饭我请定了,马莲来不来,我都请定了。我说,如果你真要请,那我也就不客气了,带着巴松和苗苗一起赴宴就是了。他说:你怎么傻啊,带巴松干什么,他是成事不足,败事有余。

我想了想，不让巴松来，实在有点说不过去。我就对张起说：你放心，我保证不让巴松乱说乱动。我还说，巴松平时大概很少喝酒，到时候，有意多灌他几杯，他就乖乖地睡觉去了。

我不想在这个话题上和他多纠缠，就主动把话题岔开了。我提到了那个玩鹦鹉的退休教师。我说，你说得对，"先秦"果然变傻了，傻得一点都不透气。张起说，郑板桥不是说了吗，难得糊涂，那是一种境界，就让他在那种境界里待着吧。他又说：有机会去母校，我一定再送给他几对鹦鹉。

当然得把张起请客的事告诉巴松，否则，事到临头他要是扭扭捏捏不去，那就糟了。巴松听了，果然连连摆手。他说谁的饭局他都愿去，就是张起的例外。留在郑州的这两个同学，像猫和狗一样合不来，真是匪夷所思。不消说，问题肯定出在巴松这一边，我单刀直入，问他：巴松，你老老实实告诉我，你是不是让张起感到难堪了？

巴松说：你怎么问起我来了，你应该去问问他。

我把张起昨天说过的感谢巴松的话转述给了他，说，你看，人家张起一直记着你的好处呢，他现在还想着怎样帮你和杜蓓呢。

在我的催逼下（我甚至以回家相威胁），巴松很不情愿地向我作了一番解释。不解释还好，一解释，我就感到了巴松的可怕。

照巴松的说法，张起出来之后，有那么一段时间，成天就想着怎样勾女人，勾到手就胡来。我问巴松，你是怎么知道的？巴松说，有一次，张起把一个女人领到了他这里，让他腾个地方。巴松说：他一进来就挤眉弄眼的，频频给我使眼色，我上厕所的时候，他跟我走了进来，拍着我的屁股，说，行行好，给哥儿们腾个地方，还说，千万别让马莲知道。

他那副样子，就像一只好色的猴子，巴松说。

巴松当时就想把这事捅给马莲，他出去的时候，张起把伞从门缝塞了出来，接着门就锁上了。那时候正下着雨，巴松就打着伞在外面转来转去，想着如何去给马莲说。他觉得这不能算是背叛朋友，相反，他觉得说说对张起也有好处。在世上，张起大概只在乎马莲，只有马莲能治住他。

电话打了吗？我胆战心惊地问。

当然打了，不打我下楼干什么？给他们腾地方吗？我给马莲说，马莲姐姐你快来吧，张起现在犯病了。马莲以为我给她开玩笑呢，不急不慢地问问这个，问问那个，然后才问张起得的是什么病。我说是一种怪病，吐白沫，跟羊角风差不多。马莲姐说，羊角风并不可怕，发作一阵就过去了。我真想把实情告诉她，可又担心她受不了这种打击。马莲姐最后对我怎么说的？她说，哟，小松长大了，变得比以前幽默了。她把我搞得哭笑不得。

张起是否知道这事？我问他。

你别急，听我慢慢说嘛。打完电话我就上楼了，我看见张起和那个女人坐在桌边正喝茶呢。张起说，你怎么这么快就回来了。我没有搭理他。那个女人已经把脸上的浓妆洗掉了，比刚进门的时候显得还年轻。她还是个少女呢。张起见我不给他好脸色，就起身要走。我没有拦他，并主动把门拉开了。张起说，你想撵我吗？再撵我就不走了，就在这里住下了。话虽这么说，他还是拉着那个女孩走了。张起边下楼边说，巴松，我们又上去了。那个女孩也说，我们又要进去了。他们边说边笑，想把我气死。不过，那个女孩的笑声可真是柔美好听，这一点我不能不承认。

我想逗逗巴松，就问：你是不是嫉妒人家张起？

那个女孩长得确实很漂亮，我还觉得她很面熟，好像在哪里见过。当然，漂亮的女孩总让人觉得面熟。

杜蓓和她比起来，哪个更漂亮？我问他。

他一本正经地说：杜蓓比她忧郁。

巴松最后还是答应了去赴张起的饭局。他答应了之后，我才对他说，苗苗和杜蓓可能也会去，待会儿我就去安排。杨兰春去不去？让她也去吧，她和苗苗是朋友，巴松说。我说杨兰春就算了，三个女人一台戏，在一起叽叽喳喳的，能把人烦死。他又担心张起见到杜蓓之后会不会使坏，我劝他放心，兔子不吃窝边草，他敢使坏，我就当场收拾他。

巴松的疑虑真是一个接着一个。他又担心杜蓓不理他。

这就要看你的表现了,我对他说,如果她真的对你没什么兴趣,你也就趁早死了这份心,三步之内必有芳草,犯不着要在一棵树上吊死。我还对他说,如果杜蓓不想跟你说那么多,你也不要垂头丧气,要知道,女人心里想的和实际上做出来的往往正好相反。她越是对你有兴趣,就越是不理你;越是对你没兴趣就越是要跟你谈笑风生。这种女人很常见,杜蓓说不定就属于这一号。

巴松做出一副恍然大悟的样子,手在腿上一拍,说,对了,杜蓓就是这种人。但是几分钟之后,愁绪又笼罩了他。

他给我讲了一件事,让我替他分析一下。不消说,事情还是和杜蓓有关。一天晚上,他把杜蓓带到了校河边。他先问了问她的学习情况,夸她学习刻苦。她说她并不刻苦,考得好,是因为考试题太简单了。他说,这河边真好啊,应该每天晚上都出来散步。她说好什么好,河里连水都没有。他说,可这里视野开阔呀,再说了,地上没水,我们可以看天上的银河,在缺水的年代里,银河就是我们的希望。后来,他们来到了一个石凳跟前。她坐下来,拍着石凳,让他也坐下来。有好长时间,他紧张得说不出话来,不是因为害怕,而是千言万语不知道从何说起。杜蓓说天真冷啊,耳朵都快冻掉了。巴松首先想到的就是把自己的皮夹克脱下来,给她穿上。考虑到自己的皮夹克羊膻味太重,还有点脏,他就说,你在这里等着,我回去给你拿军大衣,新的,还可以闻到花的清香呢。

他真的跑回去拿他的军大衣了。可以想象,他跑得比兔子都快。接下来的事,他不讲我也知道。等他回来的时候,他只能看到一条光秃秃的石凳,他心爱的天使早就飞得没影了。

你是天下头号傻瓜,我说,她哪里是冷啊,她是在暗示你应该抱她,可你却跑得比兔子还快。

搂住她?

对,先是搂,然后就上嘴。她要是拒绝你亲,那你就一边搂,一边说你爱她。她那股反抗劲早晚会过去的,过去之后,你就可以顺顺当当地亲了,亲来亲去,事就成了。

可她并没有同意我亲她啊。

我只好搬出自己的例子,对他说,我和乔云萍是怎么搞到一块的,你不是很想知道吗?告诉你,我当时要不是突然给她来那一下子,她现在就是别人的老婆了。并不是说亲亲就能成,但该亲的时候不亲,是绝对不行的。你的嘴和舌头是干什么用的,你看的书比我多,你知道它们属于什么吗?属于性器官,你想想,性器官都碰过了,还有什么不好说的。

亲过之后呢?过了好一会儿,巴松问我。他这么说的时候,眼珠子都红了,跟要吃人似的。

具体情况具体分析嘛,这是一个混乱的时代,也是一个技术主义时代。好多看上去很纯粹的东西,其实是杂七杂八地弄出来的,譬如玻璃,它看上去很透明,可它却是石英、沙子、石灰石、碱的混合物，放在高温下熔化，然后冷却成形的。银河看上去很妙，可那都是一些乱七八糟的石头组成的。谈恋爱是一项技术活儿，你得像一个石匠那样，讲求技术，否则，雕像是刻不成的。一般说来，亲过之后，愿谈不愿谈，她的态度会趋于明朗。愿谈，就谈下去，并且要尽快上床，越快越好。这又牵扯到了技术问题，不上床不行。现在化妆术、隆胸术都很普及，上海的一家医院甚至声称已经从国外引进了处女膜再造技术，你不亲自试试，就很容易被外表蒙蔽。实话对你说吧兄弟，我和乔云萍在学校的时候，就睡过觉了，而且不止一次。

我讲的时候，巴松就像一条鱼，嘴巴一开一合，但大多数时候是张着的。

我和巴松来到校门口的时候，苗苗已经在那里等着了。她穿着无袖的广告衫，后背上画着一条舌头吐得很长的卡通狗。那两条光洁的胳膊可真让人心动啊。巴松在四下张望，我的神情也有点恍惚。不消说，我又想起了乔云萍当初在校门口等我的情景。

苗苗没有注意到我们的出现。她正在吃冰淇淋，用小塑料勺一点一点地挖着吃，吃一口，望一下街道。如果巴松不吭声，她仍然注意不到我们。巴松绕到我的背后，用手指捅捅我的腋窝，说：怎么回事，没来？他指的是杜蓓。这时候苗苗转身看到了我们。好啊，你们让我在这里傻等。她说着，像孩子撒娇似的跺了跺脚。杜蓓没来？我问她。

我这么一问,她就飞快地扫了一眼故作镇定的巴松,撇了撇嘴,说了一声:好吧,我去叫她。

她一走,巴松就开始埋怨我打电话时没说清楚。他担心杜蓓现在不在寝室,找也没地方找。杜蓓如果真不能来,那也就算了。我对忧心忡忡的巴松说。我又突发奇想,说:巴松,你不妨跟苗苗多来往,让杜蓓吃点醋,然后你再杀杜蓓一个回马枪,我好像记得《圣经》里有这么一句,叫做只要目标正确,可以不择手段。你别用这种目光看我,我对他说,这一招很灵的,你不妨一试,为了纯洁的爱情,有时候,你不得不先堕落,或假装堕落。

看来,我已经无助了,你好像帮不了我了。巴松突然说。

他的话听着有点不舒服,我对他说:一旦你无助了,你也就自由了,可你现在还谈不上自由,因为我们,包括苗苗都在帮你。

张起开车来的时候,我还在和巴松抬杠。我一边和他抬杠,一边想,杜蓓真应该嫁给这个傻帽,多放心啊,你可以给他戴绿帽子,但他永远不会给你戴绿帽子。张起从车里钻出来,走到我们跟前,先朝巴松伸出了手。巴松很正规地说:你好,张起。张起没有去握巴松的手,他把手放到了巴松的肩上,拍了拍,说:老弟呀老弟,见到老弟还是亲啊。

然后,我和张起就站在一边抽烟。张起不抽我递的烟,只抽他自己的。他说我的烟吸着不过瘾。我知道他的烟里掺有白粉,就劝他少吸。他笑了笑说:不说这个,姑娘们呢,怎么没见到她们的芳影?

我要他耐心一点,并说一共来了两个,一个是苗苗,另一个叫杜蓓。杜蓓就是巴松的心上人,待会儿,你说话可得谨慎一点。

巴松望着张起,目光里含着期待。张起说:巴松,放心吧,我知道该怎么做,对付一两个女人,我老张还是有一套的。

苗苗来了。苗苗夸张地喊着:嗨,我们来了。我和张起表现得比巴松还急切,快速转过身。苗苗身边的那个姑娘肯定就是杜蓓。张起低声对我说:快告诉我,哪个是杜蓓,妈的,两个都不错,分不出好坏,就跟双胞胎似的。

确实有点像,没有优劣之分。比较起来,杜蓓稍微瘦一点,脸上有一种优雅的苍白。巴松说的没错,可以称之为忧郁。忧郁的杜蓓显得随和得体,她朝我和张起笑了笑,又看了一眼巴松,说:先谢谢你们,我已经吃过晚饭了,就不去了吧。

我们正不知道该如何接腔,苗苗开口了(同时,摇了摇杜蓓的胳膊):还是一起去吧,就算是陪我去玩的。巴松也不得要领地说了一句:你不用怕,晚上我送你回来。

不用怕是什么意思?和我们在一起,有什么可怕的?我正这么想着,苗苗又开口了。她把杜蓓的胳膊又摇了几下,说:是啊,有巴老师送,你怕什么,一起去吧。她的语气中,有一种无法掩饰的调侃。

我赶紧示意张起去把车发动起来。

车开上中原路之后,张起才把车速放慢。我和张起坐在前排,巴松和那两个姑娘坐在后排。我回头看了一下,发现那三个人都望着窗外,谁都不说话,就像三个哑巴。准确地说,现在车上有五个哑巴。张起,这个连设计玩具都要让它说话的人,现在也是个哑巴。

大家心里都装着什么事?巴松或许正在触景生情,看着街道回想他和杜蓓相遇的情景。杜蓓呢?我又回头看了一下,她还是望着窗外,一些突然扫射过来的光照到她的脸上,使她的脸显得更加惨白。

张起突然哑着嗓子向我提起了马莲:马莲本来也要来的,可是工人们将她堵在了办公室。我说:你们的工人好像是继承了二七精神。我这么一说,他就失声笑了起来。他说,历史是一本糊涂账,永远是自相矛盾的。车外的喧闹和车内的死寂形成了很大的反差,为了活跃一下气氛,我想诱使张起再多说几句。我问他:你们那个厂长是不是个杂种?张起说:这要看你怎么看了,在我眼里,他当然是个杂种,可在别人眼里,就不一定了。马莲怎么看他?我问。他说,马莲觉得那家伙很有魄力,是个干大事的料,其实说白了,不就是心狠一点手辣一点吗。我听出他对马莲存有怨气,就想把这个话题收住,免得他说着说着就发作起来,搞得气氛更加紧张。这时候,张起突然提起了一个莫名其妙的问题。他把嗓门抬得很高,显然这个问题不是对我一个人提出来的。他说：你们说说黄世仁是不是真的爱白毛女？

黄世仁是谁啊？苗苗问。

是不是黄世义的哥哥？杜蓓说。

我们都笑了。黄世义是学校的副书记，在中文系上过一门叫《马列文论》的选修课，后来被学生轰下了讲台，认真当专职副书记去了。感谢黄世仁，他把气氛搞活了。

苗苗说，爱不爱我不知道，不过，起码能说明黄世仁很有审美眼光，知道什么是美。

杜蓓，你说呢？我问。

杜蓓说：苗苗说的有道理。她又说了一句：不想吃天鹅肉的蛤蟆，一定是一只死蛤蟆。

我们都笑了。我立即把蛤蟆和巴松联系了起来，我想，这可能是一个信号，表示她对巴松的追求并不反感。她能理解蛤蟆，她就应该能理解巴松。

话头是张起挑起来的，可他现在却一声不吭。我顿时明白了他的潜台词。他并不是为了活跃气氛才说这番话的（虽然客观上造成了这个效果），他实际上是在暗示，马莲就是个现代白毛女，当然与苦大仇深的喜儿相比，她是个快乐的白毛女。

他怎么说起了这个？是在为自己的某种举动寻找借口吗？

车驶过了二七广场，上了人民路。一溜教堂在夜色中一晃而过。张起的嗓门又抬高了，这次他说的不是白毛女，而是驴。他说：注意了，看到路边的驴，咱们就到了。我担心后边的人听不懂，就补充了一下，说我们是要去吃驴肉。大家都赶快往窗外看，寻找路边的驴。

大家没有看到驴，却听到了一阵轰然而至的音乐。那是《大海航行靠舵手》，摇滚风格的，编配的打击乐器仿佛要击穿人的耳膜。接着是崔健的《红旗下的蛋》。然后是中央电视台播放的那个痔疮广告里的音乐，那是一段由美声唱法、通俗唱法、数来宝几种唱、说艺术搭配而成的音乐：

你快点说啊快点讲快点说……
说出来说出来说出来……

车把那些声音甩到后面的时候，张起又开始谈驴了。准确地说，他谈的是驴肉。他说：驴肉可是个好东西，大补，今年最流行的菜就是驴肉。他问巴松：巴松，今年你吃过驴肉没有？

巴松终于幽默了一次，不过他的幽默好像有点不对味。他说：郑州人干什么都是一窝蜂，去年吃狗，今年吃驴，好像刚发现世上有驴一样，其实驴并不是现在才有的，那是一种古老的动物，说不定比人出现得还早。

我们终于看到了驴。在花园路和人民路的交叉口附近，一头驴出现了。它被拴在一家饭店的门口，在街灯、立交桥的桥灯、车灯和饭店门楣上的霓虹灯的照耀下，它不太像是地球上的物种，倒像是神话中的什么动物。可它只能是驴，从饭店飘出来的驴肉的香味，准确无误地提醒我们，它就是驴，正在锅里沸腾的东西就是这头驴的兄弟姐妹、父老乡亲。

我们把车停在立交桥下面，向驴走过去。苗苗说那头驴像头斑马。还真让这个丫头说对了，它真的像赵忠祥在《动物世界》里解说过的斑马。当然，也仅仅是像而已。斑马生活在电视里，而这头驴只能生活在郑州的饭店门口。为什么像斑马呢？我们都想了一下。原来是驴的皮毛被有规则地染成了条纹状：一道黑，一道白。

苗苗问今天要吃的是不是这头驴。张起说，今天恐怕来不及了，等把它杀掉去皮洗净煮熟，天就要亮了。一路上不说话的杜蓓突然喊了一声：它吃的是什么呀？

巴松立即跑到驴头跟前，弯下腰，朝那个红色的大塑料盆看了看。他从盆里捡起一只罐头瓶（铁皮的），递给了杜蓓。杜蓓显然是怕脏，不愿接，可她躲了两下，还是接住了。她念着上面的英文，大概没有完全弄懂，就转动着瓶子，寻找上面的汉字。不用找了，那里面装的是燕麦粥，张起说。

饭店大厅里已经挤满了人。张起很有派头地问雅间是否也坐满了。穿着印有驴头的红背心的侍者，把我们领进了一个过道。过道很长,两边都是门,从门缝里传出来南腔北调的划拳行令声,间或还有人学几声驴叫。听见他们学的驴叫,两个姑娘就笑了起来。我让巴松也学一下,可巴松没学。

雅间里有空调,很凉爽,给人的感觉就像是春天或者秋天。善于察言观色的女侍者已经看出来是张起做东,所以对张起很热情,主动地替他拉开了椅子,把餐巾围到他的脖子上,并让张起点菜。张起说,让女士们点,他只点一道汤。

热菜、凉菜全都出自驴身上,连苗苗点的主食饺子也是驴肉馅的,所以张起说纯粹啊纯粹。张起点的那份汤,不用说也跟驴有关,那是一份驴鞭汤。

杜蓓坐在苗苗和巴松之间,她只喝饮料,不吃菜。我把一盘晶莹的驴蹄筋挪到了杜蓓跟前,她夹了一截,像嚼泡泡糖似的,一直嚼着,不再动筷了。

苗苗和张起很快就说到了一块。张起说他会帮苗苗以成本价拿到鹦鹉。他劝苗苗毕业之后来厂里工作:厂里的高级职员,出国机会很多的,出去之后,你想回来就回来,不想回来,就在那边嫁个人,当当华侨。苗苗很有礼貌地说她回去要认真考虑一下。

你呢?你愿不愿意来我们厂?张起问杜蓓。

杜蓓准备上研究生呢,巴松说。

那可不一定,我还没想好呢,杜蓓说。

我连忙出来打圆场,对张起说:杜蓓在学校是个拔尖生,到你那里去确实有点屈才。

苗苗来也有点屈才,张起说,不过你们可以从这里起步,然后一步一个台阶往上走。

我就是这么一步一个脚印走过来的,张起又说,五年前,我身无分文,走在街上连条狗都不如,可我挺过来了,你们想知道五六年前我在哪里吗?"犯人"的"犯"字是怎么写的?它是"犬"字旁,犬就是狗啊。

张起的话匣子一打开,别人是无法给他关上的。他又要讲他的狱中生活了。他真像一条公狗,走到哪里都要撒泡尿,留点记号。不过这一次他没能撒成尿。因为大厅里突然响起了一阵驴叫,真正的驴叫,像咏叹调似的,带着一种悲怆的色彩,把张起的声音盖住了,使他不得不住嘴。接着是人的笑声,然后是许多人对驴叫的齐声模仿。

张起先站起来。他打着手势,让大家出去看看。苗苗拉着杜蓓出去了,巴松跟在后面也出去了。是门口的那只驴跑进来了,张起说,每次都这样。

果然是。

戴着红袖章的市容管理员站在毛驴旁边,一边抚摸它那漂亮的皮毛,一边听饭店领班小姐的解释。小姐说:它真的不是一般的驴,拴在那里不会影响市容的,只会给市容增色,因为它是一件艺术品。

管理员撕了一张罚款单,递给领班。领班立即招呼手下的侍者重新把驴牵出去。正如张起所说,他们双方很熟,可以说很友好,公事公办之后,他们还站在那里聊了一会儿。领班让侍者用塑料袋包了一只驴耳朵递给管理员,管理员伸着鼻子闻了闻,然后把它塞进了那个装票据的包里。

人的视线主要是跟驴跑。驴叫唤两声被牵出去之后,许多人也跟着走了出去。好像驴这一进一出,就有了什么变化,值得再看看。苗苗和杜蓓出去了,不用说,巴松也跟着出去了,还有我。

什么时候张起也出来了。他站在我旁边,拍了我一下,说:好玩吧?

我趁机对他说:你怎么又讲起了悲惨世界?不要再讲了,你还是替巴松说两句好听话吧。

张起没有说行,也没说不行。

张起给了我一点面子,回到雅间,他没有再讲他的狱中生活。他让大家放开肚子吃,觉得哪道菜好,就再要一份,吃不完可以打包带走。

你一定很讲究吃,苗苗对张起说。张起说,谁不爱吃呢,孔子说得好,食色性也。他要苗苗给他解释一下什么叫"食色,性也",苗苗说:这有什么好说的,不就是吃饭谈恋爱吗?张起说:你说得也算对,其实它还有另外一层意思,食就是吃人,色呢,就是生人,吃吃生生,生生吃吃,这就叫简单再生产。他问巴松:巴松,我这样解释,能说得过去吗?

巴松说:你的说法很有新意。

张起接着就说：遇到任何学术问题，我都得请教巴松。他把脸扭向杜蓓，说：巴松上大学的时候，跟你现在一样，也是个尖子，他非常讨人喜欢，尤其是讨女孩子喜欢，女孩子也都非常信任他。他正生硬地夸着巴松，突然把我也拉了进来。他说：苗苗和杜蓓听着，说起来你们可能不信，当时有个女生叫乔云萍，听巴松说有个小伙子非常好，就奋不顾身地嫁给了他。他这么说着，还拍了拍我的肩膀：不信，你们可以问他，他的老婆就是乔云萍。

这倒是真的，我说。

巴松老师还当过媒人，真是看不出来，苗苗说。

我也没有看出来，杜蓓说。

杜蓓，巴松说你像个天使，天使不天使我不知道，我倒是觉得你像维纳斯，张起说。他还把脸转向我，问我他说得对不对。

我当然得跟着他说像，眼下，我似乎没有说不像的权利。如果我说不像，杜蓓反倒可能会不高兴。

杜蓓就是这个时候紧张起来的。她的身子缩了一下，接着，把两条胳膊环抱到了胸前，仿佛是担心它们会像维纳斯那样断掉似的。她的动作显得那么急切和慌乱，以至于把醋碟和汤匙都碰掉了。

张起开始谈维纳斯，谈中国人最熟悉的那个女神。他还站了起来。他又一次问我，杜蓓像不像。我说：像，真像，主要是气质上像，高雅，有理性。他站在那里，我生怕他做出什么过分的动作,就把他拉坐下了。

巴松这时说:维纳斯也算是天使。

我们都还听到了醋碟和汤匙在地板砖上旋转、滑动的声音。那声音细碎而杂乱。巴松弯腰去捡,然后说:碎了,真的碎了。说过这话,他又倒过来安慰杜蓓:碎就碎了,它迟早要碎的。

杜蓓已经恢复了正常。她抱歉地朝大家笑笑,还轻轻地摇了摇头。她又回到了那种优雅得体的状态,却把尴尬留给了谈论维纳斯的张起和我。

幸亏这时外面又响起了一阵吵闹声。大家立即像逃离某种东西似的,逃离了雅间,奔向了大厅。大厅里的众多食客们这会儿已经拥向了门外,剩下的基本上都是醉鬼。

这次是街上出了事。也跟驴有关。一头拉着一车垃圾的毛驴,走近立交桥下的十字路口,神经突然有点不正常了,开始横冲直撞。有几名交警将它包围了起来,可没能制服它。在它四周,是一溜轿车:桑塔纳、林肯、奔驰、皇冠。那些司机们吓得连连鸣笛,胆小的已经跳车而逃。那个赶车的先是大声地咒骂驴的祖宗八代,接着就躲到了一边,抽着旱烟,欣赏起了自己那头犟驴的表演。

一帮蠢货,竟然想不起来电警棍,张起说。他有挨电警棍的体验,所以他的话显得很在行:电它一下,它就不敢犯犟了。

张起能想到的,人家其实也想到了。那头驴最后就是被电警棍制服的。它没有像人那样倒下，而是待在原地，不停地打抖。然后它像突然被驯化的野驴一样，跟在一辆林肯车后面通过了十字路口。

大家又回到了雅间。驴鞭汤端上来了，张起主动地给杜蓓和苗苗各盛了一小碗，还用公筷串着铜钱似的鞭片丢到她们的碗里。这东西对你们虽然没用，但尝尝鲜还是有必要的。张起说。杜蓓和苗苗异口同声地说了一句讨厌。她们并不恼，还捂着嘴笑了笑。看着杜蓓那样放松，我就想，说不定巴松和杜蓓之间会有戏的。

天下没有不散的筵席。散伙时候到了，张起安排巴松和杜蓓先走（满足了巴松的愿望），并提前把车费直接交给了面的司机。车开走之后，苗苗笑了起来。我和张起都问她笑什么，她说：笑什么，你们自己清楚。我们都说不清楚，让她讲讲。她不讲。我们就问她：你说说巴松和杜蓓能不能搞成？她这才说：你们搞这一套，简直是小儿科。现在，你们时兴什么新招？张起问苗苗。苗苗说，她也不知道还有什么新招，她只是觉得这一套把戏已经不好玩了。张起连忙问，是不是应该更加直截了当？苗苗只是笑。

苗苗不说回校，我们也不提。

你们要把我带到哪儿去啊？苗苗说。张起说，你不是想看看鹦鹉吗，马上就可以让你看到。我们三个人就直奔尔雅小区。到了小区，上楼的时候，苗苗提了一个问题——她和杜蓓谁好？"谁好"是什么意思？张起问苗苗，你是不是指谁更性感？这句话一出，我就感到，大家已经把自己推到了某个边界。张起又说：从外表看，你们两个都很性感。苗苗在楼梯上停了一下，说：总会有不一样的地方吧？

在幽暗的楼梯上，张起也停下不走了。他得就地把苗苗的问题解决掉。他对苗苗说：你们的味道有点不一样，一个是辛辣的洋葱，一个是馨香的百合。苗苗接着就问，谁是洋葱，谁是百合？张起说：你可能更接近我喜欢的洋葱。我才不是洋葱呢，苗苗说。那你就是百合，我插了一句。我的话同样让苗苗不满，苗苗说，她也不是百合。

那你是什么呢？张起问。

进到了房间，张起好长时间没有找到开关。他似乎喝多了，有一次，竟然把手摸到了我的脸上。百合和洋葱的问题还没有解决，所以张起一边找开关，一边说：任何事物，只能否定地说明它，而不能肯定地说明它，苗苗，你既不是百合，也不是洋葱，这样说你满意吧？

他正这么说着，枝型吊灯突然亮了。我的眼睛猛地感到了一阵刺疼。它中断了洋葱和百合的讨论。

苗苗既然来了，就得让她和鹦鹉发生一点关系，否则就会显得师出无名。现在，苗苗踮着脚，在扔了一地的鹦鹉之间走着，那样子就像一个小姑娘在做踩水游戏。她那样走了一阵，拎着一只鹦鹉看了看，把它放下了。然后又拎起了一只。当她把屁股撅向我们的时候，我和张起的眼神对接了一下，张起还点了点下巴。我们以为她还要再撅一会儿呢，可她很快就把那只鹦鹉扔到了地上，直起了腰。

张起给她演示了一下鹦鹉，告诉她怎样辨识公母。他说了一声我爱你，那只鹦鹉也说了一声。它还会说英文，张起说，你千万不能小看这鸟，这里面用的芯片，都是走私过来的，原来是航天飞机上用的。是你研制出来的？苗苗问。他说，当然，你没看我的头发都快掉光了，都是这东西闹的。苗苗正听着，突然问了一声：这里能不能洗澡？

张起拉了我一下，说：跟我过来，帮着把浴室整理一下。在浴室里，他把那只避孕套翻了出来，放到肥皂盒里，想了想，又把它放进了花篮。他悄声问我：你上不上？我说：上哪里？他说：你少给我装糊涂。苗苗推开门问搞好了没有，还问我们在谈什么。张起说他正在调水温。水不要太热，苗苗说。张起说那当然，这又不是给鸡煺毛。苗苗立即朝张起头上打了一下。她说给女生们说话，最忌讳谈"鸡"这个字。

隔着那道门，苗苗冲澡的声音清晰可闻，水珠似乎可以溅到我们脸上，将我们的睫毛打湿。张起说，待会儿，他是不想上的，因为他对这事已经厌倦了。他一边摆弄那些鹦鹉，一边说，这些年来，他经手的女人不能算少，只有一个女孩给她留下了一点印象，别的仿佛都没有存在过一样。是马莲吧？我说。他说不是，是另外一个，巴松见

241

过的。他还说,那个女孩的男朋友我也认识,说出来,能让我吃一惊。

果然让我吃了一惊。那个男的也是我们的同学。几年前,张起还关在里面的时候,此人曾经和马莲住过几天,后来,他考托福去美国了。这事我一直以为张起不知道,看来,世上真是没有不透风的墙。我装作第一次听到,连连摆手,说:马莲不是那种人,你不要听风就是雨,自己吓自己。张起没有理会我的安慰,他把马莲放到一边,继续谈那个女孩。他说,搞那个女孩无非是想报复她的男友,同时也给马莲一点厉害瞧瞧,可他没料到,后来出了一点小问题,那就是他发现自己有点爱上那个女孩了,而几乎同时,他得知那个出国的杂种把她给甩了。他说,从那之后,他就像染上了什么瘟疫似的,对男欢女爱失去了兴趣,好像身上的那个撞针被弄断了似的。

说什么呢,说得那么起劲?苗苗在里面说。我们在说撞针,我对着浴室的门喊道。张起说,他曾经非常想听女孩说一声爱他的话,可女孩说,她不是已经说过了吗。她倒真是说过了,是在给自己的男友的信中说的。那封信张起看过,里面说,她现在爱上了张起。问题就怪在这里,她可以在信中写,可就是不愿当面对他说。而张起想要的是后一种,因为在信中说这话,对张起已经毫无意义了。

他对我说,他曾经把这个女孩领到巴松那里,巴松的表现实在好玩，还想赶他们走。他们故意不走，把童男子巴松气得拍桌子打板凳。张起说，现在想起来，那是他和女孩交往过程中遇到的唯一的开心事。

苗苗这时候在里面问：喂，你们是不是在谈杜蓓和巴松？我和张起都说是。张起还对着门说：苗苗，你应该去劝劝杜蓓，我们的巴松自从见到杜蓓，就走火入魔了。应该说是在二马路上见过杜蓓，才走火入魔的，苗苗在里面纠正着张起。她说杜蓓因为发烧，导致了肺炎，从二马路医院出来，被巴松给盯上了。这么说着她就走出来了。她刚换了一身衣服，上边是件很短的背心，下边是一条宽松的真丝裤子，裤子和背心之间，是一大片白肉，肚脐像个眼睛似的，张得很大。张起上去就问：苗苗，你的肚脐是不是整过容？苗苗说：你真有眼力，它还真的动过手术。接着她告诉我们，杜蓓的肚脐也动过，就是在二马路的一家医院动的。

你和杜蓓，谁的肚脐更美？我问。

当然是苗苗的美了，张起说。

那可不一定，她的也很美，凡是看过的，都说好。苗苗说。

我们三个人在马莲的卧室坐了下来。我们又谈了一会儿肚脐，张起问苗苗动过手术之后，是不是发过烧。苗苗再次感叹张起了不起，连发烧的事情都知道。她坦率地承认，自己现在还经常发烧。后来，趁苗苗去厨房翻饮料的时候，张起告诉我，马莲也动过这种手术，刚动的那一段时间,就像患上了肺炎似的,三天两头烧个不停。他说马莲的肚脐看上去和苗苗的一样,像个小酒杯,里面可以放下一个玻璃弹珠。"玻璃"这个词立即给我一种冰凉的感觉,好像那个玻璃弹珠是放在我的肚脐眼里似的,我忍不住地打了一个哆嗦。这时候,像魔术师从纸盒子里掏鸭子似的,张起从口袋里摸出来了一个黑色瓷块和一个牙刷把。不用说,那个瓷块来自某个坐便器。张起本来是想在饭桌上表演这项取火技术的,可没有找到机会,现在,他使劲地擦着那两个东西,而我,叼着烟蹲在一旁,等待着那火苗出来。

朋友之妻

怎么拍打方向盘都没用了。五月底的这个午后，暴雨过后的汉州变成了一片泽国。杜蓓很自然地想起了威尼斯。三个星期前，她刚从意大利回来。她在波伦亚大学做了半年访问学者，研究符号学。回国前夕，她还去过一次威尼斯。在发给丈夫的一封电子邮件中，她说威尼斯太美了，那些古典建筑就像水面上盛开的睡莲，映在窗玻璃上的水纹，温柔得就像圣母的发丝。她对丈夫说，要不是因为我还爱着你，哼，我才不回去呢！在另一封邮件中，她说她要向政府建议，在汉州多挖几条河，有了水城市就有了灵性。她万万没有想到，几个星期后，上帝——回到了国内，或许该称老天爷了——竟以这种方式满足了她的愿望，眼下，枯枝败叶和花花绿绿的塑料袋打着旋从她的桑塔纳旁边流过，向前面的铁路桥下汇集。那里地势更低，有个女人蹚水过来的时候，积水竟然一直淹到了乳房。

停在她前面的是一辆黄色面的。司机的光头伸出车窗，就像一只吊在墙外的青皮葫芦。他不停地向后看，显然想找个车缝儿倒回去。那条汗毛丛生的胳膊也悬挂在车窗之外。她隐约看见上面刺着拳王泰森的头像，她曾在电视上看到泰森的胳膊上刺着毛泽东的头像，看来偶像也有偶像。这位拳王的崇拜者也喜欢用拳头说话，眼下他就一边张望，一边捶门叫骂，意思是要和市长的姥姥做爱。"做爱"这个词在杜蓓的耳膜上停留了片刻，她立即想到了放在坤包深处的那盒避孕套。那是丈夫喜欢的牌子，"风乍起"，上面还标明是激情型的。她想起来了，丈夫当知青时写过的一首诗，名字就叫"风乍起"。

她的丈夫早年是个诗人，现在是国内著名的哲学教授。杜蓓出国前一个月，他调回了上海——他原来就是个上海知青。他和前妻生的儿子已经快上中学了，为了儿子能接受更好的教育，他把儿子也带去了上海。年底以前，杜蓓也将调到丈夫身边。她还在国外的时候，丈夫就在电子邮件中对她说，他已经快把她的调动手续办完了，"一共要盖三十二个章，已经盖了二十多个了"。想到一个哲学家为了她每天在俗世中穿行，她不免有些感动。她回国的时候，丈夫本来要赶到北京机场接她的，可由于他招收的博士研究生要来参加复试——他说，其中确有两个好苗子，也喜欢写诗，令他想起自己的青年时代——他不得不取消了这个计划。她自己呢,因为一些必不可少的俗事需要处理,所以也没能去上海看他。如今,事情总算忙完喽。按照原来的计划,杜蓓将乘坐明天凌晨一点钟的火车赶赴上海。

光头司机再次捶门叫骂的时候,她想,骂得好,Fuck！骂得好。如果儿子没在车上,她也会骂上几句的。这么想着,她赶紧回头看了一眼儿子。儿子今年五岁了,在她出国期间,一直由退休的母亲和小保姆带着。儿子和她很生疏,她回国几周了,还没有听他叫过一声妈妈。这天,他之所以愿意跟她出来,是因为他喜欢坐车兜风——这是在儿童乐园里坐碰碰车养成的习惯。她曾亲耳听见他说过几句粗话,并为此揍过他。母亲告诉她,那些粗话都是从幼儿园学来的,这个年龄的孩子正热衷于模仿各种粗言鄙语,而且一学就会。眼下,儿子踩在后座上,好像被别的东西吸引住了,似乎并没有听见那些粗话。

"我也要坐唐老鸭。"儿子突然说。

"唐老鸭？"

透过车窗的后视镜,她看见了儿子所说的唐老鸭。那是一支三轮车队,每辆车的车篷上都画着几只唐老鸭,上面喷着一行红字:下岗工人,爱心奉献,护送宝宝,风雨兼程。三轮车司机愁容满面,车上的孩子却兴奋得哇哇乱叫。后来,当其中的一辆三轮车突然翻倒,几个孩子真的像唐老鸭那样在水里乱刨的时候,杜蓓赶紧揿动按钮,把后面的车窗关上，因为她担心吓坏儿子。但儿子不但不领她的情，反而捶着玻璃，喊着打开打开。这一次他不提唐老鸭了，他说的是小恐龙：

"咦，小恐龙，小恐龙，淹死他，淹死他。"

小恐龙们的挣扎引起了众多人的围观。和她的儿子一样，他们一个个都笑得前仰后合。她想，应该教育孩子学会爱，学会怜悯，学会尊重他人，不能让他和那些丑陋的围观者一样麻木不仁。但眼下她无法给儿子开课了，她得考虑如何把车开出这片水域。那辆桑塔纳是借来的。去上海之前，杜蓓要开着它到郊区去见一个人，一个她不愿见到的女人。她名叫引弟，是丈夫的前妻。一想起引弟这个名字，她就想笑，太俗气了。她的几届学生当中都有叫引弟的，无一例外，她们的父母当初都想生个男孩。好像给女儿起上那样一个名字，他们就能够如愿以偿。引弟的父母是否如愿以偿了，杜蓓并不知道。她所知道的只是，引弟比丈夫还大一岁。据丈夫说，当知青的时候，他曾叫她引弟姐姐。

上个星期五，杜蓓首次向丈夫透露，她终于可以抽出时间到上海看他了。她原以为丈夫会喜出望外，没料到竟受到了丈夫的劝阻。丈夫说儿童节快到了，他很想见到小儿子，还是他回来算了。当她表示可以带儿子同往的时候，丈夫又说，她的调动表上还有两个空格，需要在汉州盖章，他想趁此机会把事情办了。现在想来，丈夫的最后几句话确实非常入耳,把她都感动了。他说她在国外漂泊已久,难免身心疲惫,现在最需要的是静养,总之无论依情依理,都应该是他回来看她。事情似乎就这么定了,几天来她怀着感激之情,安排小保姆拆洗被褥、打扫房间,并把自己的母亲打发回了老家,准备迎接丈夫大驾光临。她怎么也没有想到,昨天凌晨,丈夫竟然打来电话,说自己要在儿童节之后才能回来,他的理由似乎很充分,说自己突然接到通知,要出席一个重要的学术会议。丈夫嗓音疲惫,咳嗽个不停,还伴之以吐痰的声音——他解释说,因为急着准备发言材料,也因为归心似箭,他一宿没睡,烟抽多了。听得出来,他是歪在床上讲这番话的,床的咯吱声隐约可闻。

在波伦亚大学访学期间,受一些好吃懒做的女权分子的影响,她也养成了睡懒觉的习惯。但昨天早上,她放下电话就爬了起来。稍事装扮,她就打的直奔火车站。她的耳边不停地回放着丈夫的电话,以及床的咯吱声。七年前,她和他一起去云台山参加哲学年会。那时候,她还是他的研究生。会议结束的那天,他们并没有立即返回学校。那天晚上,他们第一次睡到了一起。当时她还是他的研究生,他也没有和前妻离婚。她清楚地记得,第二天早上,他歪在床头给前妻打了个电话。他告诉前妻,会议延期了。他打电话的时候,她就枕在他的胸前,用手捋着他的胸毛。他呢,一手握着话筒,一手捏着她的耳垂。她记得,当时他也向前妻提到了这个词——归心似箭。她还记得，当时她生怕自己笑出声，就翻身下床，想躲到卫生间里去。记忆之中，尽管她的动作像蝴蝶一般轻盈，但她还是非常担心，床的咯吱声会通过话筒传到另外一边。

从汉州到上海，每天有两趟车，一趟是凌晨一点钟，一趟是中午十点钟。由于临近假期，两个车次的卧铺都已早早售完了，她只好从票贩子那里买了两张，是凌晨一点钟的票。在国外访学期间，她的导师Umberto（恩贝尔托）先生教育她要掌握所谓的"符号感知"能力，也就是"只凭动作鉴别信息"。但是，在混乱的汉州火车站广场巨幅的液晶广告牌下，尽管那个票贩子以女儿的名义发誓车票不假，她还是吃不准它的真伪。有什么办法呢，她只能祈祷它是真的。捏着那张高价车票，她一时拿不定主意，是否把这事告诉丈夫。不说吧，他肯定会把这看成偷袭；说吧，他肯定会觉得她不可理喻。

后来，她还是决定告诉他。她相信，丈夫没有理由胡搞，像她这样才貌双全的女人，他到哪里去找呢？除非他瞎了眼。如果他真的瞎了眼，那还有什么好说的？离掉就是了。不管怎么说，主动权都掌握在自己手里，根本犯不着去看对方的脸色。当初去意大利的时候，她也只是象征性地征求了一下他的意见，最后还不是由她说了算？这么想着，她都有点同情对方了。是啊，说穿了，我到上海看他，就是对他的恩赐。随即，她便想象丈夫正在出站口迎接自己。

上海正是梅雨季节，所以他手中还应该有一把伞。为了与年轻漂亮的妻子相配，他还新染了头发。他的另一只手也没有空着，正挥舞着一束鲜花……这些美好的情景深深地激励了她，所以还没有走出车站广场，她就掏出手机给丈夫打了个电话。她告诉他，车票已经买了，买了两张。她说，因为她听出他在咳嗽，还有那么重的痰音，她很不放心，临时决定去看看他。这一次，轮到丈夫感动了，他说自己只是轻微的头疼脑热罢了，很快就会好的。劳夫人的大驾，他实在过意不去。

打完电话，她的心情好多了，出气也均匀了。在车站超市，她买了几只薄如蝉翼的内裤，夏奈尔牌的；她还顺便逛了逛超市里面的书店，她还意外地发现了一本新版的《朦胧诗选》，里面收录了丈夫在知青时代写的两首诗：一首《向往未来》，还有一首就是与避孕套同名的《风乍起》。她想都没想，就把它买了下来。到了晚上，她歪在沙发上翻着那两本书，同时命令小保姆给她的手指甲、脚指甲涂上蔻丹。她睡得很香甜，连儿子尿了床都不知道。为了弥补自己的歉疚，也为了和儿子联络感情，早上起来她上街给儿子买了一套衣服，还买了一顶新式的遮阳帽，上面印着预祝北京申奥成功的五环图案——以前她总是觉得举办奥运是劳民伤财，可这会儿她觉得如果真的申办成功，她和丈夫一定以儿子的名义为奥运捐款。在超市门前的小摊上，她还看中了一把瑞士军刀。她想，见到丈夫以后，她可以告诉他那是在意大利买的,地道的瑞士货,为的是他多吃水果。但回来以后,她就接到丈夫的电话。

丈夫的声音很急切,他说早上起来,看到了邮差送来的引弟写给儿子的信。引弟和他离婚以后,调到了老家的一所乡村医院。那封信就是用医院的信封寄出的。在信中,她问过了儿子的学习和生活,嘱咐完儿子要听爸爸的话,然后说她答应儿子的要求,不久就来上海和儿子一起过儿童节。现在已经是五月二十九号,再过两天就是儿童节了。他说,看过信,他赶紧和前妻所在的医院联系,医院里的同事告诉他,引弟前两天就请了假,到汉州去了。

"她还不是想见你?"

"瞧你说的,她不恨我就是好的了。她就是想儿子。如果我没有猜错,现在她应该在汉州。为什么?因为济州没有来上海的车,她只能在汉州上车。你最好能见到她本人,劝她别来了。你可以向她说明儿子放了暑假,我就把儿子送到她身边。"

"你的引弟姐姐怎么会听我的?"

"她当然会听你的。"他说,"她善解人意。她以为你还在国外呢。如果她知道你回来了,她是不会来的。"

这句话让杜蓓很不舒服。她马上想到,她出国期间,引弟一定去过上海多次。她每次都在他那里住吗?哦,这还用问!我简直傻了,因为这几乎是肯定的。想到这个,杜蓓就想把话筒扣掉。不过,她没有这么做。稍事停顿之后,她对丈夫说:"还是她看儿子要紧,我就把这个机会让给她吧。"

他显然急了,告诉她不要胡思乱想。她听见丈夫说:"就算我求你了,请你看在孩子的面上,劝她最好别来。她来了,孩子心里会有波动。孩子要考中学了,搞不好会考砸的。果真如此,她的后半辈子都会难受的。你就这么给她说。"

"汉州这么大,我到哪里去找她呢?"她说。

接着他就提到了北环以北的丰乐小区。那里住着他和前妻共同的朋友。那个朋友是一家社科刊物的编辑,早年曾与丈夫一起在济州插队。她与丈夫结婚的时候,他们夫妇也曾来道贺。朋友的妻子烟瘾很大,门牙都抽黑了,也很能喝酒。当她得知朋友的妻子正怀着孩子的时候,她曾委婉地劝她少抽一点。朋友的妻子笑了,说自己是一颗红心,两种准备。过后她才知道,朋友的妻子有过两次早产,对自己能否顺利生下孩子,并不抱什么希望。那个朋友对妻子很体贴,还主动地给妻子点了一根烟。杜蓓记得,当时他们还带来了一瓶法国波尔多葡萄酒。与酒配套的那个梅花钻形状的起瓶器,她至今还保存着。丈夫调回上海时,朋友又在豪华的越秀酒家设宴为他送行。朋友的妻子没来,据说带着女儿到外地度假去了。那天他们都醉了,醉得就像餐桌上的对虾。现在丈夫告诉她,如果不出意外,引弟就住在那个地方。丈夫还说:"本该由我来劝阻她的,可我的电话簿丢了,无法给朋友打电话了。"

如果不是儿子的哭声提醒了她,她都感觉不到车队已经开始蠕动了。随着哭声,她看见一群穿白大褂的医生抬着一个帆布担架从车边经过,担架上的人已被盖住了脸,无疑是死了——大概是淹死的,因为垂在担架外面的手又白又胖,就像农贸市场上出售的注水蹄髈。当然儿子放声大哭不是因为死了人,而是因为白衣天使,儿子最害怕的就是打针,看到白衣天使就像神学家看到了世界末日。与此同时,她看见一辆清障车拖着一辆警车驶了过来,掀起的泥浪足有半人之高。因为来不及关上窗户,杜蓓被飞进来的泥点溅了一身。

一枚棋子往往决定一盘棋的输赢。如果她当时发作了,那么她很可能要在马路上过夜了。杜蓓当然没那么傻,当她看到第二辆清障车即将驶过来,车上还架着摄像机的时候,她立即决定向它们求救。她蜷起腿,拉开车门,随时准备跳下去。同时求救的还有另外几个人,他们个子比她高、嗓门比她大,但清障车最后注意到的却是她。这自然是她的风度、美貌和微笑起了作用。拦道之时,她挥手的姿势就像在讲台上随着妙语而打出的手势,就像对镜梳妆时的理鬓动作,有一种说不出的优雅和从容。还是那个摄影记者说得好:"夫人,你的镜头感太好了,既显示了市民良好的道德风范,又显示了警民一家的和谐关系。"

记者们虽然以善说假话著称,但此刻人家显然说的是心里话。她甚至想到这个小脸蜡黄的记者对符号也略知一二,知道如何"通过动作捕捉信息"。当交警开着清障车,将她的桑塔纳拖出去的时候,摄影记者不惜跳进水中,以便透过车窗捕捉她的一颦一笑。来到浅水区以后,记者还提醒她晚上别忘了打开电视,因为她将在《晚间新闻》中出现。

她的车早已熄火了。在清障车上的交警的帮助下,她才将桑塔纳重新发动起来。随后,交警坐在副驾驶的位置上,又和她聊了一会儿。由于在她身上花费的时间太多,那个交警还犯了众怒。虽然汉州的交通部门规定,进入市区的车辆不准鸣笛,但此刻它们却不吃这一套,响亮而混乱的笛声甚至盖过了天上的雷鸣。她不是聋子,当然能听出其中的示威意味。当她开着车逃离现场的时候,她将路边的一棵无花果树都撞歪了。脑袋伸在车窗之外的儿子,也被无花果树的枝条划破了眉头。儿子顿时哭了起来,可因为急着逃离,她没有理会他。丈夫曾带她来过北环以北,而且不止一次。她还记得,小区的中部是个铁栅栏围起来的幼儿园,孩子们一天到晚叽里呱啦。幼儿园的铁门就对着朋友家的门洞,很容易辨认。如今,幼儿园已经不知去向了,代之而起的是一家肯德基快餐店。店前的台阶上站着一个白胡子外国老头的塑像。乍看上去,他与汉州大学草坪前的那尊毛泽东塑像有点相似,因为他们都拎着帽子。儿子一见他,就喊了他一声毛爷爷。她告诉儿子那不是毛爷爷,儿子就问不是毛爷爷是谁。这倒把她难住了。如果

255

她说那是肯德基快餐店的象征符号,儿子一定认为她说的不是人话。她灵机一动,说他是做烧鸡的,做的烧鸡名叫肯德鸡。

"我要吃鸡。"儿子说。

"待会儿买给你吃。"杜蓓说。

"我要吃鸡。"

"吃个屁。"

"妈咪才吃屁屁。"

这算哪门子事啊?好不容易叫了我一声妈妈,却是让我吃屁。她恼羞成怒,恨不得扇他一耳光。但她忍住了,将他从后座拽了出来。直到这个时候,她才发现儿子的眉头有一个凝结起来的小血球,硬硬的,摸上去就像个樱桃。她一时想不起来他是在什么地方划伤的。儿子似乎已经忘记了疼痛,他看着快餐店,伸出粉红色的舌尖,舔着自己的嘴唇。唉,儿童的内脏就是他的道德法则,除了满足他的要求,她似乎别无选择。她只好蹚水走到快餐店,为他买了一只炸鸡腿。儿子啃鸡腿的时候,她非常后悔带他来到这里。但为了能在即将到来的会面中获得儿子的配合,她还是弯下腰来,吹了吹他眉头上的伤口。

"乖乖,还想吃什么?只要听话,妈咪什么都给你买。"

杜蓓又给儿子买了一袋薯条。她捧着装满薯条的纸袋站在快餐店门口,向食客们打听朋友所住的那个门洞。后来,她把儿子拉到了一个门洞跟前。她的裙子的下摆已经湿透了，脚指甲上的蔻丹只留下了斑斑点点，好像脚指甲壳里出现了淤血。她的那辆桑塔纳眼下停在快餐店旁边的一块高地上，她看见有几个毛孩子正在车边追逐，一块泥巴准确地砸向了车窗玻璃。看着那些打闹的孩子，她心中的懊恼更是有增无减。她一只手扯住儿子的衣领，一只手掏出了手机。她想给丈夫打个电话。至于该给丈夫说些什么，在看见自己裙子下摆的时候，她已经飞快地想了一遍。她要对丈夫说："对不起，亲爱的，因为道路的阻隔，我没能见到你的相好。"但是电话占线，一直占线，似乎永远占线。她再次想起了丈夫歪在床头打电话的情形。

后来，她听到有人在叫她的名字。朋友就站在门洞的台阶上，腰间裹着围裙，像饭店的厨师。拉着他的围裙躲在一边的那个小女孩，应该是他的女儿。女孩的脑袋从父亲的腋下钻出来，看看杜蓓再仰头看看父亲，同时还用脚撩着台阶下的雨水。朋友蹲下来，对女儿说："快，带弟弟玩去。"女孩吐了一下舌头，重新缩到了父亲的腋下。杜蓓甚至感受到了女孩的敌意。她后悔没给女孩带礼物。想到这里，她很快从头上取下一只发夹。"来，阿姨送给你一样东西。"她把女孩拉到身边，"好看吧，这是阿姨从国外带回来的。"她没有说谎，那真是从意大利带回来的，是她在罗马天主教堂前的一个小摊上买来的，上面还镂刻着圣母的头像。取掉了发夹，她的头发像瀑布一样披散了下来。好，挺好，朝气蓬勃，这正是现在她所需要的效果。

"快谢谢阿姨。"朋友对女儿说。

女孩抿着嘴，一扭头，跑了。儿子也跑了，他蹚着水，亦步亦趋地跟着女孩，跑向了不远处的一大片水洼。看着两个孩子跑远了，朋友才回过来对她说，他在楼上看见她了，起初还以为看错了人，没想到真的是她。他说："大小姐冒雨前来，是否有要事相告？"

"瞧你说的，没事就不能来吗？"她说。

朋友笑着，但笑得有些尴尬。虽然雨点不时落到他们身上，但他似乎没有请她上楼的意思。她突然想起了一件小事。结婚以后，有一次丈夫偶然提起，只有个朋友对他们的婚姻持有异议。她揪着他的耳朵逼问他那人是谁，说走了嘴的哲学家只好把眼下正陪她上楼的这位朋友供了出来。她说，她对此并不在意，因为他是引弟的朋友，自然要为引弟鸣不平。丈夫说："不，他可不是这个意思。他的意思是说，既然你和引弟的婚姻是个地狱，那么你为何要从一个地狱走进另一个地狱？还不如做情人算了，就像萨特和波伏瓦。"他娘的，这话怎么那么别扭？她虽然也是波伏瓦的崇拜者，可她知道那只是个特例。她喜欢这样一句话：如果说婚姻是个坟墓，那么没有婚姻，我们将死无葬身之地。喜欢它，没有别的原因，只是因为它俏皮可爱。当时，她想把这句话说给丈夫，但转眼间丈夫就鼾声雷动了。

"杜小姐可是越来越漂亮了。"朋友说。

"谢谢。"她歪着头说道。在丈夫的同代人面前,她喜欢摆出一副少女的姿态。她知道这样最能赢得他们的好感。"你不想请我上楼吗,我都快淋透了。"她说。她说的没错,他们说话的时候,发梢上的水正顺着脖颈流进她的乳沟。那水带着寒意,使她的整个胸部都感受到了它的刺激。她甚至感到乳头都变硬了,硬得就像……就像什么呢?哦,想起来了,就像儿子眉头上的那粒樱桃。

在杜蓓的记忆中,朋友家里整洁得就像星级宾馆的套间,而且总带着淡淡的药水味。朋友的妻子和丈夫的前妻引弟一样,当年都是赤脚医生。对她来说,"赤脚医生"是一个陌生的概念。她第一次听到这个词时,莫名其妙地想到了游方僧人——既乞求别人的施舍,又为别人治疗。经过丈夫的解释,她才算明白她的理解谬之千里。后来在意大利,有一次她和当地的姑娘正光脚散步,并用脚趾逗弄草坪上的鸽子,突然又想到了"赤脚医生"这个词,心中不免泛起淡淡的醋意。她为自己没能拥有丈夫的过去,而感到遗憾。

她还记得,朋友家的客厅挂着一幅油画,上面画着夕阳中的泡桐、花椒树、麦秸垛和田野上的拾穗者。泡桐下的花椒树正开放着圆锥形的小花,但麦秸垛上面却覆盖着几块残雪。而那个拾穗者,一个裸体的女人,此时正手搭凉篷眺望天上的流云。她的屁股那么大,就像个澡盆。她曾指出这幅画在时间上的错误,但朋友的妻子说,这就是他们对往事的记忆:"这是一种错开的花,有一种错误的美。"丈夫说,花椒树是他让画家画上去的。"当时,我肚子里有很多蛔虫,瘦得像一只豹。要不是灌了花椒水,我可能就活不到今天了。"丈夫还告诉她,画的作者毕业于中央美院,当年也曾和他们一起插队,后来又插到美国去了,这是他出国前的最后一幅作品。她想起来了,她曾在超市的书架上看到过他的画册《广阔天地》。

错开的花!她每次来,都要看它两眼。可眼下,它却去向不明,光秃秃的墙上只剩下几个钉子,并排的两个钉子之间,还织着一张蜘蛛网。上面的一只蜘蛛已经死了,但仍然栩栩如生。在另一面墙上,贴着许多邮票那么大的卡通画。朋友告诉她,这些卡通画是他为女儿贴上去的。他每次吃完方便面,都要把方便面盒子中的卡通画留下,贴到墙上去。听他这么一说,她也看出来了,儿子房间里也贴有类似的卡通画。几天前,她还看见儿子从盒子里取出卡通画,就把方便面扔进了垃圾桶。

垃圾桶,眼下她就看见了一只垃圾桶。它就放在门后,里面的西瓜皮堆得冒尖。当朋友问她想吃西瓜还是桃子的时候,她连忙摆了摆手,说她什么也不想吃。

"怎么?就你一个人?"她问。

"还能有谁?"他说。

"你夫人呢?"她本来想问引弟的。可话到嘴边,她却绕到了人家夫人身上。本来只是随便问问,没想到却引来了朋友的长吁短叹。朋友叹了口气,说:"她得了乳腺癌。"

尽管她迫切地想知道引弟是不是在这里,以证实丈夫没有撒谎,但出于礼貌,她还是应该安慰一下朋友。她从茶几上拿起一只桃子,一边削着桃皮,一边对朋友说,美国有两位总统夫人贝蒂·福特、南希·里根都得过这种病,大财阀洛克菲勒的夫人哈琵也是如此。它就像月经不调一样,只是一种常见的妇科病,没必要放在心上。就在她这么说的时候,她突然想到了语言学上"能指"与"所指"的关系问题。如果说婚前女人的乳房是个能指,那么婚后它就变成了所指,它的乳头就像鼠标似的直指生育。现在乳房要割掉了,那该如何称呼它呢?她想,等见到了丈夫,可以向丈夫讨教一下。她把削好了的桃子递给朋友,然后又拿起了一只。她说:"有机会我一定到医院陪陪她。别担心,只要没有扩散,什么都好办。"

"她死了。"他说。

一时间,她感到自己的舌头都僵住了。当她略带掩饰性地去捋头发的时候,桃汁刚好滴到她的颧骨上。为了显示自己的震惊,她没有擦掉它,听任那甜蜜的汁液顺脸流淌。她听见朋友说,上个月,他和一个朋友在黄河公墓为妻买了一块墓地。说到这里,他迟疑了片刻,然后说:"我说的那个朋友,就是引弟。"他说,遵照亡妻的临终嘱托,他和引弟在亡妻的墓前栽了一株泡桐、一株花椒。插队的

261

时候,为了改天换地,他们把丘岭上的花椒树都砍光伐净了。第二年春天,为了抵御突然刮起的风沙,他们又在田间地头栽种了许多泡桐。他和妻子就是在砍树种树期间相爱的。他说,有一天他又梦见了妻子,梦见泡桐的根须伸进了妻子的骨灰盒,把酣睡的妻子搞醒了。

他说得很自然,就像在转述别人的故事,就像呼吸,就像咽唾沫。正是他的这种语气,多少打消了她的不安。她的目光又投向了那面墙,那面原本挂着油画的墙。朋友注意到了她的目光,但许久没有说话。就在她想着谈话如何进行下去的时候,朋友突然咬了一口桃子,咔嚓一声。她听见朋友说:"引弟从墓地回来,顺便把它带走了。记忆越美好,你就越伤感。这桃子什么品种,这么脆。唉,引弟是担心我触景生情,永远走不出过去的影子。"

"她还真是个好女人。"她说,接着她故作轻松地问道,"你最近见过她吗?其实,我也很挂念她。"

"巧得很,她刚从这里出去,很快就会回来。"朋友说,"你要是不急着走,待会儿就能见到她。杜小姐,她对你没有怨恨。你的引弟姐姐有一颗圣洁的心。"

圣洁!杜蓓从来不用这个词。它生硬、别扭,像从墙上鼓出来的砂礓,还像……还像朋友亡妻乳房的那个硬块。尤其是在这个场合,她更是觉得这个记号有一种令人难堪的修辞效果,但不管怎么说,她总算证实了丈夫没有说谎。够了,这就足够了,至于别的,她才懒得理会呢。她拿起一只桃子,愉快地削着上面的皮。她削得很薄,果肉白里透红,给她一种视觉的愉悦。桃汁带着些微的凉意,光溜柔美。但是,一只桃子还没有吃完,她的喜悦就变成了焦虑,我该如何劝说引弟放弃上海之行呢?

"她来汉州,有什么事要办吗?我或许能帮助她。"她说。

"她是来送还女儿的。办完了丧事,她把我女儿也带走了。孩子当时夜夜惊梦,要不是给她照看,说不好会病成什么样子呢。"

"你说的事我一点都不知道。在国外的时候,我经常想起你们。一回国我就想跟你们联系,可怎么也找不到你的电话。过两天,我请你和孩子到家吃饭。我现在能做一手西餐,牛排做得最好,罗宋汤也很地道。"

"好,我一定去。可是,"他话题一转,开了一句玩笑,"我现在是条光棍汉,我们的诗人不会吃醋吧。诗人们天性敏感,比超市里的报警器还要敏感。"他大概觉得这个比喻的独到,说着就笑了起来。看到朋友可以开玩笑了,杜蓓也放松了。她也顺便开了个玩笑:"你要是带上女朋友,我会更高兴。"

窗外传来了孩子们的欢叫。杜蓓隐隐约约听出,其中也有儿子的声音。当朋友穿过卧室,往阳台上走的时候,杜蓓也跟了过去。她看到了儿子和朋友的女儿,一个中年妇女正领着他们在肯德基门前的积水中玩耍。杜蓓一眼就认出了她。没错,她就是丈夫的前妻引弟。引弟两手拎着塑料袋,正躲闪着两个孩子的追逐。而当他们弯腰大笑的时候,引弟又小心翼翼地接近他们,然后用脚撩起一片水花。

朋友的脑袋从阳台伸了出去,出神地看着这一幕。快餐店的灯光照了过来,把他的手和鼻尖照得闪闪发亮。后来,杜蓓看见两个孩子主动把引弟手中的塑料袋接了过来。朋友正夸着孩子懂事,两个孩子突然跑进了快餐店。杜蓓还看见女孩又从店里跑出来,把已经走到门口的引弟往里面推,她的儿子也没闲着,又蹦又跳地把引弟往门里拉。隔着快餐店的落地玻璃窗,杜蓓看见引弟替他们揩干了椅子,又用餐巾纸擦拭着他们的手和脸。那个女孩一只手吊着引弟的脖子,一只手和男孩打闹。看到这和谐的一幕,杜蓓忽发奇想,这位朋友和引弟结成一家,不是天作之合吗?再说了,如果丈夫的前妻有了归宿,不光她去了一块心病,丈夫也从此可以省心了。想着想着,她就从朋友的神态中看到了他对引弟的爱意,而且越看越像那么回事。是啊,瞧他一动不动的样子,简直就像堕入情网的痴情汉。

杜蓓原以为他们吃完饭再上楼的,没想到他们很快就上来了。见到她站在门边,引弟并不吃惊。"帮我一下,手都快勒断了。"引弟说。杜蓓来不及多想,就把那两个塑料袋接了过来。那一瞬间,她碰到了引弟的手,就像碰到了异性的手一样,感觉有一点烫。几年不见,引弟头发花白。

如果她们并不相识，她或许会叫她一声阿姨。

引弟又买了两只炸鸡腿，说是给两个孩子买的。杜蓓立即用食指戳了一下儿子的前额，说："你不是刚吃过吗？真是个小馋鬼。"她本来要说儿子"没出息"的，可临了还是换上了"馋鬼"这个词，因为它像个昵称，能揭示出母爱的性质。她看见儿子的眉头有一道口红式的印记。怎么回事？她瞟了一眼引弟，想看看她是否涂了口红。她没能看清，因为引弟正低着头，从塑料袋里掏东西：衣服，洗漱用具，画夹，球鞋，药品……球鞋和画夹显然是给她儿子捎的。引弟的儿子喜欢画画。杜蓓想起来，她和丈夫结婚那年，丈夫曾把那个儿子接到汉州过元旦。短短一天时间，那个孩子就把刚粉刷的墙壁画得乌七八糟。她在一边生闷气，但丈夫却为儿子感到自豪，称它们为"作品"，说那些"作品"，让他想起了原始洞穴里的精美壁画。现在想起这些，她还是有些不愉快，肚子里鼓鼓的，好像有屁。她无处撒气，要撒也只能撒到儿子头上。于是，她揪着儿子的耳朵，说："男子汉怎么能涂口红呢，还涂得不是地方。不男不女的像个什么样子。"但说着说着，她就意识到那不是口红，而是药水。她想起了下午扫进车窗的无花果树的枝条。就在这时，她听见引弟说："孩子的眉头磕破了。"引弟放下手中的袋子，掏出一瓶碘酊走过来，转动着儿子的头，"再让阿姨看看。"儿子很听话，乖乖地把脸朝向灯光。引弟夸他一声勇敢，他就蹦了起来，差点把那瓶碘酊拱翻在地。引弟按着他的头，笑着说："跟你哥哥一样，都是顺毛驴。"她所说的"哥哥"当然是指她和前夫生的那个儿子。

"可不是嘛。"她只好附和了一句。

但说过这话她就没词了，为了不至于冷场，杜蓓就去逗朋友的女儿。现在，那女孩正含着手指偎在引弟的身上，并且蹭来蹭去的。女孩没看她，也没看引弟，而是眼巴巴地看着自己的父亲。而那做父亲的，似乎承受不了女儿的目光，盯着地面看了一会儿，转身进了厨房。女孩紧跟在后面，也跑进了厨房，并且用脚把门"砰"的一声关上了。女孩子的心事，永远是个谜。可那是个什么谜呢？她猜不透。她又想起了刚见面时，女孩那充满敌意的目光。现在，这女孩似乎有要事和父亲谈，不想让外人听见。现在客厅里只剩下了杜蓓、儿子和引弟。这应该是谈话的最佳时机。杜蓓正想着怎样开口说话，厨房里突然传来一阵哭声。先是嘤嘤哭泣，像蚊子叫似的，接着变成了抽泣，就像雨中蟋蟀的鸣叫。

"你看这孩子。"引弟说着，就朝厨房走去。可以听出来，是女孩堵着门，不让父亲开门。可是，当父亲把门打开的时候，女孩却又一下子扑了过来，像吃奶的孩子似的，直往引弟怀里拱，拱得引弟一直退到电视机跟前。后来，引弟弯下腰，咬着女孩的耳朵说了句什么，女孩立即仰着脸说：

"大人要说话算话，不能骗人。"

"当然算话。"引弟说。

"谁骗人谁是小狗。"女孩说着,泪又流了下来。

"我要小狗,我要小狗。"儿子边喊边蹦。杜蓓对儿子说,楼下有人,不能乱蹦,但儿子却不吃她这一套,蹦得更高,喊得更响。她实在忍不住了,便蜷起手指朝他的脑袋敲了一下。她敲得有点重了,她自己的手都微微有些发麻。儿子终于捂着脑袋放声大哭了起来。她推着儿子的后脑勺,要把他送到门外去。在家里的时候,他就最怕这个,漆黑的门洞总是能让他的哭声戛然而止。但此刻,他却迅速地挣脱了她的手,藏到了女孩的身后。当女孩被他逗笑的时候,他自己也傻乎乎地笑了起来。

"看孩子可真是一门学问。"杜蓓说。

"他跟他哥哥小时候一样顽皮,男孩都这样,大了就懂事了。"

"还是你有办法,我看你只说了一句,孩子就不哭了。"杜蓓说完,还没等引弟回答,就把那女孩拉到身边,问阿姨刚才给她说了什么。女孩双手合在胸前,像是祈祷,泪眼中满是喜悦,说:"阿姨说了,不会丢下我的,要带我到上海去。那里的生煎馒头最好吃。"

女孩再次向厨房跑去,她要把这个天大的喜讯告诉父亲。这次,那丫头还没有敲门,门就开了,做父亲的端着盘子站在门口。女儿就拉住父亲的裤子,呱呱地说个不停。杜蓓还看见女孩从口袋里取出了那只镂刻着圣母像的发夹,把它献给了引弟,还要引弟阿姨戴上给她瞧瞧。现在就戴。

那一桌子菜其实早就做好了。杜蓓想起下午见到朋友时，朋友腰间就裹着围裙，像个大厨。她明白了，这是在给引弟送行。她再次从朋友的眼神中，看出了爱意，对引弟的爱意。这是杜蓓的意外收获。她又想起了那个美好的结局：朋友和引弟配成了一对。从此刻开始，她在心底里已经把引弟看成了朋友之妻。她甚至想到，届时，她和丈夫一定来参加他们的婚礼。当初，朋友不是送给他们一瓶波尔多吗，作为礼尚往来，她可以送给这对新婚夫妇一瓶路易十三。那是她从国外带回来的，本来是想放在结婚纪念日和丈夫对饮的。

"你一点都没变。看到你，我真的很高兴。"她主动对引弟说。

"老了，头发都白了。"引弟说。

"老什么老？不老。晚走一天，去染染头发，保管你年轻十岁，跟少妇似的。"朋友一边给她们斟酒，一边说。

"现在去染还来得及。你坐的是哪一次车？别担心误点，我开车去送你。"杜蓓没想到自己会这样说。所以话一出口，她便暗暗吃惊，好像自己主动放弃了上海之行。她随之想到，引弟到上海去，一是看望儿子，二是要把这事告诉前夫和儿子，让他们别再为她操心。或许过上一会儿，朋友就会向她宣布他们的婚事，并要求得到她的祝福。果真如此，我这次不去上海又能有什么损失呢？连一根毛的损失都没有。退一万步说，即便引弟和丈夫再睡上一次，又能怎么样呢？说穿了，一次性爱，也不过就是几分钟的摩擦，几分钟的呻吟，而且可以肯定那是最后一次了。她想，按理说，眼前的这位陷入了爱情的朋友应该比我更在乎。现在人家不在乎，我又何必斤斤计较呢？杜蓓越想越大度。为朋友斟酒的时候，她瞥见了自己指甲上的蔻丹，立即觉得它有点刺眼。是的，她为自己临出门时又是化妆又是借车的举动，感到幼稚、羞愧。所以，她紧接着又说道："那车不是我的。我是听说你来了汉州，特意借了一辆车。我想天气不好，你赶火车的时候，刚好用得上。"这么说着，她突然想起来，她开车出门的时候，天还没有下雨呢。

"是今晚的车。"引弟说。

"如果我没有记错的话，是后半夜一点钟。"杜蓓说。

"一点十五分。"

"我开车去送你。"

"太谢谢你了。"引弟说，"我还担心你误会呢。我可不想扰乱你们的生活。担心影响你的心情，我本来想吃完饭告诉你的。既然你都已经知道了，我就全说了吧。我要到上海看儿子。一来我放心不下，二来孩子想见我。他说见不到我，晚上总是失眠。我本来不想去的，可孩子要考中学了，睡不好可不行。我知道他爸爸很疼孩子，可你知道，男人总是粗枝大叶的。孩子在信里说，爸爸给他买了一双球鞋，整整小了两码。这不，我又买了一双。孩子说了，那双小的可以留给弟弟穿。"说到这里，引弟拍了一下男孩的脸,"哥哥送你一双球鞋,高兴吗?"

"还不快点谢谢哥哥。"还没等儿子有什么表示,杜蓓就说。

"哥哥?哥哥藏在哪里?"男孩四下张望着。

"哥哥在上海呢。"

"我就要去上海了,和阿姨一起去。"女孩说。

"我也要去,我要上海里游泳。"男孩说。这句话把三个大人都说笑了。女孩严肃地指出了男孩的错误。她说:"笨蛋,上海不是海,上海是做生煎馒头的地方。"

女孩把她们逗得乐不可支,但当父亲的却没有笑。他走神了,似乎没有听见女儿的妙语。他先是举杯感谢两位朋友"光临寒舍",然后又用开玩笑的口吻说:"这里已经很久没来女人了,现在一下子来了两个,我真是有点受宠若惊。"引弟立即骂他贫嘴。那是一种嗔怪的骂,是两个有着共同历史、共同记忆的男女的打情骂俏,如同一朵花开放在博物馆的墙缝之中。

"要不,你也带上孩子一起去?"引弟说,"刚好是儿童节,你可以带着孩子在上海玩几天。他一定盼着你去。"

杜蓓瞥了一眼沙发上的那个坤包。她高价买来的那张卧铺票,此刻就躺在它的最里层。如果她不假思索,顺口说出这个真相,那么整个事件将会朝着另外的方向发展。但她却在张口说话的一瞬间,将这个事实隐瞒了过去。她想起了前天早上接到丈夫电话的事。她是因为怀疑丈夫的不忠，才产生了奔赴上海的冲动。而她之所以会有那样的怀疑，正是因为她与眼前这个女人的前夫，在云台山的宾馆里有过那样的情形。

"我去上海的机会很多，这次就不去了。"她说。

与此同时，她又想到了另外一种可能：说不定，自己正中了丈夫的圈套。丈夫名义上让我劝阻他的前妻，其实是要我给他的前妻让路。他比谁都知道，如果引弟已经买好了车票，像我这样有身份有修养的人是张不开口的。也就是说，他真正想见的不是我，而是他的前妻。Fuck，我怎么现在才想到这一点。朋友劝杜蓓喝酒，杜蓓没有谢绝，但表示自己只能喝几杯。现在，她所说的每一句话都像是肺腑之言。她对朋友说："待会儿，我还得开车去送大姐呢。"她称引弟为大姐，把引弟感动得就要流泪了。她还埋怨自己以前不大懂事，伤害了大姐，如今想起来就后悔不迭。当引弟说那怨不得她的时候，她站了起来，朝引弟鞠了一躬，指着朋友说："不怨我怨谁？还能怨他不成？"引弟赶紧拉她坐下，可她却坚持站着。连儿子都觉察到了她的异样，看她就像看一个陌生人。儿子搬着椅子离开了桌子，和朋友的女儿一起看电视去了。杜蓓接着说，今天早上，她才得知大姐要去上海看儿子，她立即感到，大姐之所以母子分离，全是因为她。她虽然很想补偿一下心中的亏欠，但还是觉得面子上过不去。后来，经过一番激烈的思想斗争，她终于战胜了自己，觉得无论如何应该来拜访大姐。

"小妹——"引弟叫了一声。

朋友也被她的话感动了,是真正的感动。点烟的时候,他竟然把香烟拿反了。后来,他猛抽了两口,然后坦白当初自己曾反对过他们结婚。朋友请她原谅,并罚了自己一杯。他说,现在看来,他当初的认识过于武断了。

"什么认识?说说看。"杜蓓笑着问朋友。

朋友就责备自己,说他当时糊涂啊,觉得她只适合做情人,不适合做妻子。杜蓓笑了起来。看到她笑,朋友便如释重负一般,长吁了一口气。引弟再次用那种嗔怪的语气说道:"看看这些男人,真是一肚子坏水,怎么能这样议论一个女孩子。"引弟的话表明,她现在已经开始维护小妹的权益了。但杜蓓承认了朋友的说法。她说:"你说得对,我确实不适合做妻子。和大姐相比,我确实不称职。为此,我汗颜不已呀。"

"小妹,你不要责备自己,你其实不了解内情。"引弟说。这句话她显然是鼓足勇气说出来的。说过以后,她还有些不适应,不停地摇了摇头。尽管杜蓓和朋友的眼神都明白无误地鼓励她把话讲完,但她还是笑着摆了摆手,不想再讲。如果没有杜蓓的诱供,她可能真的不会再讲了。杜蓓说的是:"你讲吧,和自己的小妹,还有什么好隐瞒的呢?"引弟看了看朋友,又拍了拍杜蓓的手背,然后才说:

"你们知道,他是诗人脾气,追求的是有激情的生活。

日常的生活他是过不下去的。他说了,那样的日子里没有爱,有的只是忍受。他担心这样下去,会失去爱的能力。我听不懂他的话,总是以为自己做错了什么。他是喜欢女孩子的,我就想,是不是我生了男孩,惹他不高兴了。好像也不是。他还是很爱孩子的。不然,后来他也不会把孩子接到上海。你们还记得吧,几年前,报纸上说,四川大熊猫保护区的竹子开了花,成片枯死,熊猫都饿坏了。他看过报纸,就怎么也睡不着。连夜写了一首诗,一首很长的诗,号召人们捐款救助大熊猫。我担心他写累了,给他沏了一杯茶,可他却说我把他的思路打乱了。"说到这里,引弟笑出了声,不是自嘲,也不是嘲笑前夫。如果用她的名字来打个比方,那就像是在谈论弟弟的一件趣事似的。她说:"我当时就想,怎么,我还不如一只熊猫吗?天还没亮,他就把诗送去了广播电台。当天就播出了,报纸上也登了,整整一版。发的稿费,他全都捐给了大熊猫。是我和他一起去捐的,对了,还有儿子。在路上,我就对他说,我看出来了,你是在和我闹。你说你生活中没有了爱,那是假的,你不是还爱着大熊猫吗?我这么一说,他就停在一棵悬铃木下面不走了。孩子在他肩上闹,他听任他闹。他不看我,而是盯着悬铃木树上的果球。他说,我说的是爱情。我和你没有了爱情,只剩下了感情。他把我说得迷迷糊糊的。夫妻间的感情不就是爱情吗?他说不,不是的。他请我相信,他并没有爱上别的女人。我相信他。他确实没爱上别人。"

杜蓓打断了引弟。她现在已经没有一点心理障碍了，想说什么就说什么，换句话说，就是肚里有屁，想放就放，她想告诉引弟，那个时候，她和他已经爱上了。她对引弟说："大姐，他可能真的在骗你，那时候，我和他已经……"

"不，那时候你还没上研究生呢。你和他什么时候好上的，我都清楚。云台山宾馆，你们是第一次吧。这我都知道，还是他告诉我的。我说了，他并不隐瞒我。说到你，其实你第一次到家里来，我一见他看你的那种眼神，我就知道他动心了。好多时候，我比他肚子里的蛔虫还知道他。小妹，说来也是大姐的不对，那时候要是我提醒提醒你，你或许——"引弟说着，又摇了摇头，"不过，我知道他迟早会爱上别人的，只不过碰巧是你，当然，你是个好人，比我有学问，我应该替他高兴，当然我也难受过一阵。可后来，还是我主动在离婚书上签的字。签完字，我跑到这里哭了一场，"她指着朋友说，"不信你问他，当时他们夫妇俩也和我一起哭，可哭完就过去了。小妹，现在我是你的大姐了，我就实话说，你和他要是不幸福，我就会很揪心。为你难受，也为他难受。在这个事情上，我是有责任的。小妹，你知道我是个医生。有时候，我就觉得，你们的爱情就像我接生的婴儿，我和婴儿的父母一样，盼孩子平平安安，健康成长。"引弟说话的时候，朋友一直在自斟自饮。杜蓓想，大概引弟的讲述，让他感到了不舒服，因为引弟在话语之间还是流露出了对前夫的爱。杜蓓想，其实最有理由不舒服的是自己,但奇怪的是,自己并没有这种感觉。杜蓓现在有的只是一种冲动,她很想告诉引弟:刚才你所提到的那种厌倦,其实我也有;在出国以前,那种厌倦就像鬼神附体一样,附在了我的身上。不同的只是,那个时候是丈夫厌烦引弟,而出国前是我厌烦丈夫,而这正是我出国访学的真正原因。但面对眼前这个被自己称为大姐的女人,杜蓓心软了。她意识到,如果自己说出这个真相,引弟一定会难以承受,因为引弟会觉得自己当初的牺牲毫无价值。

"你想得太多了,反正是他对不起你。"朋友对引弟说。他喝得有点多了,一句话没说完,就打了两个酒嗝。引弟把他的酒杯夺了过来,反扣到了桌子上。虽然桌子上还有杯子,但朋友却像孩子似的要把那只酒杯夺回来。他们互相拉扯,越来越像孩子的游戏,越来越像夫妻间的打闹逗趣。杜蓓想起自己刚结婚的时候,也曾用这种方式劝丈夫不要贪杯。其实当时还沉浸在幸福中的丈夫并不贪杯。那时候他柔情似水,既有着哲学家的理智,又有着诗人的激情。她曾看过丈夫的一篇短文,说的就是醉酒。里面的句子她还记得:醉酒是对幸福的忘却,是祈祷后的绝望,是酩酊的灵魂在泥淖中的奄奄一息。他说,他即便喝醉了,那也只是"有节制的醉"。Sobria ebrietas,有节制的醉!她掌握的第一句拉丁文,就是在那篇文章中学会的。丈夫说,有节制的醉是一种胜景,就像爱情中的男人在血管偾张之后的眩晕……但后来，等他真的贪杯的时候，她却懒得搭理他了。想起来了，她只管过一次。她把剩余的几个酒杯全都扔进了垃圾道。眼下，她看见引弟在重复她的动作。她还看见，为了让引弟松手，朋友夸张地做出用烟头烫她的架势。而引弟呢，一边求饶，一边把杯子藏到了身后。她还把杜蓓也拉了起来。瞧她的动作有多快，杜蓓还没有作出反应，她就把杯子塞到杜蓓的手心。

"我只喝到了五成，喝醉还远着呢，不信你问她。"朋友对杜蓓说。他说插队的时候，他们个个都是海量。当时喝的都是什么呀，凉水对酒精。冬天寒风刺骨，他们只能用酒暖身，一喝就是一碗，然后照样砍树的砍树，挖沟的挖沟。日子虽苦，但是，与天斗与地斗，其乐无穷呀。说到这里，他出其不意地把酒杯从杜蓓手里夺了过来。他的指甲一定多日未剪了，有如尖锐的利器，把杜蓓的手都抓破了。她指甲上的蔻丹，也被他划出了一道白印。

杜蓓以为引弟会看出她的伤口呢，但是没有，朋友也没有。在打闹的间隙，他们都被什么声音吸引住了。那是一阵风声，并伴着孩子的尖叫。它们全都来自电视。此时，电视正播放着关于儿童的专题节目，介绍的是世界各地的儿童会如何度过他们的节日。现在出现的是一片沙漠，沙粒在风中飞舞，发出的声音类似于唿哨。风沙过后，屏幕上出现的是一群包着头巾的孩子，他们在骆驼的肚子下面爬来爬去。镜头从驼峰上掠过，一片广阔的水域出现了。

一些肤色各异的孩子坐在一只木船上,他们像一群孩子金鱼似的,全都噘着嘴,向电视机前的观众抛着飞吻。但是,他们真正的观众此刻已经睡着了。杜蓓看到两个孩子都歪在椅子上。女孩的头发披散着,盖住了脸,而自己的儿子,脸放在沙发扶手上,流出来的口水把扶手都打湿了,看上去像镜子一样发亮。朋友拿起遥控板,想换一个频道。杜蓓突然想起下午接受采访的事。当时,自己面对镜头一边侃侃而谈,一边急切地想往这里赶……这会儿,她突然把遥控板从朋友手里抢了过来,将电视关掉了。她的动作那么唐突,把自己都吓了一跳。

引弟没有看见杜蓓的动作。她正小心翼翼地要把女孩抱起来。女孩说了句梦话。她没说去上海,而是喊了一声妈妈。引弟把女孩抱进厨房旁边的小卧室门口,扭过身来用目光问杜蓓,要不要把男孩也抱进去。杜蓓摆了摆手。等引弟从房间里出来以后,朋友已经和杜蓓干了两杯。他又斟酒的时候,引弟没有再拦他。等他倒满了,她自己端起来一口干了。

"看见了吧杜蓓,你大姐也能喝上好几杯呢。当然,最能喝的,还是你丈夫。他可是真的能喝,喝完就神采飞扬,朗诵普希金的《渔夫和金鱼》。坐牢的时候,酒都没有断过。引弟,你老实交代,他喝的抽的,都是你塞进去的吧?"引弟把他的酒瓶夺了过来,放到了窗台上。她对朋友说:"你喝多了。"但朋友并没有住口的意思。他对杜蓓说:"你大姐那时候是个赤脚医生,远近很有名的。看大牢的人也经常找她看病。她就利用这个关系搞特权,给你那位捎书,捎烟,捎酒。后来被发现了,还差点记大过处分。"

引弟说:"说起来让人后怕,有一次我没有给他捎书,他以为我不爱他了,差点用玻璃割破手腕上的血管。酒有什么好的,他就是喝多了,把酒瓶打碎,用玻璃割的。我只好托关系进去看他。他瘦得像根竹竿,都是肚子里的蛔虫闹的。我往里面捎了几回药,都被狱卒给贪污了。没办法,我只好往里面捎花椒。花椒泡的水,对打蛔虫有特效。他后来给我说,打掉的蛔虫有十几条,有的比腰带还长。"

"说起来,还是他有福啊。现在,我就是用酒瓶割破喉管,也不会有女人爱我。"朋友说。杜蓓原以为朋友是在故意和引弟逗趣,她没料到,引弟接下来就对朋友说:"你也真该找个女人了,别的不说,孩子总该有个妈妈吧。女孩子要是没有妈妈带着,那可不行。"夜里十点钟,杜蓓的手机响了。她以为是丈夫打来的,看都没看,就把它关上了。后来,她到阳台上观察是否还在下雨的时候,顺便又查了一下刚才的号码。原来是桑塔纳的车主打来的。她把电话打了过去。那人问她是不是被水围困在了街上,是否需要帮忙。她知道人家是催她还车。她想起来了,原来说好的,晚上七点钟左右还车,现在已经过去了几个小时。她压低声音对朋友说,她有个要事正在处理,还说明天会请人家吃饭。对方问她不是要去上海吗？她这才想起来自己来这里的真正目的。刚才说着说着，她竟然把这事给忘了。

"明天，我请你在经十路上的浦江旋转餐厅吃上海菜。"朋友一定被她搞糊涂了，追问她到底有没有出事。她笑了两声，干脆把手机关死了。

等她回到客厅的时候，她发现引弟已经把行李准备好了。引弟再次劝她不要送站，说自己可以打的去车站。但她却执意要去。最后一段时间，引弟是在朋友的女儿身边度过的。女孩还在酣睡，一点也不知道她的引弟阿姨就要远行了。引弟悄悄对朋友说，她从上海回来，就来看孩子，如果孩子愿意，到了暑假她可以把孩子接到济州。

朋友也坚持要把引弟送到车站，他已经把那个男孩抱了起来。为了防止男孩醒来以后吵闹，把女儿惊醒，他先把男孩送上了车，再上来锁门。上车以后，引弟和朋友一直在谈着怎样帮助孩子从丧母之痛中走出来。杜蓓没有插话。因为喝了点酒，杜蓓把车开得飞快，并且连闯了几个红灯。上了立交桥,她真担心自己控制不住车速,飞下桥面。她甚至想到了飞起来的情形，漂亮！一定像一只俯冲的大鸟。虽然雨早已停了，但车前的雨刷还在快速摆动，像一把开了又合、合了又开的巨型剪刀。引弟显然也注意到了这一幕。在车站的停车场，她走出车门的时候，还特意提醒杜蓓，应该把雨刷关掉。杜蓓解释说，自己是有意如此，这样可以防止瞌睡。

别说，送走了引弟以后，因为酒意阵阵袭来，她还真的有点睡意了。她本来可以把票退掉的，如果运气好，她还可以卖个高价，至少可以把明天请朋友吃饭的钱挣回来，但她却懒得出去了。她想，如果朋友不在车上，她愿意就这样待在喧嚣的停车场，一直待到天亮，待到明天中午，然后直接把车开到浦江饭店。她正这样想着，朋友突然拉开了车门，朝停车场外围的垃圾堆跑了过去。还没有跑到目的地，他就跪在了一片水洼之中。他呕吐的姿态，远远看去就像朝圣一般。他的身边，很快出现了一个戴着红袖章的人，那人一边抽烟，一边等着罚他的款。

这个夜晚，她当然不是在停车场度过的。她得把朋友送回北环以北。在车上，醉意未消的朋友向她讲述了自己怎样向引弟求爱，而引弟又是如何拒绝他的。前者在杜蓓的预料之中，后者在杜蓓的预料之外。当然她最没有料到的是，自己竟然会在朋友家里留宿。当他们滚到床上的时候，她觉得他的嘴巴就像一个大烟缸，但她并没有推开他，而是听任他舔她的脖子，吸她的耳垂，揪她的乳头。有那么一会儿，当他死命插入她的时候，她听见他好像喊了前妻和引弟的名字。她还听见自己的喉咙不时地发出阵阵低吼，就像威尼斯的水在咬着楼基的缝隙。天快亮的时候，楼下的肯德基快餐店的防盗卷门拉起来的声音，将她惊醒了。迷迷糊糊之中，她还以为那是火车刹车的声音。她一骨碌坐了起来。床头穿衣镜里的那个披头散发的女人，把她吓了一跳。她趿拉着鞋穿过客厅时,看见朋友正搂着女儿坐在沙发上。她听到了女孩的哭泣和朋友的叹息,但他们谁都没有吭声,好像这房间里并没有别人。几分钟之后,当她拉着儿子下楼的时候,儿子还没有完全睡醒,像尾巴似的拖在她的身边,使她的脚步都有些踉跄。坐到车里以后,她有些清醒了。她隐隐感到下身那个入口的上端有些发麻,就像……就像那里夹着一粒花椒。隔着甩满泥巴的车窗玻璃,她听见小区里的高音喇叭正报告着各大城市的天气状况,申奥宣传活动,儿童节前后旅游胜地的安全问题,等等。

抒情时代

一

1

整整两天时间了,袁枚都被下面这个问题困扰着:

究竟是在何时何地让她怀孕的?

他不断地演算日期,推算他和她相遇相交的具体场所,以图获得一个较为准确的答案。这个问题太关键了。只有搞清楚了这一点,当他面对妻子怀疑的目光时,他才能够一口咬定:那个女人的肚子里装的娃娃可不是我的种。在某时某地,我不是和你待在一起吗?那段时间,我可是从未离开过你。

他的妻子马莲是个出租汽车司机,在袁副教授眼里,她无疑是个傻瓜。他可以充分利用智力上的优势,在她面前蒙混过关。即使她仍然对此将信将疑,她也拿他毫无办法。

想到这里,袁副教授面对楼梯拐角处的脏墙,情不自禁地笑了起来。但是,他脸上的笑意很快就收敛了:绝不是由于他发现了这个计划的不合理的地方,而是由于他突然意识到,迄今为止,他还没能推导出那道算术题的答案。

下楼的时候,他的心情又糟糕了。

2

今天是星期一。课表提醒他,上午他得上够三节课。本学期,他又给中文系高年级的学生开设了"希腊神话读解"的选修课。这次该讲忒修斯的故事了。每年一度讲到这里,他都讲得眉飞色舞。当他讲到那个雅典王子忒修斯穿着绊鞋,腰上悬挂着宝剑,出远门寻找父亲的时候,他自己会有一种亲历其境的感觉。仿佛行走在古希腊那条明净的道路上的人,就是袁副教授。

> 不为做过的事情忙碌和滞留,他总感到有最重要的事情在前面招手。

在他的教案上,他写下了这样一句话。它曾使他非常得意,后来,他才发现它是一位法国作家的名言,而不是他自己的创造。尽管如此,他还是乐意把它当做自己的格言警句讲给学生们听,并且,他还要提醒弟子们,这句话就是忒修斯的故事的主题,要求他们耳熟能详。

然而,这一次他讲砸了。他还没有来得及讲述这句格言,他的脑子就糊涂了。他站在讲台的边缘,有两次,他差点从讲台上跌落下来。他瞧着那几十名心不在焉的青年男女,感到要朝他们灌输的知识从他的太阳穴那里溜走了,使他的脑袋成为一个摆来晃去的空壳。

凭借以往的授课经验,他知道要想让弟子们不敢幸灾乐祸,不敢起哄,最管用的办法就是出一道思考题,折磨他们一下。他扶着黑板的木框,瞧着那些正笑眯眯地东张西望的学生,脑子里揣度着哪道题更能奏效。这会儿,他再次感到脑子里空空如也,他只能听到那里面发出的一种沉闷的蜂鸣声。后来,有一道题突然闪现了。他赶紧去抓它,而它已经逃得无影无踪了。

有几个男生在他的眼皮底下朝门口走去。剩下的人,有的跺脚,有的吹起了口哨。更多的人,开始成双捉对地闲聊起来。前排的几位矮个子女生打着哈欠站起了身,同时笑嘻嘻地瞧着愣在讲台上的袁副教授。

3

当空荡荡的阶梯教室里只剩下袁副教授一个人的时候,他凝视着一排排逐渐升高的空座位,感到脑子有点好使了。

他又想到了莉莉，就是这个女人搅得他惶惑不安心绪难宁。他仿佛又看到了她，她的面容就浮现在结满霜花的窗玻璃上，挡住了他的视线，使他难以看清窗外更远处的雪景。

那是一张忧郁的脸，有点浮肿，因为临盆在即，她的脸色像梨子一样发黄。要是我刚认识她时她就是这副模样，那该有多好，我就犯不着找她了。但遗憾的是，这只是她最近留给我的印象。当初，她干吗那么漂亮呢？我真是倒霉透了。他一边想着，一边擦拭着镜片。

三周前，他去幼儿园看儿子时，还在门口遇见了她。望见她那副臃肿的模样，他就想拔腿溜掉。可恨的是，那时候孩子们刚好被阿姨带到墙外放风，儿子见到他这位久别的父亲，就像被马蜂蛰了一下，呜呜大哭起来。他只好硬着头皮走到儿子跟前。这时候，他瞥见她也朝这边走过来。他摸着儿子的后脑勺，她也忙着从宽松的裤腰里掏出手绢替孩子擦鼻涕。这幅和谐的图景让他感到恐惧：他担心她会受到这个场景的启示和激励，坚定她为他生一个孩子的决心。在他看来，那是她许久以来所抱定的一个信念。他站在儿子的身后，感到无处逃避。令他恼火的是，其余的家长们还向这边投来了羡慕的目光，它使得莉莉更加怡然自得。后来,铃声终于响了,孩子们又被阿姨带进了墙内，他跟着儿子一路小跑，追赶着儿子，仿佛在央求儿子把他带进去，以便躲开身后那位孕妇。但那扇铁门关死了，只剩下他和莉莉站在贴满了大象、熊猫、唐老鸭等各种招贴画的院墙之外。

"你来这里干什么？"他转身问她。

"我经常到这里来，"她迎着他的目光，说道，"我现在突然对孩子抱有好感了。"

"是啊，他们比洋娃娃好玩。"

"你知道，我就要生下你的小家伙了。"

他把她引到旁边的一条小路上，有点恼火地对她说："我们已经说好了嘛。听着，莉莉，我们都要认定这个孩子是你丈夫的。不光是口头上认定，而且要在心底里认定这个事实。再说，赵元任对你也不错嘛。"

"他却要求我把这孩子弄掉。"

"那就弄掉呗。"

"来不及了。"

"当初我跟你谈过，让你去刮宫、流产，你却抱定主意要生。"他往地上吐了口痰。

"他是个医生，他知道这个孩子不是他的产物，半年前，他还在国外，这你是知道的。"

"难道他就没有中途溜回家跟你睡一觉？他干吗推得那么干净？呸。"

"他一直待在美国。"她说。

这个消息他早就知道了，但是一听到她这么说，他又感到极为恼怒。

最后，当他们离开幼儿园前的操场时，她拍了拍凸起的肚子，用鄙视的语调对他说：

"我只不过是想知道你是否还在爱我。你这种不买账的态度，使我很吃惊。我还是要生。"

她皱着眉头望了望他，转身走了。

在回家的路上，他重温着她那种鄙视他的腔调，心底莫名其妙地浮现出喜悦：她哪能把孩子丢给我呢？只有傻瓜才会把孩子丢给一个自己所讨厌的男人。那时候，他错误地认为事情已经对付过去了。他默默地在心里盘算着：等她把孩子塞给那个外科医生赵元任之后，我再设法与她取得联系，如果运气好，我就会再次得到她，那时，我将向她道歉，争取她对我眼下这种不认账行为的谅解。

但是，两天前，莉莉突然给他打来了一个电话。虽然马莲不在家，但接到莉莉的电话，他还是有些紧张。"我昨晚做了一个梦。我梦见我和这孩子一起死了。奇怪的是，我又是必须打电话把我死了的消息通知给你的那个人。"

"那只是一个梦。等你爱人回到家，你再给他讲一遍，一切就会过去的。"他有点漫不经心。

"他见不到我啦，袁枚。"她有点幸灾乐祸地说，"我随时都会死去的。"

"谈何容易……"他说。话一出口，他就感到这话有些不得要领。他的心里突然乱糟糟的。

这时，电话里响起了忙音。在电话中断的那一瞬间，他似乎听到了她的气急败坏的冷笑声。随后,他一直被一个念头缠绕着:她会突然闯进门来吗?她真刁啊。

那天,马莲又回来得很晚。尽管最近一段时间以来她经常如此,但他还是觉得那一天她的晚归有点不同寻常的味道:她或许被莉莉拦在学院门口了,莉莉正心怀叵测地向她兜售着他俩的秘密……这些不祥的预感让他许久坐立不安。他甚至想到马莲或许会带着莉莉一起回来,就像随身携带着一件赃物。庆幸的是,那天马莲是一个人进门的。他看到她浑身都被雪浸湿了。他惴惴不安地望着她。她被他看得极不自在,终于先开口对他说,出租车在路上出了点故障,所以耽误了许久。说完,她就走进了浴室。他站在浴室的门外,揣度着马莲的语调和表情,心里不停地打鼓:她到底是知道了,还是不知道?

两天来,尽管马莲没有向他问起莉莉的事,他却一直在紧张地准备着问题的答案,以便随时都能够对答如流。在某个时刻,他会觉得马莲或许真的还被完美地蒙在鼓里,他错怪了莉莉;而在另外的某个时辰,他又觉得马莲在耐心地等待着他的招供:在招供之前,她大概不愿意搭理我。我怎么会向你招认呢?你这个傻瓜。他瞧着马莲那日渐发粗的身段,在心里嘲弄她。

尽管如此,他仍然保持着高度的警觉,神经绷得紧紧的。听到电话铃声,他的脑子里就会突然出现一片空白。他忍不住地在心里说:这些女人真是太残忍了。

4

这天中午,袁枚从教学楼里出来,刚好遇见了张亮。看到袁枚那副神情恍惚的模样,张亮非常高兴地邀请袁枚到家里聊聊。

许多年来,张亮一直是袁枚最要好的朋友。每逢遇到什么棘手难办的事,他们都要互相通报,为对方出谋划策。张亮在中文系里教"语言学概论"课。他们在专业上没有共同语言,但是,他们都热爱女人。这共同的爱好足以填补专业之间的隔阂。作为一名讲师,张亮曾经略加掩饰地表示他对袁枚的嫉妒。"让那个老家伙早瘫痪两年试试看,"张亮对系主任说,"袁枚同志摊上了那个老家伙,才混到高级职称的,所以本人无话可说。"袁枚的岳父在瘫痪之前是这座城市里炙手可热的人物,理所应当地要保送女婿进入著名学者的行列。

有一段时间,他们的关系有点紧张。后来,有一件事及时地出现了,导致他们又和好如初。一个低年级的女生迷上了张亮,张亮顺水推舟地让那个丫头怀上了孩子。袁枚和张亮把那个痴情的丫头哄到乡下刮了宫。由于手术做得不太理想,那个姑娘返校之后持续血崩,被同寝室的一个死对头看出了门道,事情就露馅了。那个血淋淋的丫头差点就要被学校开除,在这节骨眼上,袁枚找到了岳父,岳父的一个电话就解决了问题：姑娘得以继续攻读；张亮也得以免受处分，重要的是，他省去了自我忏悔的麻烦。张亮事后对袁枚说：

"这虽然是一桩小事，但我还是要报恩。"

"我终于给你一次报恩的机会。"袁枚心里说道。

现在，他们推着自行车往家属区走。张亮一路上不停地和行人打着招呼，而袁枚却一声不吭地跟在张亮旁边。他看到张亮的情绪非常高涨，脸蛋也刮得很干净，猿猴那样的厚嘴唇不停地翻动着。后来，他们走进家属院的侧门时，张亮拍着他的肩膀说：

"袁副教授，我们确实许久没在一起聊天了，真是闷得很呐。快告诉我，又发生了什么新鲜事？"

"倒是有一件倒霉的事。我知道，你会帮我这个忙的。"

他们一边走，一边低声交谈着。张亮有时停下来，盯着袁枚看上一会儿，然后重复地说道："天哪，你真行。"

5

"业精于勤，荒于嬉。"张亮在正式发表意见之前首先感叹道，"你有这么大的收获，是我万万想不到的。唉，我已经许久没有碰过女人的一根毛啦。"说着，张亮将电视机打开，又往录像机里塞了一盘带子。

"这两天，我一直想找你说说。我都快急疯了。"

"马莲知道了吗？她有什么异常的举动和言谈吗？"张亮后退两步，瞧着电视屏幕，里面正发生着一起爆炸事件。有一个人被炸到窗外，一只孤零零的手在尘埃中飘着。

"这正是我难以把握的地方。"

"袁兄，先看电视，有一段台词是我配的音，你听。"

"关掉它吧，张亮，我已经听过几次啦，我每次来你这里，你都让我听。"

"那好吧。"张亮关掉电视，坐到袁枚的对面，"你在说什么？你说哪些地方让你难以把握？"

"马莲的言谈和举止。"

"我们先假设她已经嗅到了某种气息，你知道，马莲总以为人的鼻子很灵敏，这极可能是她对自己的判断，我们以此推测她已经嗅到了某种气息。在这种情况下，她还能忍耐多久呢？她会像市井小人那样去上吊吗？"

"糟糕的是，我以前从未遇到过这种事。我没有经验。我也很难摸清她的思路。她倒是每天照样早出晚归……"

"好了，袁枚，"张亮打断他的话，换了另一个话题，"我对马莲的情况已经心里有谱了。现在，我更关心的是，你和那个女人是怎么认识的。这一点，你刚才没有讲。"

袁枚沉默了一会儿，说："没有这个必要吧？"他注意到张亮有些兴致勃勃。

"否则，我很难推测她的性格，也难以摸准她的脾气。

我的眼前必须有一幅活动的画面。然后,我的直觉会告诉我,对她这种女人该如何处置。"张亮说。

"我曾经偷梁换柱地给你讲过这个故事,其实故事中那个遭我唾骂的男主人公就是我。你想起来了吧?"

"没有。没有一点印象。你给我讲过的故事太多了。"张亮说。

"你知道,一年前我在本市的人民会堂参加了一个学术讨论会。我和莉莉就在会堂背后的小酒吧里认识了。当时,她完全是一副歌女的打扮。她在台上将一首民歌连唱了三遍,台下的知识分子们仍然鼓动她再唱下去。她就兴致勃勃地从头再来。'还要听吗?'她问道。于是有人喊道:'唱啊唱啊,直到你唱准为止。'请记住,当时我就坐在离她最近的那张圆桌旁。我是全场唯一没有喝倒彩的听众,这是她后来告诉我的。当然,我之所以没有喝倒彩,是因为我根本就没有听歌,我当时满脑子里装的都是讨论会上的事,我提交的一篇论文被主持人遗漏了,使我没能在名流荟萃的会上宣读。我的心情非常沮丧。怎么说呢?这时她突然走到了我的面前,就像一只苹果突然掉到了牛顿的脚下,他发现了万有引力定律,而我摸着了一个充满哀怨的女人。"

"你们当天就吻上了吧?"张亮关切地问道。

"那还用说。"

"后来呢?"

"那事情就多了。第二天,我们就约会了。再后来,她就怀孕了……"

在复述这个故事时，他突然意识到，莉莉很可能就藏在市区偏南的那片树林里。第一次约会、第一次做爱，都是在那里完成的。他的心里颤抖了一下，但他没有中断他的讲述，而是非常流利地一直讲到他和莉莉在三周之前的那次相遇。

张亮的食指横在猿猴那样的厚唇前，他的眼光昏暗不明，在镜片后面的瞳仁呆滞不动。他仿佛还沉浸在故事之中。

"一直到今天，我都不知道该如何从这件恼人的事里挣脱出来。"袁枚说。

"故事中的莉莉就是那个外科医生的妻子吧？她以前是个信使，邮递员。"张亮说。

"我曾向你透露过嘛。"

"你跟她丈夫不是很熟悉吗？"

"仅仅是互相认识。"

"她是个善良的姑娘，"张亮说，"我们不妨对她仁慈一点。然而，这两天来，你却一直在演算她的怀孕日期，真是荒唐。这跟我们要处理的事件毫无关联。我得提醒你，先不要去考虑马莲的事情，她好歹还活着，而莉莉随时可能死掉。那时候，公安人员会顺藤摸瓜，一直摸到你的腿根。"

两人都陷入了沉默。有好大一会儿，张亮端着茶杯在电炉周围走来走去。最后，袁枚以忧郁的语调问道：

"那你说该怎么办呢？"

"一次偶然的相遇,再加莫名其妙的误会,她就向你袒露了胸怀。这说明她是一个很容易受到感动的姑娘,心肠很软。如果她不是冒冒失失地就怀上了孩子,如果她能够瞒住她的丈夫,告诉那个戴了一年绿帽子的男人说那是他们爱情的结晶,那么,针对一场艳遇而言,怎么说那都是一件喜事。"

"你怎么能说这种倒霉事是一件喜事?"

"因为她竟然还会爱你。"张亮说,"我几乎难以相信世上还有这种爱情。"

"那个血崩不止的女生不是也爱过你吗?那时,你还没有和吴敏离婚呢。"袁枚不失时机地把这件旧事挑了出来。

"对一个聪明的女人而言,那只是她身不由己。不过,她现在见到我就吐痰。"张亮眉开眼笑地说。

"你恨她吗?我突然发现我对所有的女人都有点憎恶。"

"那你真是太不幸了。不过,准确地说,你憎恨的只是后者的卵巢和子宫。而女人的这些东西,正是我所热爱的。它们就像是一个句子的主干词,在女人的肌肤之下闪闪发亮。"张亮说着,又捡起调控器去调开电视机。他和袁枚都吃了一惊:在他们刚才谈话的时候,电视机并没有被关掉,它一直在默默地放映着张亮配音的那部警匪录像片。袁枚觉得这台机器充当了一个窃听者的角色。而张亮因为错过了倾听自己配的台词而有点恼火。他的这部录像机的倒带功能坏了,每次放映前,他都得手工操作,将带子倒回到开头。

张亮对袁枚说："我说的话你能理解吗？我不忍心看到你遭受一次打击就变得萎靡不振，失去对女性的热爱。那是对生命的亵渎。"他从录像机里取出带子，开始倒带。

"我能够理解你的心情，"袁枚的语调又变得非常忧伤，"但我眼下无法焕发起精神。"

"那是另外一个值得讨论的问题。让我们重新回到善良的姑娘身上。善良的姑娘往往是愚蠢的。而愚蠢的姑娘几乎和处女一样让人感到可怕。她们太痴情了，搞得人透不过气来。她们的口头禅就是'我要给你生一个儿子'。太可恶了，让人感动也让人恐惧，让我们流泪也让我们出汗。而这些汁液在本质上都是相同的，就是太咸，让人喝了免不了要口渴。而我们一旦感到口渴，就不得不去找另外的女人。"

6

敲门声打断了张亮的论述。两人都有点落落寡欢。张亮将录像带重新塞进机器里，然后悄悄地走到门后，侧耳倾听着门外的动静。楼梯上的脚步声渐渐远了，张亮突然高声地问袁枚："袁枚，你感到口渴吗？"

袁枚正向那边张望着。听到张亮喊他，他吓了一跳。他看到张亮面带微笑地朝电炉走过来，同时用一只手揉着自己的太阳穴。

"你最近见到吴敏了吗？"张亮问。

"谁？"

"我老婆。"

"没见到。"

"她要从外地回来了。"

"这次，你们真的要复婚了吗？"

"说不准。我倒是想与她复婚。"

张亮盯着袁枚看了一会儿。袁枚有些坐卧不宁，他在台灯的光圈之中四处张望着。张亮不知道他在张望什么。

"你在张望什么？"

"谁？我？没有张望什么呀。"袁枚说。

"让我们重新回到那个姑娘身上吧，"张亮说，"你刚才说过，你曾经想到要把她找回来，你认为这有什么意义吗？"

"如果听任她在外面游荡，她或许会被冻死。正如你刚才说的，我们应该对她仁慈一点。"

"然而你不知道她钻在哪里。"

"确实如此。"袁枚说。

"既然如此，那我们的寻找还有什么意义呢？'意义'这个词的内涵是什么？"张亮设问道。他推开茶杯站起来，同时端起了一杯开胃酒。"语言学对这个词并没有说出多少令人信服的东西。在拉丁语中，sentire 的意思就是追寻一个方向，'意义'（sentire）一词可能意味着目标明确的旅行，即对一个清晰方向的充满正确预感的追求。这样看来,'意义'显然与追求有意义的目标这种本能相关。但是,遗憾的是,你和我都不知道她钻在什么鬼地方。"

"我几乎要绝望了。"袁枚说。

"即使瞎猫遇见了一只死老鼠,你把她找到了,你打算怎么处置她呢?而且,她很可能已经把你的小宝宝生出来了。"

"那真是让人没路可走了。"

"我愿意出面找那个外科医生谈一次话,摸清他的思路,然后尽可能逼他就范,让他把那母子俩接受下来。"张亮说。

"我太感谢你了。"袁枚说。

"当然,我不能一个人去。那样容易造成误会,他会误认为是我在莉莉身上捣了鬼。你得陪我一起去。"

"有把握成功吗?"袁枚又忧虑起来。

"没有把握。但是,我可以告诉你,我曾单独和他打过几次交道。他除了医术高明外,没有别的特长。他是个典型的知识分子,看上去非常精明,其实是个傻瓜。"

张亮抬腕看了两次表,示意袁枚该走了。他说吴敏随时可能回来,他已经等她两天了。

"吴敏说她有事情与我商量。她确实有些离不开我。"张亮说。

他送朋友下楼。室外,夜幕中仍有雪花飘舞,天地和楼宇都呈现着灰白的颜色。他们站在挤满自行车的楼道口,像两个黑影。张亮抬起朋友的一只手,对朋友说他保证对马莲严守秘密,而且愿意牺牲一些时间与她多接触几次,以便及时地打消她的疑虑,让她继续蒙在鼓里。

"你真够朋友。"袁枚说。

"明天就开始行动吧。"张亮说。

"总算又过去了一天。"袁枚说着,就沿着雪后的道路走掉了。但张亮又在原地站立了许久。在夜色中,张亮仿佛听到自己笑了几声。

二

1

星期二的早上,马莲很晚才起床。她说她的身体有点不舒服,她宁愿待在家里消磨时间也不愿出车。

除了感到恼羞之外,袁枚没有别的感觉。通过昨晚的摸索试探,他已经自信地认为,她对此事还闻所未闻。所以,听到马莲不愿出车的消息,他有理由恼羞成怒:想想吧,你只不过是有点感冒,而我彻夜未眠,还得为一个孕妇操心。不过,他没有朝她发火,只是在她讲述自己昨天下午的经历时,他懒得搭腔。你讲的事跟我有什么关系呢?快点讲完吧,还有更重要的事在向我招手呢。

"昨天下午，我遇见了吴敏。她还是没有变老，也没有发福。见到我，就像是别人家的宠物见到了一个久未上门的熟客。"马莲睡眼惺忪地躺在床上，头枕着自己的胳膊，漫不经心地讲着。但是，一提起吴敏娇美的容貌，她的语调就忧郁起来。张亮和吴敏还没有离婚的时候，这两家经常在一起聚餐、郊游。那时，马莲还在一家律师事务所当打字员，吴敏还在一所艺术学校里教形体训练课。清闲的工作使他们两家有时间彻夜闲聊。后来，张亮鼓动马莲去开出租车，马莲辞职的决心下定之后，袁枚也就同意了。没过多久，吴敏也辞职了，她到军分区的文工团谋了一份差事：在舞台上给歌星们伴舞。从那之后，他们更加珍惜在一起聊天的机会，因为那种机会太少了。他们四人的闲聊常被袁枚的儿子打断。夜深的时候，儿子会突然闯进客厅，用尖声的哭泣扰乱他们的欢聚。接下来，马莲就下令他和儿子一起去睡觉。袁枚躺在卧室里，听着张亮在逗着两个女人发笑，他常常抱着儿子在那笑声中沉沉睡去……

"你知道吴敏又有什么新发现吗？"马莲变换了一个睡姿，问道。没等他反应过来，马莲就哈哈大笑起来。她突然从床上跃起，只穿着一件像无花果树的叶子那么小的内裤，在床上走过来又走过去，对愣在书架前的镜子中的袁枚说："吴敏说，就像狗热爱吃屎一样，男人永远渴望别的女人。"她一副气咻咻的样子。

"这话是什么意思？你……她有什么根据吗？"

袁枚也望着镜子中的男人。他有点不够自信了。他盯着镜子中马莲的那对甩来晃去的乳房，仿佛那是两颗随时可能引爆的炸弹。后来，他又渐渐听清马莲的话了：

"……吴敏说，她曾养过一条名贵的叭儿狗，是丹麦的宫廷狗的纯种后裔。它有许多惹人爱怜的乖习性，习惯于面对墙角的花盆沉思默想，像个知识分子似的。但它依然热爱吃屎，如果你拉响了厕所里的水管冲刷粪便，它就会蹲在花朵的阴影里哀嚎。"

"她既然如此明晓事理，干吗还要与张亮分手呢？"袁枚迟疑地发问。

"按照吴敏的说法，她说自己那时过于天真了。当然，她也想和别的男人睡觉，但她错误地认为她和别的男人睡觉，是一种过失。"

"你们女人太让人吃不透了。"说着，袁枚就要进厕所洗手了。他纳闷自己干吗一直想溜进厕所。

"不要这样以偏概全。"马莲又钻进了被窝。仿佛害怕袁枚看到她似的，她躺在被子下面戴着乳罩、穿起了裤子。然后，她掀开被子对愣在门边的袁枚说："说来也怪，张亮怎么能忍受这种女人？不可思议。"

从厕所出来，袁枚将早餐端进了卧室。这时，马莲却走进了厕所。他拎起一只书包下了楼。站在雪后的阳光下，他回想着马莲那些莫名其妙的演讲词，觉得她是在无事生非地瞎生气。袁枚突然意外地觉得轻松、快乐。

2

那幢三层小楼位于医学院家属区的东南角。"就是这一幢楼吧？它看上去像个杂种。"张亮说。它既像是中国的仿古建筑，又像是西洋式小楼。它的圆形尖顶上画着一条五颜六色的龙。

张亮和袁枚把自行车塞到几辆小轿车的车缝里。"怎么这么多轿车？"张亮问。

"这楼上住的大都是从国外镀金回来的家伙。"袁枚一边张望一边说。

"他妈的，他们倒是气派。"张亮脸上布满了阴云。但他很快就又开朗起来，"他们再牛逼，老婆还不是给咱哥儿们操了。"

楼前的喷水池边，有几个小孩在玩雪。他们抬着一根船桨绕着喷水池边走边唱，船桨上的小雪人一个个都跌落下来。每跌落一个，孩子们就发出一阵欢呼。一看见那帮小孩，袁枚就皱起了眉头："怎么到处都要遇见他们？"

"那个倒霉的医生住在几楼？我一时回想不起来了。"

"二楼。"袁枚说。

"喂，老赵，赵元任——"张亮喊道。

喊过之后，他们就上了楼。那喊声算是预备铃声，如果赵元任屋里还有别的女人,那就请他们动作麻利点,快点穿戴整齐。张亮对袁枚解释道。在门口等了一会儿,见没人开门,他们就又下了楼。这时,他们看到赵元任骑着一辆红色的摩托车在喷水池边停下了。他的一只手拎着一顶头盔。走近之后,赵元任用迷惑的目光打量着张亮,迟疑地伸出了手。

"我跟张亮来找你聊聊。"袁枚说。

"张亮兄,好久不见了。"赵元任说着,和张亮握了一下手。"你们大概都听到了那个不幸的消息,特意赶来安慰我了吧?我很感动。"

"元任兄,你刚才到哪里去了?"张亮问。

"约了一个警察在酒吧里坐了一会儿。"

"你的心情我们都能理解。"张亮说。

"这几天,经常有朋友来看我。还有一个朋友特意从外地赶回来安慰我。总之,这几天我过得很充实。"赵元任说。他又打量了张亮几眼,然后拉着张亮的手,带他们上楼去。

3

他们在宽敞舒适的客厅里围着壁炉坐下,赵元任又随手打开了放在茶几上的红外线取暖炉。张亮忧虑地询问起了莉莉目前的下落。赵元任说:"先喝杯酒吧,暖暖身子。"

他从橱柜里取出一瓶白葡萄酒,一边为客人斟酒,一边摇头。然后,他示意大家举杯。喝完一杯酒之后,赵元任斜躺在茶几后面的沙发上,用胳膊撑着脑袋,讲起了一则小故事。

"我现在有点疑神疑鬼的。你们先别那么紧张,要相信我还没有被生活压垮。昨天,一位警察朋友开玩笑地对我说,你别把莉莉偷偷地杀了,埋到了什么地方,又来麻烦人到处找她。我听了大吃一惊,仿佛被手术刀戳了一下。几天前,我在后花园的一株无花果树下埋了几条死去的金鱼,那时莉莉还没有出走呢。但听了这位朋友的话之后,我夜不能寐,到了深夜,我终于忍不住去了一趟后花园。当时,我的脑子是非常清醒的,我还记得那株无花果树是我的一位病人栽种的,而那个病人的神经网络有些紊乱。你们看,我当时的思维是多么的明晰。但是,我拎着一只锅铲,站在那株树下却瑟瑟发抖。冻土层挖开之后,我又看见了那几条金鱼,我挨个抚摸着它们鼓出的鱼眼。这样折腾了许久,回到了房间里,我才安稳地睡去。"他叹息了一声,用两只手抱着脑袋,舒服地躺在沙发上,"我要是知道她躲在什么鬼地方,怎么还能发生这种事呢?"

"你太紧张了。"张亮对医生说,"要知道,你现在不是孤身一人。我和袁枚都愿意与你一起干,一起去找她。如果你晚上感到孤独,我可以给你带来一批录像带,帮助你消磨时间。"

"我对任何事情都缺乏兴趣。现在,我唯一的爱好就是坐下来，与朋友聊天。即使是你送来了一个女人，我也没有兴趣。"医生说。

"她怎么会突然出走呢？"袁枚鼓起勇气问道。

医生躺在沙发上想了一会儿，然后侧身对两位朋友讲起了莉莉在他的眼皮底下溜走的经过。他说莉莉是在凤凰电影院的门口突然消失的。他和莉莉走到那里的时候，十字路口的街心花园的旁边正在舞龙灯，聚集了许多看客。那天，他要送莉莉到医院做剖腹产手术。讲到这里，他顺便向朋友解释了一下："她是怀着身孕逃跑的。事实上，她的预产期已经过去了一周。"在凤凰电影院门口，莉莉下了车，跟在他的摩托车后面，在拥挤的人流中，他们边走边聊。过了一会儿，等他再回头看她时，发现她已经被人流淹没了。

"这个莉莉，怎么能这样呢？我真是想不通。当时你和她聊了些什么话题？"张亮说。他主动地给医生倒了一杯酒，递给医生。

赵元任朝酒杯里吹了一口气，停顿了几分钟，才说："我厌恶那些纸糊的龙灯，也讨厌那些用丝绸糊成的大蛇。我对无知的莉莉说，那些被人甩来舞去的龙只不过是传说中的怪兽，在所有动物中，只有它没有性别之分，它是雌雄同体，所以，它们压根儿就不能够繁衍生命。但我们却到处看到它们后代的尊容。这使得我们有充分的理由怀疑它们出生乃至受孕的秘密。我是个医生嘛，我感到有必要向怀着龙子的莉莉讲讲这方面的知识。我感到，仅从生物学的角度谈谈这些问题，是没有过错的。当然，我对它们莫名其妙地阻碍交通，有些气愤。莉莉却满眼含泪地说，她看到这种场景，就想引吭高歌。我心里说，你在本质上就是个傻瓜嘛。我有个把小时没理她。后来，她就被挤丢了。"

"最近几天，你们夫妻俩还有联系吗？"张亮神色忧虑地问道。

"她这一丢，也就毫无音讯啦。"

听了医生的话，袁枚突然感到虚弱无力：照此说来，她只跟我一个人联系过？真让我受不了。

4

接下来的谈话主要在张亮和赵元任之间进行，医生似乎对袁枚不很感兴趣，他和张亮聊起了高校和医院两种场所之间的区别。虽说赵元任有时也在医学院上课，但他主要在附属医院工作。

张亮试图把袁枚也拉进来，在谈到高校里的女生怎样挖空心思找男教师做配偶的时候，张亮说："这使我想起袁枚经常向我提起的那个神话故事，关于特洛伊木马的。你知道，那些女孩就像特洛伊木马肚子里的士兵，她们专攻内部。战场就在内部展开。"他趁机征询袁枚对此事的看法。这时，医生爽朗地大笑起来，他朝袁枚摆摆手，就对张亮说：

"这确实是个很贴切的比喻。类似的情形我们也能在医院遇到。有时,像我这样的医生会突然被若干名女病人缠上。"

袁枚虽然不用费心去和医生周旋,但他依然难以轻松。他经常走神,有时走得很远很远。这让他有些不安。但他身不由己,他坐在客厅里,眼睛盯着两位朋友,脑子里却浮现出隔壁的那间卧室里的情景。他熟悉那里的一切:散乱的书籍,过时的旧唱片,床头的上方悬挂的一幅油画,如果你躺在床上,你刚好从对面墙上的那面圆镜里看到油画上的场景:长着一对翅膀的天使从林间翩然而至,飞到一个慵懒地斜躺在石凳旁的男人身边,在他们的周围,簇拥着一批小天使,他们全都光着屁股,沐浴在薄暮的阳光下。现在,袁枚一边听着眼前的两位男人在畅谈女人,一边瞧着自己脑子里的情景。他坐在沙发上,却觉得自己是躺在那张柔软的床上,他甚至看到了床边的那只粗糙的陶罐,上面的鱼形花纹已经脱落殆尽,表明着它年代的久远。

有一次,他和莉莉刚躺到那张床上,就有人敲门。在他们做爱的过程中,敲门声一直持续不断。

"谁在敲门?"他气急败坏地问她。

"一个精神病人。"莉莉闭着眼睛说。

"让我把他赶走。"

"就当是他在给我们伴奏吧。那不是敲门声,而是敲打架子鼓的乐声。"莉莉说。她仍然闭着眼睛,"我已经听惯了。"

但是，他躺在莉莉的身上，却感到焦躁不安。他很想把那阵阵敲门声当成是进军的号角，然而，他却无法做到。他很快从她身上滑落下来，像一只斗败了的公鸡。莉莉走进卫生间洗漱去了，他就把尿液撒进了那只陶罐。他一边撒，一边觉得这个举动有点不可思议。这时候，莉莉正巧走了进来，他说："我正往这里面撒尿呢。"他想莉莉肯定要生气了。莉莉一生气，他就可以趁机溜走，因为那一天他要和马莲一起到医院去探望患着脑血栓的岳父。她没有理由不生气呀，他一边系裤扣一边想，这个陶罐要算是她的心爱之物啦，刚才进门的时候她还抱着它坐在镜子前凝视自己的倩影呢。但他想错了。莉莉非但不生气，还要再次敲开胸脯逼近他：

"我和赵元任也常常这么干。"

但是，那一天他无心恋战。时断时续的敲门声停下来之后，他又听见附近的道路钻探工在路面上钻洞的声音，他更加心烦意乱。

"起码也得换个地方。"他说。

莉莉犹豫了几分钟，就同意了他的观点。当他们穿戴整齐走出这幢被张亮称为杂种的小楼时，却没有看见那个敲门人。莉莉提醒他注意站在喷水池边的那个家伙。那人正捧着一本厚重的黑皮书在无声地朗诵着什么。袁枚看不清他的整张脸，但那家伙身处夕阳的余晖中，身边仿佛有一层金黄色的光晕。他身不由己地朝他多望了几眼,然后才在性急的莉莉的催促下匆匆走开。他们在街头走了许久,似乎没有地方可去。后来,他们就朝树林的方向骑去了……

5

张亮正在极力劝说赵元任一定要热爱未来的孩子。赵元任的一根手指在眼前移来移去,他优雅地换个坐姿,然后对张亮说:"据我所知,孩子是你内心的一个秘密。你还没有孩子,怎么就知道孩子能使我们感到愉快?"

"如果莉莉把孩子生下来了,我情愿做孩子的干爹。"张亮说。

这话让袁枚觉得非常顺耳。他知道他的朋友开始引火烧身,进入了报恩的境界。他唯一担心的是,如果赵元任误认为张亮是那个胎儿的父亲,或许就会将张亮一脚踹出去,那样一来,事情就会变得更加难以预料,而他受道德和良心的驱使,将不得不孤军奋战,应付赵元任这只老狐狸。现在看来,谈锋甚健的赵元任并不像张亮所说的是个傻瓜。他用眼神提醒张亮要格外小心,张亮却红着脸,和赵元任顶牛似的对望着,对他善意的提醒视而不见。

"果真想当干爹?"医生问道。

"刚才,我和你谈过之后,突然对那个尚未出世的孩子有了奇怪的感情。虽然我和你一样对莉莉不感兴趣,但我却有一种做父亲的冲动。"张亮说。

赵元任哑然失笑了。他站起身,俯视着张亮,从身边的橱柜里取出一把镊子,把玩良久之后,"当"的一声丢到张亮面前。他的面孔变得非常阴暗,淡漠的目光从灰蒙蒙的眼睛里透露出来。然后,他又坐到张亮对面,侧身望了袁枚一眼。在开始说话的时候,他的面部表情就活跃起来了,仿佛正是这些谈话给他带来了兴奋和愉悦:

"张亮,你的话使我非常惊喜。你真是个义人。在许多地方,我跟你相似。我要向两位朋友说明的是,在我的意念和行动之间横着一个奇怪的王国,我的行为仿佛是在逃避做父亲的责任,而我的意念却和张亮一样美好。我希望这个孩子能够完美地降临到我和你面前,哪怕它是一个杂种。事实上,有个金发碧眼的美国妞儿已经生下我们的杂种。我才不会计较这些药丸大小的小事呢。但我的行为无法和这些美好的意念遥遥相望。当中所横的那个王国太广漠了,即使是一条真正的蛟龙,也飞不出它的疆域。"

"你的论述确实很有启发性,但它说服不了我。"张亮的表情有点颓唐了。他咬着下嘴唇,像是在跟自己赌气。他大概没料到会遇上一个比自己还能讲道理的人。

看到张亮这副模样,赵元任就乐了。他又站起身倒酒,给壁炉里添柴。袁枚失望地看着张亮,觉得张亮的目光有点冷森森的,就没有多嘴。就在这时候,赵元任又绕到他

们面前,深情地拍拍他们的肩膀,说:

"你们犯不着如此沮丧。我其实已经决定要找找她。反正,我对别的事没有兴趣,那就不妨找找她。"

"那就太好了。"张亮嘟噜道,"也算是给了我和袁枚一个面子。"

医生情不自禁笑了起来。他随即邀请两位朋友到绿房子西餐馆用膳。"我已经许久没有这么快乐过了。与张亮谈话,使我感到非常充实。"医生说。他用目光征询袁枚的意见,袁枚忙说:"当然,他是个义人。"

"明天,我们三个人一起出去找莉莉吧。"赵元任说,"我希望能和你们待在一起。"

下了楼,他们看到有一个警察骑着三轮摩托车在喷水池边转圈。这个人面色潮红,像个肺病患者。赵元任说,那是他的一个朋友,名叫程栋兄。果然,他骑在车上向他们招手致意。赵元任低声对张亮和袁枚说:"这家伙非常可笑。他有一个妹妹叫栋栋,他就改名叫程栋兄。这对兄妹互相讨厌。"

"你跟他的妹妹一定很熟吧?"张亮问。

"那还用说。她与你的妻子患着同样的病。"

张亮突然哑口无言了。后来,他们四人一起用餐的时候,张亮也是沉默不语。赵元任对张亮说:"我突然想起一件事,我手头还有一位特殊的病人急需护理,你们和我一起去吗?当然,她拒绝见到陌生人。"

"明天再说吧。"张亮情绪低沉地说。

6

现在离天黑还有两个小时左右。袁枚从西餐馆出来之后,实在不想回家。张亮主动提出陪他再走一段路。街上的扫雪车不停地驶过,每过去一辆,他们都要凝视一会儿。一辆扫雪车上堆放着几只液化气的罐子,他们俩就那罐子是否是空罐打了一会儿赌。张亮最后说:"如果它们突然炸裂了,那就不用打赌了。"

"咱们还是谈谈正事吧,说说你对那家伙的印象。"袁枚说。

"我对他有一种莫名其妙的憎恨。"张亮神色凝重地说,"起初,听了他的那段开场白,我真的以为他已经把你的情人杀了。我有点惊喜。我想事情都已经过去了。后来,我知道我错了,他竟然没有这样干。话锋一转,他提到了他头脑中那个奇异的王国,我几乎被他的论述打动了。这个傻瓜,在那紧要关头却透露出一股恼人的灵气。现在,我一想到我曾被他的怪话打动过,就对他产生了强烈的憎恨。"

"不管怎么说,他已经许诺要出门寻找莉莉啦。"袁枚说。
"但他不该把我们也扯进去。他并没有彻底就范。"
"这么说来,事情又变得难以预料了。"

"不过，我已经看到了希望的苗头，我们不必灰心。你难道没有发现赵元任热衷于跟我聊天吗？除了欣赏我的才华之外，他实际上已把我们当成了他最要好的朋友。朋友之间，什么事都好说。现在，我倒突然萌生了一个奇怪的念头，我仿佛想让这件事再拖一阵。不知道这种想法是怎么来的。你也有这种想法吗？"

"没有。我不想有。"袁枚说。

"你担心马莲看出破绽吧？"

"是啊。女人们有一种可怕的直觉。"

张亮捏着鼻尖思考了一会儿，对袁枚说："我去试探一下马莲的反应吧。如果她问起你呢？"

"我在图书馆查阅资料。就这么说。"

张亮走了之后，袁枚又漫无目的地在路上走了许久。他又看见了那些道路钻探工。他们总是将道路挖开又填上，没过多久，又要挖开。那种钻洞的声响像拉锯似的让他难受，让他产生出一种小便的欲望。他躲进路边的一间收费厕所，撒完尿之后，他又蹲下来大便。与莉莉在树林里做爱的情景突然浮现在他的脑子里，排斥不掉。

那天，他们从医生家里出来，在路上盘桓了很长时间，也没有找到一个可以落脚歇息的地方。又圆又大的落日隐没到临街高楼上的广告牌的背后了，街灯在暮色中亮了起来。这时候，如果他赶到医院去看岳父的话，或许就不会有眼下的这种麻烦事了。但他不想这样轻易走开，他越是疲倦，他裤裆里的那个伙计就越是硬朗，仿佛是一种奇怪的二律背反现象。莉莉提议到河边坐一会儿，这时他才发现他们已经走了很远了，已经走到城市的市河边了。在暮色中，那条途经城市的河流闪烁着黝亮的光，水面上停泊着商船和游艇。河岸上的一个停车场里灯火通明。河边的林带由窄变宽，它们的边缘耸立着高大的铁丝网，一座铁桥连接着两岸，就在桥头的位置，铁丝网上面有个漆黑的大洞，它仿佛是某种意念在诱惑着他将她带进那黝黑的林子里。

那片树林在黑暗中响彻着林涛。它们在这座城市建立之前就已经存在，只不过范围逐渐缩小，成为河岸上的林带。如果不是市民们的呼吁，那些商人早将它们变成了柜子、镜框、夫妻的眠床、婴儿的摇篮或者跑马场的栅栏。现在，它站在那里，在铁丝网上的广告牌的缝隙间，呈现着它那边缘的容貌。

"咱们钻进去怎么样？"他问。

"找到那个洞洞吧。"莉莉说。

"哪个洞洞？"他戏谑地问她，"这么说来，你对这里的地貌摸得很熟？"

"当然很熟。"莉莉佯装生气地说，"我被一个男人跟踪到这里，就钻了进去。"

他知道她在有意气他。但他只是假装生气，站在那个洞口做出一副不想理她的样子。莉莉率先进去了，他也赶紧钻了进去。他们并不是第一批到达这里的人，也不是最后一批。在他们身后，又有几对男女紧跟着进来了，然后大家转眼间消失在树影里，分头行动了。那时节正是初春，树林里气温还很低，蛇还冬眠未醒，地鼠也见不到，因为有人将喵喵乱叫的猫也带了进来。

他和莉莉一直走到树林的深处，那里有几个吊床搭在树缝里。他们可没有在吊床上做爱，而是尽量远离它们。双方都显得那么急切，不约而同地替对方扯掉紧要处的衣饰，如果不是碍于天冷，他们都要脱得一丝不挂。所以，他们一边动作一边商量下次再来。他从未感到自己这么能干，而她也是那么勇猛顽强，夹住不放。当头一轮高潮来临的时候，他们都尽情地喊叫起来，既像狮吼又像鸟鸣，这些声音都被林涛吸收了，被更多的情人们的鸣叫声淹没了。他像黄狗撒尿那样，在许多株树前都歪着腿站过。到后来，他觉得身处这样的幽林之中，自己已经不是一个凡人了，已经变成了一位神，变成了他的讲义夹中的神话里的人物了。后来，他们走出树林，来到河面上的那座铁桥上的时候，才听见了市声，看到了停车场上刺眼的光亮，这些声音和光色让他突然感到烦躁不安。就在这时，他听见莉莉说：

"我忘记吃药了，或许会怀孕的。"

"小事一桩，刮掉即可。"他说。

莉莉像一只母鸽那样咕咕地笑了。

"笑什么?"他问。

"我真想在林子里待到天亮,待到生孩子,待到来世。"

当时,她就是这么说的吗?

现在,精疲力竭的袁枚推着自行车站在厕所前面的十字路口,焦躁地反问着自己。冬天的夕阳从厕所的顶上照射过来,很快地,他就处于厕所的阴影之中了。有一辆无轨电车在他身边驶过,他朝它张望了一会儿,就顺着它驶走的方向骑去了。

7

他没有料到这么快就能见到他刚才说的那个特殊的病人。他安排她到南方去住一段时间,一个朋友在那里的一家疗养院工作。莉莉失踪的前几天,他突然收到她的一份电报:我有要事与你商量。他估计她近期会回来,但没有料到她回来得这么早。她疲倦地坐在地毯上,默默地抽烟,许久不说话。他估计她是刚下火车就来到了这里。

"你的气色好多了,吴敏。"赵元任说,"见到你,我格外高兴。刚下火车?"

吴敏不置可否地点点头。

"你的气色太好了。"赵元任又说。

"减掉了十斤肉。我又可以登上舞台了。"

"电报上说,你有重要的事与我商量。是什么事啊?"

"我只是感到需要与你商量一下。但究竟是什么事,我一时还说不上来。"

"又是你的艺术感觉在头脑里作怪。这个时代里还会有艺术感觉?不可思议。咱们还是先谈谈你减掉的那五公斤肉吧。"赵元任又递给吴敏一支香烟。吴敏闻了闻,将它燃着了。

"我反对你继续减肥。"他强调了"继续"两个字,"对一个成熟的女人来讲,她身上的肉总使我联想到果肉。你现在的体形恰到好处。我不喜欢果脯式的女人。"赵元任将她从地毯上拉起来,上下打量了一下,然后拉她在身边的沙发上坐下,随手递给她一杯果珍。

"快给我说说,除了减肥,还干了什么,你显得光艳照人,一定窝藏有什么开心的事。"

吴敏望着壁炉里的火,沉思了一会儿,对医生说:"你那个朋友对我讲了你在国外留学时的一些趣事,非常好玩。"

"枯燥乏味的学习生活有什么好玩的?当然,我回想起来,觉得那段生活过得很充实。"

"噢,他没提到这些事,他对这些事不感兴趣。"吴敏说。

"其余的生活就是一片空白了。"医生叹息了一声。

"他讲到了你和一位黑种女人交往的一些细节。有些细节是非常传神的。你曾说过她的子宫是最优异的子宫,是个深不可测的宝藏。所以,那里面能派生出优秀的长跑选手。这一点我能够理解。如果孩子在出生的时候跑慢了一步，就可能晕倒在长长的跑道上。"

"他说得不够全面。事实上，我跟许多黑妞在手术台上相遇过，而不仅仅是一个。"

"我能够想象到那种情景。"吴敏说。

"通常情况下，那些黑妞喜欢找黄种男人看病。这是因为我们黄种人有一双小巧玲珑的手，适宜于做接生婆。你知道，美国是一个奇怪的国度，那里的人都染上了一种怪病。突出的症状就是不搞计划生育，想生就生。这几乎是一种国病。奇怪的是，他们那些叽叽喳喳的参众议员却对这种国病感到心满意足，甚至乐不可支。这就苦了我们这些医生，一天到晚，手都没有闲过。"

赵元任说着，放下酒杯站了起来。他斜靠着铁架组合书柜站着，情绪有点激动。他看到吴敏垂下了头，仿佛被他说服了。于是，他及时地换了一个话题："是那个医生唆使你减肥的吗？"

"他说减肥有利于生育。"吴敏说。

"这是针对肥胖女人而言的。你属于另外一种女人。"

"哪种女人？"

"我说的话听上去仿佛很深奥，但却是不容辩驳的事实。上帝在你的肚子里作怪，上帝不忍心让你忍受生育之苦才故意这么干的，当孩子在你的身体内长到三四个月的时候，上帝就动手了，一束光穿透了你的小腹，把它弄死了。就在这个房间里,我曾给你讲过这个道理:使女人生产,使蛇在地上爬行,都是上帝一时不得已而对我们的惩戒。"

吴敏的目光逐渐黯淡了下来,她差点要被说服了。置身于这样一个四周垂挂着厚重布帘的客厅里,她对医生的道白将信将疑。在灰暗的光线中,医生抓住了她的手,在她的手背上轻吻着。但是,一种执拗的念头又再次支配了她:"上帝的事跟我无关。作为一个纯粹的女人,我就是想生下一个哇哇乱叫的孩子。"她低声地说道。

"这就是你要对我说的重要的事吗?"他的嘴唇仍然在她的手背上蠕动着。

"或许是吧。"她说。

"噢。"他叹息道。

"哪怕我把孩子生下来就弄死呢,我就是要生。或许我证明自己会生之后就真的不生了。我就是这么想的。"

"既然难以说服你,我就想办法成全你,上帝对人应该是公平的,干吗要让我们受苦而不让你受苦呢?"

他仰起脸,抚摸着她优美的嘴巴。然后,他扶她在地毯上躺下。

"我真想再和你一起到树林里去。"她说,"在那里,我仿佛变成了一个能够身外受孕的仙女。"她说着,就撩起了厚实的毛裙。

赵元任听着她的唠叨,感到极不耐烦。后来,当他试图深入地给她检查身体时,他眼前浮现出了那片树林。他突然停住了动作,额头上慢慢沁出了虚汗……

三

1

林间的莉莉变成了一只小母牛,身上长着绒毛,耳朵根上长出了嫩黄色的牛角。她成了神话中的伊俄,宙斯的情妇。受宙斯的老婆的迫害,她只好变成母牛。宙斯,这个杰出的情种,腾云驾雾地飞到她的身边,让她恢复人形。奇异的变化出现了:她的眼睛缩小了,牛嘴又换成了人唇,牛毛消失,牛角隐去,不再哞哞乱叫,而是唱着悦耳的歌谣,并将那首民歌连唱了三遍,那唯一的听众宙斯,坐在一张圆桌旁默默地倾听着……就在这时候,电话响了。

他醒过来之后,才知道那只是一个梦,是由于他在临睡前重温了他的讲义所引起的梦幻。他凝视着梦中的英雄,感到自己所能伸缩的范围是那么有限:他不但不能到树林里去,也不能把此事透露给将他挤到床沿的马莲。在梦中,伊俄生下了宙斯的儿子就获得了一片水草丰美的领地,而现实中的袁枚,却希望莉莉的孩子快点死掉,即使不死,也得丢给赵元任。

他的浑身都湿透了,穿着被汗水打湿的睡衣,他踢手跟脚地离开床沿到客厅里接电话。

"你是谁?"他问。

"搅乱了你的好梦了吧?"赵元任说。

"啊,是老赵。我还以为是谁……"

"以为是个女人打来的电话吧?"

"不,不,不……我正巧做着噩梦。"

赵元任在那头哈哈地大笑起来。他说早上他碰巧没有事,愿意和他们俩一起出门找莉莉。"你有意见吗?"赵元任问道。

"没有意见。我这就去通知张亮。"

"我已给他打过电话了。"赵元任说。

"现在是几点钟?"

"不知道。咱们一个小时之后碰面吧。"赵元任说着,就放下了电话。

他放下话筒,回到卧室,看到马莲的一截腿露在被子外面,一只蟑螂正在那截腿上徘徊个不停。马莲踢了自己一脚,对他说:

"别碰我,袁枚。"

"好好,我不碰你啦。"他说。

他轻轻地掩上卧室的门,来到客厅穿衣服。然后,他给张亮挂了个电话。电话中,张亮的声音听上去非常恼怒:"赵元任,你让我睡个囫囵觉好吧?"

"我是袁枚。"

"是马莲出事了吧?"张亮的声音平静下来了。

"正睡得香呢。"他说。接着他把赵元任的计划向张亮重复了一遍,张亮听完之后,突然说:"我代吴敏向你和马莲问好。吴敏昨天晚上回来了。"

他听见吴敏正在一边喋喋不休地讲着什么。他立即明白张亮的意思是不便这样交谈,于是,他让张亮代问吴敏好,接着,就挂断了电话。

2

他们赶到医学院门口时,雪已经停了下来。天还没有亮透。一辆小面包车在雪后的道路上驶来驶去,然后在张亮和袁枚身边停住了。赵元任打开车门跳下来。他们三个人站在路边交谈的时候,谁都觉得自己有点形迹可疑。

"我有一种感觉,"张亮打着哈欠,口齿不清地说,"你老婆已经把孩子生下来了。"

"咱们不妨到医院的产房里查看一下。"袁枚说。

"我也正想着到各大医院转转看看。"赵元任说。

面包车开进了大街。由于交通警察尚未上班,所以路面上行驶着各种在白天禁止通行的车辆:运货的卡车、骡子拉的架子车、小贩们的三轮车。在冬天凌晨清冷的街灯下,这些车辆很快就拥挤到了一起,使得道路非常难走。面包车被挤在一辆架子车和卡车之间。架子车上装了几只煤气罐，卡车上的垃圾罐里的灰尘被风吹得沸沸扬扬。

他们坐在车里默默地吸烟。过了一会儿，张亮问坐在方向盘后面的赵元任：

"先到哪所医院？"

"走着说吧。遇到医院就进去。"赵元任说，"除此之外还有别的办法吗？"

"似乎没有。"张亮说。

天快亮的时候，路面上的车辆突然间变少了，街上又变得冷冷清清的。有一辆双层无轨电车从另一条道路上驶过来，看不见脑袋的乘客们把手垂挂在车窗外面，远远望去，那里像是两排兜售手套的货架。就在这时候，袁枚看见了市第一人民医院高大的门楣，但他没有吭声。他想到岳父就待在那里面。

后来，他们的面包车停靠在另一家医院门口。这是一家妇幼保健医院。这时，天已大亮了。他们踩着冰封的路面走进医院长长的走廊时，一阵撕心裂肺的哭声突然传来。有几分钟，三个人不约而同地循着那哭声走去。走到楼梯口的时候，那哭声戛然而止了。三个人都在那里停住了脚步，接着，他们又被墙壁上张贴的医院结构平面示意图吸引住了。张亮率先在上面找到了产房和育婴室的方位，但他没有吭声。他燃上一支烟，继续端详着那张图。

"我想起了一位多年未见面的同学，他就在这里上班。"

赵元任若有所思地说。

一位面无表情的护士被赵元任拦在楼道口，赵元任向她描述了那个同学的大致模样，护士朝楼梯拐角处的方向指了一下，就哼着小曲走开了。

他们推开一道门缝，看见那个衣冠整洁的医生正坐在紧挨着暖气片的弹簧床上打着手势发表演说。进门之后，他们发现房间里只有他一个人。那位医生的手停在头顶上，打量了他们一会儿，然后对赵元任说：

"同志，你不是出国镀金了吗？何时返回祖国的？"

他优雅地和他们握手，示意他们向床边靠拢。接着，他把窗帘拉上了。这时候，一团白雾似的太阳已经爬上了对面的楼顶。

3

"听说你现在不干妇科了？"那位医生问赵元任。

"偶尔也得插把手，"赵元任说，"主要在外科工作。"

"太幸运了。"那位医生说，"现在，我一看见那些招摇过市的女人就皱眉头。她们已经让我们的前辈们摆弄够了，轮到我们这一拨，她们的躯壳里已经没有剩下多少值得开发和探究的处女地。天哪，这太悲哀了。"

赵元任凝视着眼前的这位薄唇、大眼、过早秃顶的同学，却想不起了他的姓名。这时，他听见老同学在征询他对这个问题的看法：

"喂,你说呢？"

"我同意你的观点。"赵元任说,"去美国之前,有个非常天真的想法支配着我,我对那些异域的女人抱有较大的幻想,以为能在她们身上找到新的东西……"

"事实上你没有找到,对吧？除了皮肤和毛发的颜色有深浅之分外,她们和我们手下的女人能有什么不同呢？年轻的时候,我们不怕脏不怕累地选择了妇科这一行,就是为了使我们的生活增添一点情趣,一点色彩。可是现在的情形呢？唉……"妇科医生捶打着膝盖,发出一连串的叹息。

这时,外科医生不失时机地把身边的两位朋友介绍给妇科医生：

"只要一想到别人也在瞎忙,我们就可以心安理得了。是啊,几乎所有的人都在忙忙碌碌,包括我身边的这两位朋友。而那些让你厌烦的女人也在到处奔波。这两位朋友就遇到了后面这个问题,他们正在为一个忙碌的女人忙碌。"

妇科医生仿佛没有听清外科医生的话,仍然自说自话地长吁短叹："想想吧,她们的任何部位都生过了病。我常想,难道她们就不可能产生出一种史无前例的新鲜的病种？又碰巧让我遇上它？"

"艾滋病。"外科医生有点恼火了。

"这种病根本不值得研究,"妇科医生说,"那是一种不治之症,那些专家们都在哗众取宠。"

外科医生做出了告别的姿态，对张亮和袁枚说："咱们还是走吧？"

妇科医生迅速镇定下来。他笑眯眯地问："孕妇带来了吗？"

"张亮，把那位女孩子的情况给医生讲一下。"外科医生又低声对袁枚说，"你可以作些补充说明。"

"两位倒霉的朋友。不可能是轮奸致孕的吧？"妇科医生问道。

张亮咳嗽了两声，咧嘴笑了。他望着外科医生说："我们想打听个人。这里是否接纳过一位叫莉莉的女孩，她快要生产了。"

"望着医生说话，别看我。"外科医生说。

"当然，她也可能已经生了。"袁枚说。

"莉莉？仿佛有这么个人。"妇科医生说，"经常有名叫莉莉的姑娘来打胎。现在，碰巧也有个莉莉正在产房里。"说着，他拿起了电话，呼叫着值班室的护士。

护士对他们说："那个女人还没有生呢？"

张亮和袁枚跟着医生朝楼上走去。外科医生说他出去买一点面包，就下了楼。

"你们想要男孩还是想要女孩？"妇科医生边走边问他们。

"哪种都不想要。"袁枚说。

"那太好办了。"妇科医生说。

325

他们看到床上横陈着一位面容姣好的姑娘，张亮窃声地问袁枚：

"是她吗？"

"不是她。"袁枚说。

那位医生戴上橡皮手套，走近产妇身边，对她说："还要听音乐吗？"他竖起一根手指在姑娘眼前晃了两下，然后，对站在护士身边的两位朋友说，"这位未婚妈妈非常注重胎教，每天都让胎儿听流行歌曲。"

他们退出房间的时候，医生追出来问道："我的老同学叫什么名字啦？"

"赵元任。那孩子就是他的。"张亮说。

"我懂啦。"医生说着，就拐回去了。

4

中午十二点钟左右，他们从一家餐馆出来，开着面包车在街上转悠。驶过几条商业街，他们来到了一条冷清的小道，道路两侧不时闪过几幢教堂和清真寺，古典建筑的尖顶和塔顶夹在异想天开的摩天楼之间。一些神情严肃的人从一幢教堂里出来，边走边打着哈欠。他们的车只好停下来，让他们通过道路。一位拄着双拐的年轻女人冷漠地回望着教堂顶上飘拂的白色绸带，那上面印着钟表商店的广告词：上帝用精密的元件组装世界。这时候，他们都看到了教堂对面的一家医院的招牌。

"还要进去吗？"赵元任问。

"你说进去咱就进去。"张亮说。

"袁枚，你的意见呢？"

"听你的。"袁枚对赵元任说。

"我临时改变了主意。"赵元任说，"咱们别进去了。最好到莉莉以前工作过的邮局打听一下，问问那帮姑娘是否知道莉莉的消息。"

然后，他一边开车一边讲述自己改变主意的理由。街上飘拂的圣乐声像 OK 磁带那样给他的道白伴奏着。坐在后排的两个人慢慢地听得入迷了。

"如果她已经钻进了某所医院，那就说明她已经脱离了危险。让她待在那里乖乖地生吧。其实，就我所知，没有哪家医院会干那种独自承担责任的傻事，他们即使暂时接收了她，也会想办法与家属保持联系，譬如，会登报寻找她的亲属。所以，我们没有必要再费神费力地和医生们周旋了。"

那个邮局位于中山路的北端，正好处于闹市区。赵元任又派张亮打头阵，去柜台后面领姑娘。张亮拣了一个打扮得很时髦的姑娘领到车边，还有几个姑娘扛着邮袋朝这边张望着，见张亮和那姑娘上了车，她们也扔下邮袋围拢过来。

"我在一周前还见过莉莉。"那姑娘扑闪着一双大眼睛望着张亮说,"你就是那个归国专家吗?姐妹们都想见你。"

"我会给你们机会的。"张亮说,"你先告诉我,她跟你说了些什么?"

"我们只是随便地聊了聊。"

"聊了些什么?不可能仅仅聊我吧?"

"你只和那个白种女人生过一个孩子吧?"

"让我想想,"张亮望了赵元任一眼,问道,"只生一个吧?"

姑娘捂着嘴巴笑了起来:"你真幽默。"

"莉莉给你提过这事?"赵元任插话道。

姑娘没有搭理他,而是对张亮说:"给我一张名片,好吗?"

张亮在身上的口袋里摸了一会儿,沮丧地对姑娘说:"忘记带了,下次给你吧。"

姑娘大方地原谅了张亮,然后塞给张亮一张她自己的名片。张亮在手里把玩了片刻,就塞进了上衣口袋:

"现在,你可以走了。我会与你联系的。"

当他离开的时候,姑娘还站在雪地里的邮筒旁边,向张亮挥手。

"这种颠倒身份的游戏,真让人开心。"赵元任说。

"我应该请她出去喝一杯。让她到酒吧里给我唱一支歌。"张亮对袁枚说。

袁枚听出了张亮的话外之音,知道他又在取笑自己,就无奈地摇了摇头,没有出声。

后来,面包车在一幢高楼后面的酒吧前停了下来。当他们从酒吧里出来时,天色已经灰暗了。一个盲眼的路人靠着面包车在雪中歇息,他那双眼睛向上翻着,仿佛在张望天上的星辰。在那一刻,三个人都围着他站着。后来,他们又在车边站立了许久,目送那个盲人消失在人流之中。面包车再次驶进大街的时候,一盏盏路灯已经在雪雾之中亮了起来。不知道是谁说了一句"又过去了一天",但没有人接这个话茬。

四

1

一进门,她就向他宣布,她已经决定和张亮复婚。

"这是一件值得庆贺的事。"赵元任套上睡裤来到镜子前,"这说明,前天我对你所说的话没有白说。你没有必要为自己出色的子宫犯愁。"

他望着镜子中的吴敏的侧影,开始揉搓自己的耳朵。由于经常在那里拴口罩带,他的双耳有种古怪的直立习惯,但他的听力比较糟糕。

"电报中所说的那件大事就是指这件事?"

"或许是吧。到现在我才觉得,这就是那件大事。"她迟疑了片刻,说道。

她还没有和张亮离婚的时候,他就接手了这个病人。热爱女病人中那些出类拔萃的美人,是他的可爱的职业病。再没有别的病人比她更合适了:她可以怀孕,却难以生下一个活泼的婴儿,前者可以证明他有健全的性功能,后者又使他无需面对随时可能出现在他面前的摇篮发愁。这简直是一种小康式的性生活。

赵元任又重新躺到床上,找到了一个最舒服的睡姿之后,他示意吴敏在床边坐下。吴敏迟疑了一会儿,才在镜子前面的小圆凳上坐下来。

"你对我的医术已经产生了怀疑,"赵元任说。他的一根手指在面前晃来晃去,"现在,我可以告诉你,对你这种病,整个医学界都束手无策。所以,我才向你提起了一些神学上的命题。你大概不知道,人类的生育生长之谜一直困惑着我。绝大多数父母在交合的时候,都悉心于体验那种绝妙的生理感受,他们不会去想,噢,一个婴儿就要从这种感受中剥离出来了,它就要脱颖而出了。但是,奇怪的是,十个月之后,却会有一个小家伙呱呱坠地。它像一只蛹,干嚎了几声就嚐住了母亲的奶头。此时此刻,它仍然专注于体验吃奶的愉快。它慢慢地长大了,唇间的奶头变成了它自己的脚指头,一个铅笔的橡皮头,烟头,然后是情人的奶头。而它以前嚐过的奶头已经变成了两堆臭皮囊，即使生了癌，它也不屑一顾。我在医院里每天都要遇到这种情景。吴敏，我要提醒你，一次丑恶的强奸，也可以搞出一个俏皮的婴儿，而你却与上述那些荒唐的图景无涉。我之所以把这些告诉你，是因为你今天已经给我讲了一件值得庆贺的事，我把以前给你讲过的道理换个方式再浅显地讲出来，让你听了再高兴一次。去客厅里拿两个酒杯过来，我们庆贺一下。"

吴敏犹豫了片刻，就到客厅去了。他拿起枕边的电话跟袁枚通了一次话。袁枚说他要到医院看望岳父。

"那太好了，我今天碰巧有事，"透过半掩的门他望了一眼站在床前的吴敏，又接着说，"也代我向老人问好。"

他放下电话，就又竖起了那根食指："坐到床边来，幸运的女人。"

这时，吴敏发现了那只放在鞋边的陶罐。她弯腰将它捡起来。陶罐上的鱼形花纹吸引了她的目光，她凝视着它，脱口问道："这个宝贝是从哪里来的？"

"它是个地道的国宝。我愿意将它送给你做个纪念。"

"有一股怪味。"

"我从国外带回来的。它在国外滞留久了，就有一股洋味。过海关的时候，它差点被眼馋的海关人员没收。"说着，他的胳膊绕过她的肩膀将一杯酒倒进了罐口。然后，他低声对她说："我愿意再最后奉献一次我的医术。"

他又竖起了那根食指。透过镜子，他看到她的两只手互相搏击似的绞在一起,胳膊所夹的陶罐在摇晃着,而她的嘴巴和眼睛却闭得很紧。她大概已经预感到下面发生的事将是在所难免的了,他们又将进入那种事先已经规定好的情景中了。他将再次以一名医生的身份抚摸她的身体,而她也不得不以一个患者的角色和他做爱。她惊惧地瞧着他的那根食指,知道它很快就要直绷绷地进入她的体内。她后退了几步,靠着镜子蹲了下来,嘴巴张开又合上,却发不出半点声音。她看见他又披上了那件象征着医生身份的白大褂,然后,他开始褪掉裤子。出于一种莫名其妙的动机,她站起身来跑到他的面前,蹲在他的那堆裤子上,仰望着他的那张严肃的脸。医生将她的脸捧在手上,像拔萝卜那样将她拔起来,放到了床上。她在倒向床铺的那一瞬间,用手抓住了那只陶罐,仿佛它可以起到一根救命稻草的作用。

医生已经熟练地脱掉了她的内裤。然后,他的一只手抚摸着她的乳头,另一只手把陶罐夺走。

"请接住它。"医生对假设中的助手说。接着,他把它放到床边的小圆桌上。

"谢谢。"医生不苟言笑地说。

"通常情况下,它就是这么饱满吗?"医生掐着患者的乳头,和患者交谈着。

"大概是吧。"患者说。

医生端详着病人的胸脯,沉思了片刻,随即对助手说:

"这位少妇的乳房发育正常。请记录在案。"

按照惯例,医生将着重检查病人的生殖器构造。当医生的手指进入她的体内的时候,病人老练地提醒医生:"别用镊子和温度计了,它们太凉,让我受不了。"

"把镊子递给我。"医生说。一把镊子从医生的左手转到右手,"谢谢。"医生说。

"它会让我疼得受不了的。"患者说。

"它同样会让你快乐无比。"医生端详着那把不锈钢镊子,一朵药棉湿漉漉地开放在镊子的尖端上。

刺耳的叫唤声突然响起来了。她越是叫唤得响,那把不锈钢镊子就越是向前突进,那朵药棉被送到了最深处。接下来,随着那把镊子的转动与回送,患者的叫唤声就变成了悦耳的呻吟声,悠扬、急切、悦耳动听。她的眼睛紧紧闭合着,身体在前俯后仰,迎合着那把镊子,这时候,医生才及时地抽出镊子,将自己的坚硬的长矛刺进她的体内。同往常一样,他无法在那里展开持久战,他很快就败下阵来,当她又在那里扭动的时候,他的长矛就软不拉叽地滑出来了,像个无辜的孩子,垂挂在他的腿根。

"你这个庸医。"患者说。

他凝视着她,听着她的咒骂。渐渐地,一阵莫名其妙的快乐袭上心头,让他浑身战栗个不停。他又把镊子送进去了,有几分钟时间,是她自己在管理使用那把镊子,他看见她的身体在和那把镊子互相利用又互相搏斗,她的眼睛时而张开时而闭合,即使她张开眼睛,她也不看他一眼,她的视线被那把镊子吸引着。他只能听到她在不停地咒骂他:

"……庸医……树林……你现在……庸医……树林……"

"骂够了吧。"他逼近她的脸,同时动手夺回那把镊子。

后来,他们都精疲力竭地躺在地毯上,许久没有说话。那朵带血的药棉粘在地毯上,像个无形的界标将他们隔开。天色慢慢地昏暗了,两人一边吃着奶酪一边看着电视。赵元任几次站起身来,将电视机的音量调得更小一点。最后,他索性将音量调到最小值。屏幕上的人群都张着嘴巴却说不出话来了,一对情人从人群中分离出来,牵着手走过一片修葺成菱形的草坪,脸上挂着笑。但转眼之间,他们就朝对方皱眉头吐唾沫,接着,又咧着嘴巴无声地大笑起来了。有个穿红背心的侍者将他们领进了教堂旁边的小酒吧,他们在窗边坐下,隔着玻璃瞧着远处的人群,人群散尽之后,那里出现了一个圆形墓顶。就在这时,一阵隐约的爆炸声在房间里回响起来,电视里的人像迅速被屏幕上的雪花状的物质取代了。赵元任和吴敏都莫名其妙地望着电视屏幕,又互相对视着,像剧中人那样朝对方皱眉头瞪眼睛。

"这是怎么回事？"她问。

"不知道。"他说。

"你真是个庸医。"她说。

"做爱的时候，你已经情不自禁地说过这话了，"他说，"而且，我一直在洗耳恭听，并不反感。"

雪花状的物质仍在屏幕上跳跃着。又一阵爆炸声传来了。赵元任起身将音量调大一点，试图盖过那爆炸声，但那种声音仍在隐隐约约地响着，并持续地涌进来。他坐到她的身边，伸手抱住了她。她想躲开，最后又无力地躺到了他的怀里。

"我何时能参加你们的婚礼？"他又旧话重提。

她仰脸瞧着他，嘴唇嗫嚅了半天，也没有说出一句话来。

2

从婚姻咨询所回来的时候，张亮在学院门前的马路上遇见了袁枚。"我到那里咨询了一下有关复婚的事项，"他对袁枚说，"那里的生意非常好。"当他知道袁枚要去医院看望岳父时，他说："代我问老人家好。"

"不过，你可千万不要在那里碰上莉莉。一旦遇上了，就及时与我取得联系。"

"那当然。"袁枚说。

现在，张亮就站在卫生间的门外，倾听着马莲洗澡的水声。那是她的老习惯了。她通常要在事前事后各洗一次澡：先洗掉袁枚留在她身上的气味，把自己奉献给张亮；再洗掉张亮遗留下的体液，将自己奉还给袁枚。

刚才，她进卫生间之前，曾忧心忡忡地问起他和吴敏的事。"何时能喝上你们的喜酒啊？"

他不打算把那个隐秘告诉她。那个秘密他从未向人透露过，那是他与吴敏离婚的真正缘由：他简直无法与她做爱，每次骑到她身上，他都会想到他是在扼杀一个小生灵。他会产生一个幻觉，那个尚分辨不出性别的胎儿正在他的作用下垂死挣扎。只有他把身下的吴敏想象成马莲或者别的女人的时候，他才能够和她完成一次像模像样的交合。

现在，张亮重新回到客厅里，隔着两道门，他继续悉心地倾听水声，并想象着她那躺在浴缸中的丰腴撩人的身体。这种丰满的女人比吴敏式的纤巧的女人更能激起他的兴趣。以前，他经常搭乘她的出租车出门讲课、开会。一次偶然的机会，他们从市郊的一所大学回来的路上，拐进了树林边的停车场。工人们给出租车加油维修的时候，他们走过那座铁桥来到了树林的边缘。不过，那一次他们可没有在那里做爱。一位维修工站在桥的另一头大声地呼唤着他们，待他们走近的时候，那家伙眨着眼睛一边向他们索要修车费一边打着手势和他们开着玩笑。那个具有很强的性色彩的玩笑他已经忘了。但他直到现在还记得马莲当时的反应。她紧盯着他，对他说："我倒想进那里面看个仔细。那里面真的很热闹吗？"她说着，就朝树林的方向望去，在昏暗的暮色中，有几对情人在铁丝网外边徘徊……

第三次再来的时候，他终于将以前的幻觉化成了现实。他成功地将她勾到了手。自那以后，他俩对那片树林都迷恋不已。后来，他从晚报上看到一则呼吁书，才知道有许多人都迷恋那片林子，呼吁市政部门将它保留到下个世纪。他很激动地将晚报拿到朋友家里，请马莲和袁枚过目。

"林子跟我们有什么关系？谁想拿它做房地产生意就让谁做去。"马莲说。

"我不赞成砍掉林子。它已经成为城市的一大景观。再说，它是我们这座城市的历史的见证。况且，它能吸收工业废气，减轻大气污染。"张亮说。

"你们争论的林子到底是什么东西啊？"袁枚说，"我怎么没有注意到这片林子。"

"书呆子。"马莲从袁枚手里扯过晚报，又开始阅读那则呼吁书……

眼下，张亮终于等她洗完澡了。她优雅地坐在他的对面。那对奶过孩子的乳房在乳白色的毛衣后面晃动着，他以此判断她没有戴上乳罩，因而，他立即感到温暖。

"我见过吴敏了。她还是那么苗条。"

"丫环们迟早都是苗条的,而女神却永远丰满撩人。"

"袁枚对我说,近来你在女人方面收益丰厚。那个旧情人对你不错吧?"

张亮愣了一下,不知道这个被他誉为女神的女人究竟在说些什么。他迟疑了一下,说:"你对我确实不错。"

马莲站起身,从背后的帽架上取下袁枚的那条褐色围巾,在胳膊上缠绕着。接下来,她凝视着张亮,不再说话。张亮终于醒悟了:袁枚一定把莉莉的账划到我头上来了,他在逼迫着我对他报恩。这是一个误会啊。

恼火的张亮脑子里出现了短暂的空白。这是典型的张冠李戴的行径,清醒后的张亮想。他很快意识到马莲眼下的这种醋意十足的言谈实际上表明了她对自己的爱恋,这是袁枚万万料想不到的。所以,他又怡然自得起来,他临时决定充分利用这个误会,试探一下自己对她的吸引力究竟到了哪种程度。这是一着险棋,得仔细算好每一个步骤,才不至于鸡飞蛋打。说实话,他尽管仍然眷恋吴敏,而且在他来找马莲之前还在盘算着是否真的要与她复婚,但是,丢掉这个眼下正泡在醋坛子里的女人,实在太可惜了。

"既然袁枚都对你讲了,那我还有什么好隐瞒的呢?我愿意再向你透露一点我的看法。"

"我已经对你的看法不感兴趣了。"马莲说。

"我认为这一切都是在所难免的。昨天,我还在和吴敏争论着一个比喻，就是人怎么才能活得像一条狗。已经有人指出，人要是能像条狗那样生活，那么，整个世界的图景就变得非常明晰了。它们有固定的发情周期，每当那个抒情时代来临，它们就择优交配，然后就孕育狗崽，恪守职业的道德尽心替人看守门户。异性之间狭路相逢，也不胡来，顶多互相嗅嗅阴部。我对这种生活非常神往。当明智的社会学家预言我们人类终将过渡到这一天时，我感到简直生错了时代。无奈的是，我和袁枚都只能活在这个时代。"

"你说这是个抒情时代？"马莲用围巾缠住了脖子。这时，她有点手忙脚乱地急着把它解下。她的脸已被围巾勒得发紫了。

"当然，这只是一个比喻。"张亮从容不迫地看着她，"所有的比喻都是不得要领的，你还是坐到我的腿上来吧。"

"我对你说的比喻没有兴趣。"马莲气喘吁吁地说，又用围巾缠脖子去了。

"这正是抒情时代的特征，在这个时代里，你不会找到你感兴趣的事情。"张亮脱口说道，"但是，我对你还有浓厚的兴趣。"

"我不是你说的母狗。"马莲的脖子和脸又开始发紫了。"你还磨蹭什么？袁枚要从医院回来了。"

"明天，我想借用你的车。"

339

"你转眼间又对车感兴趣了？"

"我想找回你刚才说的那个旧情人。"

"我正想见识见识她。"马莲说着，又将围巾缠下来了。

3

袁枚回到家时，天已经黑了。他觉得马莲的神色不同寻常，她炒的菜也忘记放盐了。唯一的解释，只能是她心神不宁。

为了活跃气氛，他主动地向她汇报了探望岳父的情况。但是，马莲似乎对父亲不感兴趣，只用一句话就中断了他的讲述："他一时又死不了。"

"我知道。"袁枚说，"但他总要死的。"

"你这是什么意思？"

"没什么意思。我是实事求是。"

两人围着饭桌没话可说了，继续吃着没有放盐的菜。过了许久，马莲问道：

"明天你还要帮张亮找他的情人吗？"

"是啊。要帮朋友就帮到底。"

"我跟你一块去吧。"马莲说，"下午，张亮来借车了。"

"你最好别搅进来。"袁枚说，"张亮不想把小事化大。"

"我只是想和你待在一起。"马莲说。她将一大堆剩菜倒进了垃圾筒。从厨房里出来,她直接拐进了卫生间。接着,响起了一阵水声,他判断不出她是在大便还是在冲澡。过了一会儿,马莲只穿着一条短裤溜进了卧室。

"现在就上床,未免太早了吧?"站在卧室门边的袁枚说。

"你又要出去?"

"不、不、不……要么我们出去看场电影?"

"不。"马莲说,"我只想睡觉。"她打着手势邀请袁枚到床边来。她说自己今天莫名其妙地感到快乐,仿佛完成了一件大事。

"什么大事?"

"究竟是什么大事我不知道,但我觉得我仿佛完成了一件大事。这是个比喻。"她说。

除了跟她睡上一觉,袁枚没有别的选择。马莲在床上对他从来是不冷不热,眼下,她这股热乎劲儿让他感到受宠若惊,又使他觉得匪夷所思。他被她的手牵上了床。

当他们并排躺在床上时,他侧着身子凝视着她。她的下巴翘得高高的,嘴角紧闭,眼睛却灰蒙蒙地睁得很大,望着天花板上的圆形吊灯。那盏灯太亮了,照得她脸上生硬的线条毫厘毕现。他去抓她的手时,发现她的拳头握得紧紧的,他只好把手挪到她那鼓鼓囊囊的胸脯上。这时候电话铃响了。他迟疑了一会儿,还是决定去接电话,但他离开床沿时,铃声突然停了。他重新挨着她躺下,她却要和他谈起天快黑的时候响起的那阵爆炸声。他只好耐住性子听她讲,然而,她刚开了个头就煞了尾,接着,她倒过来问他:"爆炸的时候,你在干什么?"他说他在路上。

这时候,他意外地发现他已经进入了她的体内。扫兴的是,一旦他意识到了这一点,他的爱浪就要消退。但她不许它溜走,她抚摸它,揪它,用指甲掐它……

无声的僵持一直延续到深夜。后来,电话铃声又响起来了,他想:那会是莉莉打来的吗?如果换成莉莉,我在此时此刻能和她痛快地玩耍一次吗?他这样迷迷糊糊地想着,把手伸向了妻子的下体。他吃惊地发现,尽管她嘴里不停地要求他干她,下体却是干干的,像秋后教学楼前那片干枯的草坪。

五

1

早上九点钟左右,那位叫程栋兄的警察开着面包车来接张亮和袁枚。袁枚出门的时候,马莲还躺在床上。

"我答应待会儿来接你。"袁枚说。

"最好让吴敏也去。"马莲翻个身,面向墙壁说。

他走到床前,在她肥厚的脸蛋上吻了一下,"睡吧,我很快就会回来的。"

上车之前,他很快吐了一口痰,对坐在车上的张亮说:"昨天,你干得不错。她已经信以为真了。"

"我是知恩必报。"张亮推开车门,将袁枚拽上车。

"今天,我们要到哪里去?"袁枚换了个话题。

"赵元任就是要和我们商量这件事。"张亮说。

程栋兄将面包车开出校门,沿着雪后的道路向医学院方向驶去。

2

"我确实还没有想好该到哪里去,"赵元任说,"不过,有个问题值得大家讨论一下。"他朝程栋兄瞥了一眼,"我们这位警察朋友对我说,昨天,市区里发生了一起爆炸事故,死了不少人。"

"死了几百号人,其中不乏孕妇和婴儿。"程栋兄神情激动地补充道。

"是一家煤气公司起火爆炸了。火势很旺。附近的一个购物中心也被炸塌了。火又蔓延到了附近的一所职工幼儿园,据说附近的树林也起火了。"赵元任说。

赵元任说完之后,大家都沉默不语了。袁枚将一只指

343

甲抠来抠去,垂着眼帘没有吭声。张亮轻轻地摇晃着头,过了一会儿,他说:

"大家不要这样闷闷不乐的。首先,我们先琢磨一下,这跟我们有什么关系。然后,再采取行动。"

"树林附近的那座铁桥也被震塌了。"程栋兄说,"有兴趣的话,哥儿们不妨开车去看看。"

赵元任环抱着胳膊出神地望着程栋兄,但那眼神是虚幻的,当他这样看着某物的时候,其实那物件却游移于他的视线之外。

"你见过那座铁桥吗?"张亮问袁枚,他的语气显得格外亲切。

"我一直没搞清树林的具体方位,不过,我倒在一本图片集上见过那座铁桥。"袁枚说道。

"那一带归我管辖,就在文化路和中山路的交叉点附近……"程栋兄说。

"这我知道。"张亮不耐烦地打断程栋兄,重新夺回发言权,"在我们这个城市,'树林'这个词是有具体所指的。它似乎成了一个专用名词,但我从未进去过它的内部,所以,它的确切含义我尚未搞清楚。"

"你见过那座铁桥?"赵元任醒过神来,就加入了这场讨论。

"见过。它已经生锈了。当然,它在画册上一定是非常好看的,因为它被抹了一层漆。"张亮说。

"我刚从国外回来的时候,曾经向有关部门呼吁过,要求将那座铁桥和附近的树林保留到下个世纪。这篇文章引起了许多人的兴趣,我们就联合署名,把它发表在晚报上了。"赵元任说。

"就像艾菲尔铁塔是巴黎的代名词一样,那座铁桥以及铁桥所通向的树林应该是我们这座城市的代名词。"

"据说艾菲尔铁塔是自杀者热衷于选择的场所。"袁枚终于插了一句话。

"那是自杀爱好者的事,与我们无关。"张亮说,"我们都热爱自己的身体。"

"我总觉得那帮被炸死和被烧死的人当中有我们的熟人,"程栋兄着急地抢过话头,对三位朋友说,"或许莉莉就在那里面。"

他这么一说,室内的气氛就冷静下来了,一时间,大家又陷入了难忍的沉默。三位朋友都瞧着程栋兄,他现在已经平静多了,全没有了刚才那种因为插不上话而生发的急躁不安。他一旦有了说话的机会,讲起话来就变得慢条斯理:

"电视上已经呼吁人们去认尸。从那时起,我便相信她就死在那里。当然,这只是我的猜测之一。昨天的爆炸声真响啊。"

说到这里,他突然住了嘴。那三个人都端着酒杯站在他的面前,漠然的目光在他身上扫来扫去。张亮甚至有点闷闷不乐,将杯中的酒倒进了烟灰缸里。

"那就到现场跑一趟吧。"赵元任说,"否则程栋兄会失望的。"

3

那两个女人已经在家属院门前的站牌下等候了很久。马莲的那辆出租车停在路边,两个女人正在那里欢快地交谈时,面包车开过来了。坐在车里的人都听见了吴敏那夸张的笑声。张亮和袁枚跳下车,向各自的女人走去。赵元任的脑袋从车窗口伸出来,热情地喊了一声:

"快点上来吧。"

"稍等片刻。"张亮回头对赵元任说,同时把医生介绍给面带喜色的马莲。"那是个蠢货。"他低声对马莲说道。然后他对站在自己身边的吴敏说:"你怎么也出来了?"

"我想跟你们待在一起。"吴敏边说边向面包车张望着,"我想坐马莲的车出门兜兜风。"

袁枚充满歉意地望了张亮一眼,"马莲,将出租车开回去吧,"他停顿了片刻,对马莲说,"要去的话,咱们都坐那辆面包车。"

马莲爽快地答应了丈夫的请求。

大家都挤进面包车的时候,弯腰站在过道里的吴敏突然呕吐了。大部分秽物被吐到了门外，另外的一小部分被张亮的鞋底擦掉了。车开出很远之后，马莲握住吴敏的手，向吴敏道歉："我不该叫你出来。你怀孕了吧？"

尽管她们的声音很低，但其他人还是听见了。吴敏说："我经常呕吐，这是老习惯了。"

坐在袁枚身边的张亮浑身战栗了一下，接着，又望着窗外的车流慢慢地闭上了眼睛。

过了许久，马莲又问了一句："这车是往哪开啊？"

"难道你就没有闻到一股焦煳味？"程栋兄说。

"有一个朋友临时被炸死了，我们去现场认尸。"袁枚连忙说道。

吴敏发出一声尖叫。大家都以为她又要呕吐，连忙让程栋兄刹车。车停在路边之后，吴敏却若无其事地坐在原处，好像并不知道大家要她干什么。

"吴敏，下车呕吐去吧。"张亮厌烦地喊了一句。

吴敏僵在座位上半天没动，经张亮再次催促，她才走出车门。她在外面站立了一会儿，然后就沿着路边的人行小道向前走去。她瘦削的身影在寂寞的人群中穿行着，不管车笛怎样为她鸣响，车上的人怎样向她呼喊，她仿佛都没有听见。面包车只好顺着她的方向缓缓行驶。后来，张亮对朋友们说：

"我们别管她，开车走吧。"

但是程栋兄已经停下车来，跳了下去。他追到一个水

347

果店门前,将吴敏带了回来。吴敏上车之后,弯腰站在过道里,迟迟不愿落座,随着车辆的行驶,她的身体在轻轻地摇晃着,仿佛随时都要摔倒。

"吴敏,坐下吧。"赵元任终于劝说道。

"这是你的车吗?"吴敏问赵元任。"我不喜欢坐这种面包车。"

"我怎么会买这种破车?"赵元任一边劝吴敏坐下一边说,"这是一位病人的车。他把车托付给莉莉照看。后来,这位病人却失踪了。我是临时用一下。"

吴敏仍然弯腰站在那里,她的脸上闪现出一种疑惑和忧郁的神情。赵元任在讲述故事的时候,她的眼睛一直望着车门。有时,她会突然插上一句话,那时,她的语气又表明了她的心不在焉,仿佛她在自言自语。

"那个病人是个傻瓜。"赵元任说。

"是真傻还是假傻?"吴敏问。

赵元任没有回答吴敏自言自语式的提问,他怡然自得地说:"想起他,我就既兴奋又厌烦。他是我出国之前接手的一个病人。那时候,我已经是一位经验丰富的妇科医生了。但我还是被这个奇怪的病人难住了。他声称他对女人不感兴趣,我以为他是个二尾子,后来,我饶有兴趣地给他作了全面检查,结果一出来,我就傻眼了。"

"原来是个女的。"张亮抢答道。

"不,他确实是个雄性动物。"赵元任说,"而且,他对女人颇有兴趣，简直是兴趣盎然。当然，到后来，我才知道他是个精神病人。"

"可你刚才说……"张亮说。

"那是他自己的原话。后来，我就发现了我常说的语言和行为之间的那个奇怪的王国。这个学富五车的年轻人经常敲我的门，扰乱我的睡眠。后来，我发现他得了精神分裂症。我从国外回来之后，他又是我接手的第一个病人。为了彻底治好他的病，消灭他头脑中的那个王国，我往上面递交了一个报告。得到领导批准，我就把他阉割了。"

"后来呢……"不知道是谁问了一句。

"事情过去之后，那家伙仍然到我家串门，我发现他变乖了。不过，有些好习惯还是被他保留住了，譬如，他仍然热爱书籍，经常捧着一本书沉思默想，有时候，他会突然莫名其妙地低吟浅笑。出于对我的感激，他时常跟踪我，就像被我喂熟的一条狗。"

赵元任讲完之后，狭窄灰暗的车厢里出现了一阵短暂的沉默。这时候，喧嚣的市声涌进了车厢。空气中弥漫的焦煳味变得更浓烈了。赵元任心满意足地擦拭着窗玻璃上的水汽，笑眯眯地望着窗外。

4

车被堵在道路上的时候，他们都下了车。临着中山路的树林已经烧到几十米的纵深处。一些卖烤肉的小贩子们临时在路边支起了小摊,他们的孩子在灰烬当中拾着木炭,互相追逐嬉闹。有几个警察站在人群的外围一边吃烤肉一边喝酒。他们几个也很快加入到人群中了。

这时候,程栋兄挤到朋友们跟前,提醒大家再往前边走一段路:"死人全都收集到爆炸现场了。别在这里误时。"

"树林里也有人烧死吗?"袁枚问。

"当然有。不信,你问那帮哥儿们。"程栋兄朝那几个正在吃肉喝酒的警察张望了一下。

"不知道有多少人逃出了火海?"吴敏对张亮说。

"谈何容易!"张亮说。

接着,他们都被程栋兄推出了人群。车辆全都堵塞在道路上了,所以他们只好步行。一路上,他们都在人群中穿行,人们互相推搡着,高声议论着。当他们挤到爆炸现场的时候,发现警察们已经将整个废墟包围起来了。人们都站在警戒线之外,翘首观望着。警戒线之内,除了一些警察和悠闲的医务人员,就是那几百张担架上的死人了。死人们以五路纵队的格式排列在废墟左边的路口,他们身上都盖着清一色的白帆布单。许多人都拥在那个路口,更多的人都正在朝那个方向拥去。

程栋兄在前面开辟道路,他一边挤,一边高喊着:"闪开,闪开,我们是来认尸的……"

绝大多数围观者在他们身前身后闪开并合拢了,这些人脸上都有满足的、公务在身的表情。一些人皱着眉头,眼睛飞快地转动着;另一些人在闪开的时候,脸色红涨,口中念念有词,并向自己打着各种手势。整个人流实际上都在朝文化路的路口拥去,朝那群等待被认走的尸体拥去。当他们几个人在人群中穿行的时候,那些被冲撞的人突然停止了自言自语,不过,手势倒明显增多了,给人一种忙乱得不知所措的印象。

费了很大工夫,他们终于挤到了文化路口。一位法医模样的中年女人将他们放进了警戒线。

帆布单揭开之后,他们看到那些被烧得千姿百态的尸首已经难以辨认,唯一雷同的是,它们都张着黑洞洞的口腔,仿佛在无声地呼号。他们捂着嘴巴在担架的缝隙里穿行着,每放过一副担架,那位法医就不耐烦地长吁一口气。当他们走马观花又绕到第一副担架前的时候,法医将手中的登记簿打开了:

"找到你们的朋友了吗?"

"暂时还没有找到。"赵元任捂着鼻子瓮声瓮气地说道。

"我很失望。"女法医说,"下一批人请进来……"

走出警戒线,他们就被喧闹的人流淹没了。薄暮时分,他们才回到中山路上。吴敏出来得最晚。她步出人群时,路上的车灯已经大亮了,她就站在那光流之中,无声地呕吐着。他们都没有看到她呕吐的情景,那时候,远处涌动的人群还紧紧地吸引着他们的视线……

一位维持交通秩序的警察从旁边走过来，对程栋兄说，他们的面包车被一位自称是车主的人开走了。"跟那家伙一起走的，还有一位女人，她怀里的婴儿有一副好嗓门。"

站在一旁的赵元任捏弄着自己的双耳，仿佛没有听清那人的话语。他转身去看张亮和袁枚，发现他俩都张着嘴巴站在刺眼的光流中，只有舌头在轻轻地蠕动。三个人谁也没有说出一句话来。

两天后的星期一的上午，副教授袁枚终于要讲到忒修斯故事的尾声了，"不要为做过的事情忙碌和滞留，因为还有更重要的事情在前面招手。"他请弟子们记下他的名言。这时，下课铃声响了，他只好把剩下的部分留到下周再讲。他跟在弟子们的身后走出了阶梯教室，突然看到张亮和赵元任站在人流当中。

一辆出租车停放在楼前的雪地里。"吴敏突然失踪了。"张亮揉搓着结婚介绍信对袁枚说。

上车后，赵元任望着窗外的雪景，问道："吴敏是何时怀上孕的，你们知道吗？"